Cette voix inoubliable

*

Le médecin de Polynésie

MARION LENNOX

Cette voix inoubliable

Traduction française de
GABY GRENAT

BLANCHE

HARLEQUIN

Collection : Blanche

Titre original :
DR. FINLAY'S COURAGEOUS BRIDE

HARPERCOLLINS FRANCE
83-85, boulevard Vincent-Auriol, 75646 PARIS CEDEX 13
Service Lectrices — Tél. : 01 45 82 47 47 - www.harlequin.fr
ISBN 978-2-2804-8421-3 — ISSN 0223-5056

Composé et édité par HarperCollins France.
Imprimé en mars 2023 par CPI Black Print (Barcelone)
en utilisant 100% d'électricité renouvelable.
Dépôt légal : avril 2023.

MIXTE
Papier issu de sources responsables
FSC® C159065
FSC www.fsc.org

Pour limiter l'empreinte environnementale de ses livres, HarperCollins France s'engage à n'utiliser que du papier fabriqué à partir de bois provenant de forêts gérées durablement et de manière responsable.

Prologue

Hôpital central, Sydney

Qui était-il ? Maira n'en avait pas la moindre idée, mais peu importait.

Elle ne pouvait pas vivre sans lui.

Et tant pis si pareille idée paraissait aussi folle que les déclarations d'amour qu'elle faisait aux vedettes du rock quand elle avait douze ans. Parce que cette fois-ci c'était la stricte vérité et non une toquade d'adolescente. À cette époque-là, il lui arrivait de feuilleter avec sa mère les magazines de luxe que cette dernière ramenait de chez Harvey pour qui elle faisait le ménage. Harvey était un voisin d'allure patibulaire avec lequel ses parents entretenaient des relations relevant quasiment de la vassalité. Il recevait fréquemment des jeunes femmes venues de Sydney, qui restaient peu de temps et, sitôt parties, étaient remplacées par d'autres. Chaque fois après leur passage chez lui, elles laissaient traîner derrière elles des revues de luxe qui faisaient rêver la jeune fille et sa mère. Cette dernière, à l'humeur d'ordinaire triste et découragée, paraissait alors retrouver une gaieté adolescente. Toutes les deux chantaient ensemble les airs préférés de Maira, et un sourire amusé flottait sur les lèvres de la mère quand elle entendait les serments d'amour éternel que sa fille adressait à ses idoles sur papier glacé.

C'était il y a tellement longtemps…

L'évocation de ce souvenir transperça le cœur de Maira

déjà si désemparée, ajoutant une douleur supplémentaire à toutes celles qui la torturaient déjà.

Heureusement, à travers la souffrance lui parvint la voix de l'homme qui lui rendait visite régulièrement. Une voix grave, douce, calme…

— Dans la forêt où je me promène, il y a des belettes, des hermines, des renards aussi. Je me suis même fait une amie que j'appelle Totote la taupe qui vient parfois pointer son nez à la tombée du jour. Je suis très copain avec ces animaux qu'on dit sauvages ! C'est vrai qu'ils disparaissent parfois pendant quelque temps sans que je sache pourquoi. En fait, ils ne sont pas très fiables, mais quelle importance ?

Maira ne savait pas très bien à quoi ressemblait une belette, encore moins une hermine. Par contre, le museau pointu et la robe rousse du renard lui étaient familiers. Celui de Totote la taupe, aussi. De toute manière, seule était importante la voix de cet homme qui venait leur parler, à Hilda, sa voisine de chambre, et à elle, au creux de la nuit, quand l'hôpital était silencieux, quand les infirmières, enfin, les laissaient tranquilles. Au moment où elle était censée se reposer.

Mais comment réussir à dormir normalement ? Sous l'effet des calmants qu'on lui administrait, elle finissait par glisser dans une sorte de sommeil comateux et sans rêves, mais dormir normalement était un luxe qu'elle avait oublié depuis qu'elle se trouvait sur ce lit de douleurs.

Pourtant, la voix apaisante du visiteur finissait par la persuader que c'était possible. Cette voix avait le pouvoir de transformer la chambre où gisaient les deux blessées en une oasis où les cauchemars n'avaient pas de place.

Car Maira était persuadée que la patiente allongée dans le lit voisin du sien éprouvait la même chose qu'elle. Personne, personne au monde n'aurait pu résister à son timbre envoûtant.

Elle avait fini par comprendre qu'elle se trouvait dans une chambre d'hôpital et que sa voisine se prénommait Hilda. Bien que ni l'une ni l'autre ne soient en état de proférer le moindre mot, les infirmières s'étaient chargées de faire les présentations. « Maira, voici Hilda, qui élève des labradors de compétition. Elle était en train de préparer le repas familial quand un chiot est venu se jeter dans ses jambes et l'a fait trébucher. Toute l'eau de la grande casserole posée sur le gaz lui est tombée dessus. Le petit chien va très bien, seule Hilda a été blessée. »

Maira avait entendu les médecins parler à Hilda. « L'enflure de votre visage va diminuer, Hilda. Vous pourrez bientôt parler à nouveau. »

Mais pour elle, Maira, le son de cloche était différent. Personne ne lui faisait de promesses. « L'huile bouillante que vous avez reçue vous a gravement brûlé la gorge et le côté gauche de votre corps, Maira. Votre guérison demandera un certain temps. »

Avec un tel pronostic, comment s'imaginer un futur ?

Hilda avait des visites. Ses filles avaient même réussi à lui amener en cachette le petit chien qui avait causé sa chute. Personne ne venait voir Maira. Personne, à part les services sociaux et la police.

Elle n'avait personne.

Seulement la voix de cet homme.

Cet homme qui lui parlait de Totote la taupe et des animaux de la forêt. Grâce à eux, elle arrivait à retrouver des souvenirs de la campagne qui environnait Corduna, le petit village où elle avait vécu jusqu'à... jusqu'à l'accident.

En fait, ce visiteur était le médecin, venu pour la première fois avec l'infirmière de nuit, qui lui avait présenté son dossier, bien qu'il ne soit pas en charge du département des grands brûlés. Il s'était directement adressé à elle pour lui parler des échelles de douleur et lui expliquer ce qui lui arrivait. Et puis, il était revenu...

« Bonsoir, je suis Rab. Je reviens vous voir mais pas en tant que médecin. C'est ma pause repas, mais qui a envie de manger à 2 heures du matin ? Si on m'appelle pour une urgence, je vous abandonnerai mais, en attendant, j'ai envie de vous faire un peu de lecture. Qu'est-ce que vous en pensez ? »

Comme aucune des deux patientes ne lui répondait, il s'était installé sur la chaise placée entre les deux lits.

« Allez, on y va ! Ces histoires vont vous paraître un peu bizarres, mais c'est tout ce que j'ai sous la main. J'ai pris ce livre dans l'aile des enfants. »

Et il avait commencé à leur lire l'histoire délirante d'un éléphant qui pondait un œuf. Pourquoi pas ? Et puis les promenades en forêt. Maira y avait pris goût. Parfois, il était interrompu.

« Rab, on vous demande à la chambre 5… »

« Mesdames, excusez-moi ! Je reviens vers vous dès que j'ai terminé. »

Il avait toujours tenu sa promesse. Il était toujours revenu. En ce moment même, Maira se laissait porter dans le monde enchanté suscité par sa voix.

Est-ce que Hilda avait autant besoin qu'elle de cette présence ? Sans doute, car avant l'arrivée du conteur elle gémissait et s'agitait dans son lit. Au bout d'un moment, elle s'était apaisée, happée elle aussi dans la magie tissée par la voix de l'homme.

Rab. Il s'appelait Rab.

Se doutait-il de l'importance qu'il avait prise aux yeux de Maira ?

Hélas, ses visites ne dureraient pas. Un nouveau roulement interviendrait forcément dans le personnel médical. Il recevrait un nouvel emploi du temps. Les histoires qu'il leur racontait lui manqueraient cruellement. Et par-dessus tout, sa voix. Maira se promettait de lire plus que jamais elle ne l'avait fait si par chance elle recouvrait la vue.

Est-ce que cela serait possible ?

Un accès d'angoisse lui glaça la nuque.

Comme s'il l'avait deviné, Rab marqua une pause.

— Vous voulez que je m'arrête ? Il vous suffit de lever légèrement la main pour me le faire comprendre. C'est vous qui contrôlez la situation…

Quelle blague ! pensa amèrement Maira. Elle n'avait jamais rien contrôlé. Rien. Nulle part.

— Oui, j'insiste là-dessus, c'est important, reprit le médecin. En sortant de l'hôpital, vous allez découvrir que le monde vous appartient.

Sur ce, il reprit sa lecture et, tant qu'elle dura, Maira s'autorisa à le croire.

1.

Dix ans plus tard, hôpital de Cockatoo Valley

— Je suis désolé, mais l'hôpital sera vendu.

Un profond silence suivit cette déclaration.

Vingt personnes, horrifiées, dévisageaient le Dr Rab Finley qui aurait tout donné pour se trouver ailleurs.

C'était lui qui avait demandé cette réunion, mais ce n'était pas pour autant qu'il l'avait souhaitée. La facilité aurait été de tourner les talons et de faire comme si cela ne le concernait pas. Il regrettait de ne pas y avoir cédé.

Car c'était la stricte vérité. Les conséquences du testament de son grand-père sur la petite vallée de Cockatoo allaient être terribles, mais il n'y pouvait rien. Même si tout le personnel de l'hôpital demeurait sous le choc de la nouvelle, il ne pouvait rien y changer.

Pourquoi ne pas avoir laissé le soin à ses avocats de faire cette triste annonce ?

— Je suis profondément désolé, croyez-moi, poursuivit-il, mais je suis totalement impuissant face à cette situation. Vous allez comprendre pourquoi.

Il passa la main dans ses cheveux très noirs.

— Ce n'est pas moi qui hérite des biens de mon grand-père. Ils doivent être partagés entre six personnes de notre famille qui vivent en Angleterre. Je suis entré en contact avec chacune d'elles. Elles se connaissent à peine, mais elles sont toutes d'accord pour mettre la propriété Finley en vente. Étant donné que le bail de l'hôpital demeure valide jusqu'à l'année prochaine, vous aurez le temps de voir dans quelle mesure le gouvernement peut vous venir en aide. Il n'est pas exclu d'ailleurs qu'il se porte acheteur et continue à faire fonctionner l'hôpital…

Rhonda, la secrétaire de l'établissement, lui coupa la parole.

— Jamais le gouvernement ne proposera une somme aussi importante que la compagnie minière. Nous allons perdre notre hôpital, c'est évident.

Rab était capable de mettre un nom sur la plupart des visages anxieux tournés vers lui car, avant la réunion, Ewan Baynes, le vieux médecin de Cockatoo Valley, lui avait fait visiter l'hôpital et lui avait présenté chacune des personnes qui y travaillaient. Ce dernier, bien que tout près de la retraite, avait été profondément affecté par les conséquences que ne manquerait pas d'entraîner le testament du vieux Finley.

« Rab, rien ne vous oblige à aller vous-même leur faire part des implications des dernières volontés de votre grand-père, mais tout le monde sait que les Finley ont énormément contribué au bien-être et au développement de la vallée. Je suis sûr que tout le personnel souhaite faire votre connaissance. »

Ewan avait donc organisé la rencontre au cours de laquelle Rab allait annoncer la mauvaise nouvelle. Hélas, appelé au dernier moment pour une urgence auprès d'un couple âgé à la santé vacillante, il avait dû laisser Rab affronter tout seul les femmes et les hommes qui allaient prochainement se trouver privés de leur emploi.

Par conséquent, sachant ce qu'il allait devoir dévoiler un peu plus tard, Rab avait passé une heure de parfait supplice à rencontrer tous les membres du personnel attaché à l'hôpital et à écouter combien tout ce qui faisait vivre la vallée, hôpital, école, église, était dû à la générosité de sa famille.

Maintenant, ces gens pétris de reconnaissance quelques instants plus tôt se tenaient devant lui, totalement désemparés.

— Je suis profondément désolé, mais je ne vois pas comment nous pourrions éviter cette catastrophe, poursuivit-il. Le testament de mon grand-père est parfaitement clair. Tous les bâtiments qui se trouvent de ce côté de la rivière sont situés sur sa propriété. Ils avaient été laissés en location à la communauté par ma famille pour un bail de quatre-vingt-dix-neuf ans. Ce bail expire l'année prochaine.

— Mais nous allons tout perdre ! s'exclama Rhonda, consternée. Absolument tout, notre travail, nos maisons… Quasiment tout le monde travaille ici. C'est la communauté entière de Cockatoo qui va être détruite, vous vous rendez compte ?

Hors d'haleine, elle s'interrompit un instant avant de reprendre de plus belle.

— Vous savez aussi bien que nous que les promoteurs veulent acheter cette vallée pour y exploiter une mine de charbon. Ils payeront bien plus que nous ne pourrons jamais proposer. Il faut à tout prix empêcher cette catastrophe !

Rab hocha tristement la tête.

— Malheureusement, ce n'est pas moi que mon grand-père a choisi pour héritier. Il n'y a rien d'autre à ajouter.

— C'est faux ! cria une voix juvénile depuis le fond de la pièce.

C'était celle d'un tout jeune homme qui avait été présenté à Rab comme ambulancier. Personnification parfaite de la rébellion, il se tenait debout, bras croisés sur la poitrine d'un air résolu.

— Je suis au courant de tout ça ! Ma mère travaille chez le notaire depuis des années. Elle sait que les testaments ne sont pas privés. Du coup, elle a regardé celui de votre grand-père, et la vérité, c'est qu'il vous lègue tous ses biens.

— Non, jeune homme, corrigea Rab, vous faites erreur. Il ne me lègue que le contenu de la maison. Je suis venu ici pour prendre ce que je souhaite garder. Ensuite, je rentrerai chez moi et j'abandonnerai la liquidation du testament à ses avocats.

— Non, c'est faux ! reprit l'insoumis. Il vous laisse absolument tout. À condition que vous soyez marié.

Un silence de plomb pesait maintenant dans la salle. Rab lui-même se tenait coi.

— Vous êtes marié ou pas ? poursuivit le jeune homme que rien ne semblait pouvoir arrêter.

Au secours ! avait envie de crier Rab. Étant donné sa situation de célibataire endurci, il avait prévu de laisser dans l'ombre les détails absurdes du testament laissé par son grand-père pour se contenter de dire qu'il n'était pas héritier.

Hélas, tout le personnel de l'hôpital avait entendu la protestation proférée d'une voix encore immature mais sûre d'elle. Tout le monde le dévisageait. Les visages anxieux attendaient une réaction. Que répondre à cela ?

La vérité.

— Non, je ne suis pas marié.

Ces quelques mots prononcés sur un ton irrévocable tombèrent comme un couperet.

— Eh bien, mariez-vous ! s'écria le jeune homme en colère. Le testament précise que vous devez être marié avant d'avoir trente-cinq ans. Dans le dossier, ma mère a vu que vous avez trente-quatre ans. Elle a évidemment pensé qu'en apprenant les conditions posées par Mr Angus Finley vous alliez vous dépêcher de le devenir si ce n'était pas le cas.

— J'aurai trente-cinq ans dans six semaines, déclara Rab d'un ton morne. Désolé, mais un mariage ne se décide pas en aussi peu de temps.

Un silence stupéfait succéda à cette déclaration. L'incrédulité se lisait sur les visages.

— Six semaines ? intervint Rhonda. C'est largement suffisant pour trouver une fiancée ! Je vous jure que, si je n'étais pas déjà mariée et mère de cinq enfants, je vous épouserais tout de suite.

Elle faisait son possible pour détendre un peu l'atmosphère lourde, à la limite de l'hostilité.

— Merci pour le conseil, répliqua Rab. Je vous assure que je le suivrais volontiers si j'avais une amoureuse, mais ce n'est pas le cas. Vous comprenez bien que je ne peux pas en inventer une ! Je suis désolé, mais encore une fois je ne peux rien ajouter à cela.

La dernière phrase prononcée par Rab fut couverte par le crissement de pneus d'une voiture qui freinait brutalement devant l'entrée de l'hôpital. Puis les cris d'une voix d'homme retentirent.

De toute évidence, il s'agissait d'une urgence. Quatre membres de l'assistance quittèrent la salle aussitôt.

Rab sentit l'adrénaline monter dans son corps. Pour avoir lui-même travaillé aux urgences, il savait combien l'attention de toute l'équipe concernée se mobilisait instantanément.

Pour la première fois, il éprouva cette réaction comme un soulagement. Enfin, il n'était plus au centre de l'attention. Il ne pouvait rien pour ces gens dont il venait tout juste de faire la connaissance.

D'ailleurs, pourquoi bouleverserait-il son existence pour eux puisque, jusqu'à ce jour, il n'avait jamais mis les pieds à Cockatoo Valley ? Certes, son père y était né, mais ce n'était pas pour autant qu'il ressentait le moindre lien avec cette petite ville du bout du monde.

L'urgence marqua la fin de la réunion. Tout le monde quitta la salle, certains pour faire leur travail auprès des blessés, d'autres pour discuter des répercussions effrayantes qui les menaçaient.

Lui-même, Rab Finley, n'avait plus rien à faire là.

Il s'apprêtait donc lui aussi à tourner les talons lorsqu'il vit quelqu'un revenir dans la pièce, à contresens des autres. L'une des infirmières, sans doute ? On la lui avait présentée tout à l'heure.

« Voici Mia, notre infirmière en chef, avait déclaré Ewan un peu plus tôt, l'un des éléments les plus précieux de notre équipe. »

Rab avait rencontré beaucoup de monde, mais il se souvenait parfaitement de cette personne, essentiellement à cause des cicatrices visibles sur le côté gauche de son visage.

En dépit de cela, c'était une belle femme, grande, mince,

aux longs cheveux noirs attachés en natte dans son dos. Son teint hâlé révélait peut-être une origine méditerranéenne. Au moment où elle lui avait été présentée, ses yeux gris avaient souri et c'était un beau sourire en dépit des marques qui descendaient le long de son cou et disparaissaient sous le col de son uniforme.

Ce sont des cicatrices de brûlures, avait-il aussitôt pensé. Puis son diagnostic s'était précisé. *Elles sont anciennes. Étant donné leur emplacement juste sous l'œil gauche, elle a de la chance d'avoir pu conserver la vue… Seul un accident épouvantable a pu laisser des marques aussi visibles. Un incendie sans doute ? Peut-être un accident de voiture ?*

Malgré son handicap, la jeune femme l'avait salué avec un sourire si lumineux qu'il n'avait plus prêté attention à ses cicatrices.

Mais en ce moment, elle ne souriait pas. L'air préoccupé, elle se frayait un passage au milieu des personnes qui quittaient la pièce. Elle l'appela d'une voix décidée.

— Docteur Finley ?

— Oui ?

— Ewan nous a dit que vous êtes médecin.

— En effet. Je suis chirurgien.

— Pouvez-vous venir nous aider, s'il vous plaît ? La voiture qui vient d'arriver nous a amené une patiente dont l'accouchement à domicile s'est mal passé. Elle va mal. Comme vous le savez, le Dr Ewan Baynes a été appelé pour une urgence à l'autre bout de la vallée. Nous avons besoin de vous.

Quelques instants auparavant, Mia avait écouté la déclaration de Rab Finley et elle en était bouleversée. Sans pour autant rendre connue la clause concernant le mariage de son petit-fils, Angus Finley n'avait pas caché avant sa mort qu'il léguait sa propriété à des lointains parents. Tout le monde avait donc pu anticiper la vente qui se profilait maintenant. Pendant des années, les délégués du personnel, Ewan lui-même, avaient essayé de lui en faire changer les termes de manière à préserver la vallée, mais Angus n'avait jamais rien voulu entendre. Jusqu'à maintenant toutefois, ils avaient espéré qu'une solution serait trouvée. Rab venait de détruire leurs dernières espérances.

« Je laisse ma propriété à qui je veux, avait-il dit et répété. Et maintenant, laissez-moi tranquille ! »

Ce repli sur lui-même avait créé un certain malaise, mais chacun avait continué à espérer qu'il reviendrait à la raison car, malgré ses quatre-vingts ans, il était resté en bonne santé. Lorsque Mia s'était occupée de lui pour la dernière fois, c'était pour assister Ewan qui lui enlevait un petit cancer de la peau. Le vieux monsieur n'avait pas manifesté le moindre signe de maladie ni de faiblesse.

Il avait même plaisanté : « Et maintenant, ma petite, me voici reparti pour une dizaine d'années au moins ! »

« Et encore plus si vous portez régulièrement un chapeau pour protéger la peau de votre crâne qui est sensible au soleil ! » avait ajouté Ewan.

Angus Finley avait émis un grognement dédaigneux et avait regagné, tête nue, sa voiture garée sur le parking.

Un infarctus l'emportait deux semaines plus tard.

Et maintenant…

Mia adorait cette vallée, cette communauté. On l'y avait accueillie, protégée, on lui avait offert la sécurité. À l'idée qu'il lui faudrait abandonner tout cela, elle avait l'impression qu'on lui arrachait le cœur.

Pourtant, c'était inévitable. À une heure de voiture, Colambool, qui était une ville plus importante, possédait un hôpital. La population de Cockatoo devrait désormais s'y rendre pour s'y faire soigner. Et sans doute aussi y envoyer leurs enfants à l'école car la population ne manquerait pas de diminuer.

Selon les clauses du testament, le groupe de maisons situées de l'autre côté du pont serait préservé. Là vivaient essentiellement des fermiers à la retraite et quelques jeunes couples à la recherche d'une vie proche de la nature. Il s'y trouvait bien un magasin général, un café, mais sans hôpital et sans école qui aurait envie de rester là ?

Et en admettant qu'ils y demeurent, comment supporteraient-ils de voir leur petite ville bien-aimée éventrée par les bulldozers avides de détruire ? Le côté de la rivière qui leur faisait face était destiné à devenir une énorme mine de charbon.

Mia rajusta sa coiffe d'infirmière, déplacée dans sa précipitation.

Quand Ewan l'avait présentée à Rab Finley, l'allure sportive de ce dernier et sa tenue décontractée sans être négligée l'avaient très favorablement impressionnée. Par contre, la déclaration qu'il avait faite ensuite l'avait horrifiée. Heureusement, grâce à l'urgence qui venait de survenir, elle avait pu quitter la réunion. Quel soulagement ! En effet, une fois franchies les portes vitrées de l'entrée, face au travail à effectuer, l'angoisse de voir la vallée détruite et sa communauté anéantie avait desserré son emprise.

Tout de suite, elle reconnut la vieille Ford garée devant l'entrée et la famille qui en descendait. Le père, Tom Cray, était un homme d'une quarantaine d'années, ancien pilote qui avait quitté l'Air Force après un problème dont il n'avait jamais parlé. Avec sa prime de départ, il avait acheté un hélicoptère et s'était retiré dans la vallée avec femme et enfants. Il faisait faire aux touristes des excursions au-dessus des paysages les plus spectaculaires de la région, et emmenait les hommes d'affaires à Sydney. Le reste de son temps, il le consacrait à sa famille. Avec son épouse, Isabelle, ils fabriquaient d'étranges animaux en fil de fer et branches sèches qu'ils disposaient le long de la route en espérant attirer l'attention des touristes. De temps à autre, certains s'arrêtaient mais, comme leurs œuvres d'art étaient non seulement bizarres mais de très grande taille, ils en vendaient très rarement. Comment caser pareil monument dans une voiture ? Et dans un appartement ?

Ce peu de succès commercial ne paraissait pas affecter

Tom et Isabelle le moins du monde puisqu'ils continuaient à confectionner leurs extravagantes créatures tout en cultivant leur vaste potager. Entre ce qu'ils récoltaient dans ce dernier et les missions occasionnelles de Tom, ils se débrouillaient pour vivre et élever leurs six enfants dont l'âge s'étalait entre six et quatorze ans.

« J'aime être enceinte, avait déclaré Isabelle à Mia la dernière fois qu'elles s'étaient rencontrées. J'adore les enfants, alors pourquoi ne pas en avoir un autre ? »

Bien que se trouvant en fin de grossesse, c'était pour faire soigner la jambe de son fils Sunny qui s'était blessé assez sérieusement qu'Isabelle était venue à l'hôpital, pas pour passer un examen prénatal.

Et même dans ces circonstances, elle y était venue à contrecœur. La famille Cray ne croyait guère à la médecine, et il était hors de question pour Isabelle de venir accoucher à l'hôpital.

« Je me demande pourquoi on fait autant d'histoires pour un accouchement, avait déclaré Isabelle ce jour-là. Mes enfants sont tous nés le plus simplement du monde, pas la peine d'en faire un roman ! »

Mais cette fois-ci, il y avait un problème.

Mia vit Tom sortir de la voiture. Une petite fille, Marigold, la plus âgée des sœurs, était assise à l'avant, un paquet de linge dans les bras. Le nouveau bébé sans doute…

Mia s'approcha. Isabelle était allongée à l'arrière. À peine Mia eut-elle ouvert la portière qu'elle aperçut du sang. Beaucoup de sang.

— Le bébé est arrivé très vite ! expliqua Tom. Pas de problème, c'est un beau garçon. Isabelle allait super bien et tout à coup elle s'est mise à saigner. Elle continue… Mia, où est doc ?

Doc Ewan, bien entendu.

À l'autre bout de la vallée, pensa Mia. Autrement dit, à l'autre bout du monde. Il était allé s'occuper de Ray Markham qui, les jambes enflées depuis plusieurs jours, n'arrivait plus à respirer normalement.

Problème cardiaque, avaient-ils pensé, mais, la vallée n'ayant pas d'ambulance, Ewan, bien que désolé d'abandonner Rab, s'était hâté de se rendre au chevet du vieillard.

Et voilà que…

Un simple coup d'œil à Isabelle fit comprendre à Mia qu'il n'était pas envisageable d'attendre le retour d'Ewan. Il fallait intervenir le plus tôt possible. Tout de suite.

Rab Finley ?

Ce nom lui rappelait vaguement quelque chose, mais ça avait été en entendant sa voix que des souvenirs qu'elle s'était efforcée d'oublier avaient tenté de remonter à la surface. L'annonce qu'il avait faite l'avait choquée mais, derrière les mots, la voix elle-même lui avait paru familière. Un peu comme si, avec elle, lui arrivait un sentiment de calme… De paix ?

Absurde ! C'était son imagination qui lui jouait des tours. L'important, c'était qu'il lui avait été présenté comme étant médecin. Voilà ce qui comptait maintenant. Cela, et rien d'autre.

— Dépêchez-vous d'amener Isabelle en salle d'opération, demanda-t-elle aux ambulanciers.

Et sans s'appesantir davantage sur ses propres souvenirs, elle se hâta d'aller chercher le Dr Finley.

Les moments se suivent et ne se ressemblent pas…

Lui qui, un instant plus tôt, annonçait une véritable catastrophe à une communauté aux abois se trouvait brusquement replongé dans son rôle de médecin.

L'infirmière venue le chercher s'appelait Mia. C'était celle dont le visage portait une grosse cicatrice de brûlure. Elle avait été la première à sortir quand ils avaient entendu la voiture arriver. Maintenant, elle se tenait devant lui.

— Je vous en prie, nous avons besoin de vous… Il s'agit d'une hémorragie post-partum. C'est grave.

Avait-il le choix ?

— J'arrive, répondit-il en retirant sa veste.

2.

Dès le premier coup d'œil qu'elle avait jeté sur Isabelle, Mia avait compris qu'il ne s'agissait pas d'un simple saignement susceptible d'être arrêté par quelques points de suture. Non, c'était gravissime. L'utérus s'était peut-être déchiré.

Isabelle venait d'entrer dans la quarantaine. C'était une septième naissance. Sous l'effet des contractions, une simple lésion dans un utérus fatigué pouvait brusquement se transformer en catastrophe.

Mia avait rapidement regardé le bébé que la petite Marigold tenait toujours serré contre elle. Il paraissait en parfaite santé, mais mieux valait s'en assurer.

— Issy, appela-t-elle, amène Marigold et le bébé dans le département de pédiatrie et assure-toi que tout va bien.

La jeune infirmière avait toute la confiance de Mia. Elle la savait compétente et capable de demander de l'aide si nécessaire. Cela lui permettrait de se consacrer entièrement à Isabelle.

Et à Rab…

Tout en accompagnant le brancard qui transportait Isabelle vers la salle d'opération, le médecin questionnait Tom de manière à avoir le plus d'informations possible sur la patiente.

— Quel âge a votre épouse ? Combien d'accouchements avant celui-ci ? Est-ce qu'elle saigne depuis longtemps ? Est-ce qu'elle a des maladies chroniques ? Vous connaissez son groupe sanguin ?

— Elle a quarante-trois ans, répondit Tom qui tenait la main d'Isabelle comme pour l'empêcher de sombrer. Non, elle n'est pas malade. Elle perd du sang depuis une demi-heure.

Au début, ça m'a semblé normal mais, brusquement, c'est devenu très abondant. Non, je ne connais pas son groupe sanguin. Nous n'allons pas souvent chez le médecin, acheva-t-il presque en s'excusant.

Il paraissait affolé, mais les questions que lui posait Rab de sa voix calme paraissaient l'aider à parler.

— L'accouchement s'est super bien passé, comme pour tous les autres. Et puis, tout à coup, j'ai vu tout ce sang qui n'arrêtait pas de couler… Je ne savais pas quoi faire. Alors je l'ai portée dans la voiture pour l'amener ici, et voilà.

— C'est exactement ce qu'il fallait faire, approuva Rab.

Il observait le visage mortellement pâle d'Isabelle.

— Isabelle, vous êtes en sécurité ici. Je pense qu'en naissant le bébé a provoqué une déchirure de votre utérus. Si vous êtes d'accord, je vais vous anesthésier pour la réparer.

— Allez-y ! intervint Tom aussitôt.

Mais Rab prit la main libre d'Isabelle et s'adressa directement à elle, de sa voix calme et bien timbrée.

— Je risque de découvrir que votre utérus est sérieusement abîmé. Dans ce cas, je serai obligé de le retirer, ce qui signifie que vous ne pourrez plus avoir d'enfants. C'est ce que l'on appelle une hystérectomie. Si je dois effectuer cette opération pour arrêter le saignement, est-ce que vous l'acceptez ? C'est vous qui avez le contrôle de la situation.

— J'ai déjà sept enfants, chuchota Isabelle d'une voix exténuée. À quoi bon garder un machin qui me fait saigner ? Je n'en ai plus besoin.

— Parfait, Isabelle. Nous allons vous anesthésier et arrêter le saignement. Ensuite, nous vous ramènerons auprès de votre nouveau bébé, ça vous va ?

— Oui, souffla Isabelle.

— Et vous, Tom, on va vous conduire à l'accueil où vous remplirez le formulaire requis.

Un instant, Mia demeura clouée au sol, interdite.

« C'est vous qui avez le contrôle de la situation »…

Après toutes ces années, les mots résonnaient encore en elle. Comme un murmure venu du passé. Un tournant dans sa vie.

À l'impression confuse éprouvée tout à l'heure d'avoir déjà rencontré cet homme succédait maintenant un branle-bas dans les souvenirs de Mia. Leurs bribes désordonnées se combinaient entre elles pour se transformer en certitude : elle connaissait le Dr Finley.

Ce n'était pourtant pas le moment de s'appesantir sur cette découverte. En tant qu'infirmière, elle devait apporter son aide au médecin dans cette intervention. Il lui avait peut-être sauvé la vie… Raison de plus pour l'aider à sauver celle d'une autre. Point final.

Tout en se préparant à opérer, Rab hochait la tête pensivement. Si on lui avait dit ce matin, quand il était entré dans l'hôpital, qu'il allait reprendre son métier de chirurgien, il ne l'aurait pas cru. Et pourtant, il n'avait pas le choix !

Au moment de se spécialiser, il n'avait pas jeté son dévolu sur l'obstétrique, qui lui avait paru être une spécialité oscillant entre l'ennui de l'attente et la panique lorsque la naissance se passait mal. Ses collègues, pourtant, appréciaient l'émotion de voir les femmes enceintes, parfois de très jeunes femmes sans expérience, se transformer en mères attentives, oublieuses d'elles-mêmes. Il ne partageait pas cette émotion, qui le mettait au contraire mal à l'aise.

Sa propre mère avait été… absente. C'était le seul mot qui convenait puisqu'elle l'avait abandonné avec son père quand il était encore un bébé. Par la suite, elle avait repoussé toutes ses tentatives de reprendre contact avec elle. Son père était un homme solitaire, de peu de paroles. Chaque fois que Rab avait essayé de glaner quelque information au sujet de sa génitrice, il lui avait répondu : « Mon fils, ta mère était une erreur dans ma vie… Je n'ai pas besoin d'elle, et toi non plus ! »

Par conséquent, Rab avait été élevé par une série de nounous. Est-ce qu'on peut regretter ce que l'on n'a pas connu ? Voilà qui paraissait difficile, et pourtant, chaque fois qu'il voyait une jeune mère serrer son bébé dans ses bras comme si rien de plus précieux n'existait au monde, il éprouvait toujours un sentiment de vide. Une absence impossible à combler. Au moment de se spécialiser, il avait choisi la chirurgie, qui lui paraissait moins lourde de conséquences émotionnelles. Là, au moins, il pourrait être utile sans être débordé par les regrets.

Le cursus des études de médecine comportait néanmoins une section de chirurgie obstétricale. Il s'en félicitait, car les connaissances alors acquises lui seraient bien utiles aujourd'hui. D'autant plus qu'il n'avait personne pour le seconder, ni Ewan, ni anesthésiste, ni équipe. Il lui faudrait se débrouiller tout seul.

— Je peux pratiquer l'anesthésie, proposa Mia par-dessus la table d'opération. Ewan est le seul médecin ici, et nous avons déjà eu affaire à des urgences. Il m'a formée. J'ai besoin qu'on me dirige mais, si vous me dites ce que je dois faire et à quel moment, je le ferai.

Puis, se tournant vers Isabelle, elle ajouta :

— Ne vous inquiétez pas, Isabelle, nous allons prendre soin de vous.

Ces mots parurent rassurer Isabelle. Elles rassurèrent Rab tout autant.

— C'est bien votre septième accouchement, Isabelle ? demanda Mia. Vous étiez en bonne santé jusqu'à maintenant ?

— Oui. Mia, il faut que je vive…

— Bien sûr, Isabelle. Nous allons vous tirer d'affaire.

— Mais ce n'est pas le Dr Ewan…

Dans la voix de la pauvre femme vibrait une angoisse mal contenue.

— Non, en effet. C'est le Dr Rab Finley qui va s'occuper de vous, et sa spécialité est de maintenir les gens en vie. Vous êtes donc entre de bonnes mains, promis !

Tout en parlant, elle plaçait un garrot sur le bras de la patiente.

— Maintenant, nous allons vous administrer l'anesthésique

et, quand vous vous réveillerez, le saignement sera fini et vous pourrez prendre dans vos bras votre magnifique petit garçon.

Isabelle serra la main de Mia.

— Merci.

Au cours de l'intervention qui suivit, Rab eut besoin de faire appel à toute sa concentration. La panique qui l'avait submergé au début, quand il s'était vu obligé d'intervenir sans équipe, avait disparu grâce à l'assurance et au calme dont Mia faisait preuve.

Une rupture d'utérus était le pire des cauchemars pour un obstétricien. Étant donné la quantité de sang qu'Isabelle avait perdue, c'était déjà un miracle qu'elle ait pu arriver vivante à l'hôpital. Rab savait que la survie de cette mère de famille était maintenant entre ses mains et celles des personnes qui l'assisteraient. C'est-à-dire Mia et une autre infirmière un peu plus jeune. Marie, c'était son nom, lui passait les instruments dont il avait besoin. Parfois, Mia anticipait avant même qu'il ait eu le temps de formuler sa demande.

Les compétences de Mia étaient équivalentes à celles d'un anesthésiste diplômé. C'était lui qui avait prescrit les dosages, mais très vite il avait compris qu'elle était parfaitement capable d'affronter la gravité de la situation. Elle savait administrer les médicaments, l'oxygène, tout en consultant les moniteurs qui surveillaient les battements du cœur de la patiente.

Une fois l'incision effectuée, Rab s'aperçut que la déchirure de l'utérus s'agrandissait à cause de la pression exercée par l'hémorragie. La poche de sang O – le groupe sanguin universel utilisé quand l'urgence empêche d'effectuer une recherche – était disponible. Isabelle serait sauvée.

Oui, elle serait sauvée grâce à cet hôpital que lui, Rab Finley, était sur le point de fermer…

Ce n'était certes pas le moment de penser à cela, mais cette idée resta dans son esprit comme une ombre pesante. Et plus il comprenait qu'Isabelle allait survivre, plus elle se faisait lourde et étouffante.

Si seulement il pouvait remonter le temps et parler à son grand-père…

Puis, étant donné les relations qu'il avait eues avec son aïeul, il pensa que cela n'aurait probablement servi à rien. La première fois qu'il avait rencontré Angus, c'était à l'enterrement de son père. Le vieil homme lui avait posé quelques questions. Ensuite, visiblement peu satisfait des réponses que Rab lui avait fournies, il lui avait rapidement tourné le dos. Leur conversation s'était arrêtée là. Le testament, avec son étrange stipulation, était tombé sur Rab comme une surprise totale. Il n'avait jamais imaginé hériter de quoi que ce soit. D'ailleurs, la clause concernant son mariage était tout à fait impossible à honorer.

Malheureusement, maintenant qu'il découvrait les conséquences que cela allait entraîner, cette situation le plongeait dans un embarras extrêmement inconfortable. Par exemple, sans l'hôpital de Cockatoo, la femme qu'il était en train d'opérer serait morte.

Tout en donnant à Mia des directives pour mettre fin à l'anesthésie, il posa les derniers points de suture, heureux d'en avoir terminé.

Comme si elle avait deviné le tour pris par les pensées de son collègue, Mia retira délicatement l'intubation de la patiente, puis leva le visage vers Rab.

— Cet hôpital est le poste de soins pour une large zone rurale où les accidents sont fréquents. Colambool est à une heure de voiture d'ici. Si l'accident se produit au sud de la vallée, il faut compter une heure de plus. Aussi, en cas d'urgence…

Rab termina tout seul la phrase laissée en suspens.

Puis, sans doute par pure gentillesse, Mia reprit :

— Doc Baynes a plus de soixante-dix ans maintenant. C'est un médecin merveilleux, mais il commence à être fatigué et personne ne veut lui succéder. Vous voyez, docteur Finley, si cela peut vous mettre un peu de baume au cœur, l'hôpital est destiné à être fermé de toute façon.

Elle soupira.

— Est-ce que je peux vous laisser maintenant ? Tom doit être fou d'inquiétude. Ce serait bien que vous alliez lui parler. Vous sauriez mieux que moi lui expliquer si jamais il y avait un problème…

— Il n'y a pas de « si jamais », Mia. Allez vite lui annoncer que tout s'est bien passé.

Rab avait parlé sur un ton presque rude, le regard fixé sur le moniteur qui montrait que les battements du cœur d'Isabelle s'étaient faits réguliers.

Mia lui adressa cependant un sourire lumineux.

— Avec plaisir. Et merci !

Rab se renfrogna.

— Il n'y a vraiment pas de quoi remercier l'homme qui va faire disparaître votre hôpital.

— Ce n'est pas votre faute. Personne n'a le droit de forcer quelqu'un à se marier. En aucun cas.

Après lui avoir adressé un léger signe de tête, elle se hâta de sortir pour faire part de la bonne nouvelle à Tom.

Ewan revint à l'hôpital une heure plus tard. Déjà ému par l'état de santé du vieux Ray, il le fut encore davantage quand il apprit ce qui s'était passé en son absence.

— Jamais je ne pourrai assez vous remercier, Rab. Tom et Isabelle ont un genre de vie qui ne conviendrait pas à tout le monde, mais ce sont des gens très bien, qui s'occupent parfaitement de leurs enfants. Nous aurions tous été très malheureux si Isabelle était morte.

— Et pourtant, l'hôpital va fermer.

Accablé, Rab haussa les épaules.

— Je… je suis désolé.

— Vous n'y pouvez rien, déclara Ewan en lui posant la main sur l'épaule. En tout cas, merci de vous être trouvé ici aujourd'hui. Pas seulement pour Isabelle, mais merci d'avoir eu le courage de venir nous trouver en personne.

Puis il marqua une hésitation avant de poursuivre.

— Franchement, Rab, est-ce qu'il ne serait pas plus prudent de transférer Isabelle à Sydney ?

Ewan parlait sur le ton d'un vieux praticien de médecine générale laissé seul avec une patiente qui s'était trouvée à deux doigts de la mort. Des complications pouvaient survenir. Brusquement, Rab se sentit face à un homme trop âgé pour affronter une situation qui dépassait ses compétences.

À sa plus grande surprise, il s'entendit répondre :

— Ne vous inquiétez pas, Ewan. Je vais rester quelques jours parmi vous. Mon grand-père m'a laissé le contenu de la maison. J'ai besoin d'un peu de temps pour tout trier, ne serait-ce que les papiers de famille. Je suis prêt à vous aider pour Isabelle si c'est nécessaire, mais je pense que son transfert n'est pas nécessaire. En cas de besoin, vous n'aurez qu'à me passer un coup de fil.

— Vous pensez rester combien de temps ?

— Au moins une semaine. Isabelle sera tout à fait rétablie avant mon départ.

Ewan se frotta le menton d'un air embarrassé.

— Et ensuite ?

Tous deux savaient très bien ce qu'Ewan entendait par là. Une seule réponse était possible.

— Désolé, Ewan. Vraiment désolé, mais je ne peux rien faire de plus. Je rentrerai à Sydney.

Ils s'en tinrent à cela.

Rab partit rejoindre sa voiture. La tristesse infinie qui s'insinuait en lui le pénétrait jusqu'à la moelle des os.

Depuis la fenêtre de la salle des infirmières, Mia le regarda partir. Elle réfléchissait.

« C'est vous qui avez le contrôle »…

Pourquoi cette phrase ne cessait-elle de la hanter ?

Elle pensait à son enfance, passée dans une campagne reculée, presque à l'écart du monde. À son père, qui était à la fois veule et brutal. À sa mère, une pauvre femme tyrannisée, qui n'avait jamais osé contredire son mari sur quelque point que ce soit, persuadée qu'en tant que femme elle n'avait qu'à se plier aux ordres qu'elle recevait. Et aux amis de son père, à l'environnement oppressant.

Elle se revoyait, à dix-sept ans, inspirée par les livres qu'elle empruntait à la bibliothèque itinérante et qu'elle dévorait avec passion. Inspirée aussi par l'envie irrépressible de prendre son envol pour échapper à cette ambiance accablante.

« Je veux aller à l'université. »

Le rire méprisant de son père lorsqu'elle lui avait fait part de ce désir résonnait encore à ses oreilles. Les gifles qu'elle avait reçues ce jour-là lui brûlaient encore les joues.

« Idiote ! Triple idiote ! Tu te marieras, ma petite. Avec Harvey qui nous a fait crédit plus d'une fois. »

Le visage affolé de Maira aggrava encore sa colère.

« Et tâche de lui montrer ta reconnaissance ! Tu te prends pour qui de vouloir cracher sur son argent ? »

Là-dessus s'étaient ajoutés les reproches angoissés de sa mère.

« Si tu t'en vas, Maira, je vais me retrouver seule. C'est comme si tu signais mon arrêt de mort. »

Finalement, face à la violence de son père et aux sanglots de sa mère, elle avait cédé. Elle s'était mariée. Mais évidemment, Harvey n'était pas de ceux qu'on appelle « de bons maris ». Quoi qu'elle fasse pour lui plaire, elle ne récoltait que rebuffades et coups. Un jour, lors d'une de ses visites, sa mère l'avait trouvée couverte d'ecchymoses, en sanglots, recroquevillée dans un coin de la pièce. Elle avait voulu la ramener chez elle, mais Harvey s'y était opposé avec la plus grande violence. Une fois de plus, elle avait cédé.

Ensuite, un soir, l'année de ses dix-neuf ans, Harvey était rentré, ivre mort, mettre les pieds sous la table. Il avait estimé que les frites étaient mal cuites et…

Instinctivement, Mia porta la main à sa joue pour toucher la cicatrice qui la défigurait.

« C'est vous qui avez le contrôle »…

C'était la vallée qui lui avait permis de le prendre. Robyn, la fille d'Ewan, était assistante sociale à l'hôpital où on l'avait soignée. C'était elle qui l'avait amenée à Cockatoo Valley terminer sa convalescence.

Les bons soins et la gentillesse de doc Ewan et de son épouse l'avaient aidée à remonter la pente et à retrouver la santé. Elle avait changé de prénom. Maira était devenue Mia. Toute la vallée l'avait entourée pendant l'épreuve du procès qui avait envoyé Harvey en prison. Tous ici l'avaient soutenue aussi après le décès de sa mère.

Ensuite, la communauté l'avait aidée à payer ses études pour devenir infirmière. Cockatoo Valley était sa base.

Une base qui allait disparaître.

Garder le contrôle…

Rab était arrivé près de sa voiture maintenant mais, au lieu de monter dedans tout de suite, il s'attardait un moment et regardait le paysage de collines douces et les prés luxuriants. Pensait-il que tout cela serait bientôt avalé par une mine de charbon géante ?

Garder le contrôle…

Était-ce possible ?

Cette vallée, c'était chez elle.

Elle continua à regarder Rab, laissant les souvenirs revenir en foule. Le son de sa voix au creux de la nuit. Ses mots apaisants, comme un mantra miraculeux.

« À partir de maintenant, Maira, c'est vous qui contrôlez la situation. »

Elle porta les mains à son front.

Assez !

Elle quitta la pièce en courant.

3.

Rab était encore debout à côté de sa voiture quand il vit Mia arriver vers lui. Son cœur fit un bond. Isabelle ? Son état avait-il brusquement empiré ? Après une telle perte de sang, un arrêt cardiaque était tout à fait possible.

Mia portait encore sa tenue de salle d'opération – blouse et pantalon bleus, sabots en plastique, faciles à nettoyer –, mais sa longue natte cachée sous la charlotte sanitaire tout à l'heure descendait maintenant le long de son épaule. Son regard clair et direct fit à Rab l'effet d'un électrochoc. En dépit de sa cicatrice, cette femme était belle, étrangement belle.

— Mia, que se passe-t-il ? C'est Isabelle qui…

— Non, elle va bien. Doc Ewan est auprès d'elle. C'est juste que… que je voulais vous parler.

Elle s'interrompit brusquement et reprit son souffle avant de poursuivre.

— Excusez-moi… Je ne sais pas très bien comment vous le dire… C'est compliqué.

— Me dire quoi ? insista Rab, intrigué maintenant qu'il était rassuré sur la santé d'Isabelle.

Mia se redressa. Visiblement, elle faisait un effort pour se ressaisir.

— Est-ce que vous avez envie de sauver la vallée ?

— Je n'y peux rien, vous le savez très bien.

— Est-ce que son sort vous tient à cœur ?

— Je vais être honnête, Mia. C'est la première fois que j'y viens. Je connaissais à peine mon grand-père.

— Il faut la sauver, docteur Finley. Regardez autour de

vous. Est-ce que vous pouvez imaginer tout ce paysage de collines et de prairies disparaître sous une mine de charbon ?

Rab embrassa le paysage du regard. Non. C'était exactement ce qu'il pensait tout à l'heure avant de remonter dans sa voiture. Des jardins descendaient jusqu'au bord de la rivière qui constituait la limite de propriété de l'hôpital. Les berges étaient bordées d'eucalyptus magnifiques. Toute une flore locale prospérait en une verdoyante luxuriance jusqu'au porche de l'hôpital. Des oiseaux piaillaient joyeusement en volant d'un arbre à l'autre ; des bancs avaient été disséminés – certains à l'ombre, d'autres au soleil – pour accueillir les promeneurs.

La pensée que tout cela avait été créé et entretenu par sa famille, qu'il s'agissait là de l'héritage Finley, commençait à sérieusement déranger Rab.

Un peu plus loin, les maisons dominaient la rivière, avec une vue magnifique sur les jardins de l'hôpital et le paysage bucolique. Tout cela était voué à disparaître pour du charbon ?

Brusquement, Rab trouva cette pensée obscène. Bien davantage encore quand il croisa à nouveau le regard gris de Mia qui le fixait en une imploration muette.

— Encore une fois, je n'y peux rien !

— Si, docteur Finley. Vous pouvez vous marier.

Il éclata d'un rire dépourvu de joie.

— D'ici six semaines ? Vous plaisantez ?

— Il y a certainement une femme dans votre vie…

— Non.

Il avait répondu d'un ton sec en pensant à Skye, la petite infirmière à l'âme voyageuse qu'il avait fréquentée ces derniers temps mais qui l'avait quitté pour travailler à Londres, qu'elle rêvait de découvrir. Selon le notaire, le testament d'Angus Finley spécifiait que le couple formé par Rab devait vivre ensemble au moins un an.

Skye, installée dans la vie ?

Impossible !

Lui-même, installé dans la vie ?

Impensable.

Il soupira, sincèrement désolé.

— Je n'y peux rien, je vous l'ai déjà dit.

Il était sur le point d'ajouter que cette vallée ne faisait pas partie de sa vie lorsque quelque chose l'en empêcha. Il n'aurait su dire quoi, exactement. Peut-être la douce lumière qui lui caressait le visage ? Les oiseaux qui voletaient alentour ? La façade de l'hôpital s'étirait devant lui, avec ses grandes portes-fenêtres, ses salles ensoleillées. Oui, c'était un endroit parfait pour un hôpital.

Un peu plus loin encore, il apercevait l'école, l'église… Tout cela allait disparaître ? Pour laisser place à une mine à ciel ouvert ? Vraiment ?

La jeune femme qui lui faisait face avait dû sentir son hésitation. Elle croisa les bras sur sa poitrine avant de le regarder bien en face.

— Si vous voulez sauver tout ce que vous avez sous les yeux, épousez-moi !

Un long silence suivit cette étrange proposition.

Rab regardait son interlocutrice comme si elle débarquait tout droit de la planète Mars.

Même si avec le temps et les soins ses cicatrices s'étaient considérablement atténuées, Mia avait l'habitude d'être dévisagée. Elle avait encore en mémoire la réaction gênée des personnes qui ne réussissaient pas à cacher le choc qu'elles éprouvaient en la regardant pour la première fois.

Mais ce n'étaient pas ses cicatrices que Rab fixait, c'était son regard. Un peu comme s'il était en train d'établir un diagnostic difficile.

— C'est juste une idée comme ça, ajouta-t-elle. Une simple possibilité, au cas où vous souhaiteriez sauver la vallée. Je ne suis pas mariée et je suis prête à souscrire à toutes les conditions que vous poserez. Enfin… presque.

Elle parlait trop vite, en s'efforçant de paraître désinvolte, comme si ce qu'elle proposait n'était qu'une broutille.

— Je pense que ça pourrait marcher si nous veillons à poser des limites, si nous décidons de rester maîtres de la situation.

Rab était sous le choc de la surprise.

— Mais… pourquoi me faites-vous pareille proposition ?

— Parce que j'aime cette vallée.

— À ce point ? Qu'est-ce qu'elle représente pour vous ?

Quelques images atroces traversèrent l'esprit de Mia. Les colères de son père. Les sanglots de sa mère. La brutalité de Harvey…

Elle ferma les yeux. Très vite, elle sentit la main de Rab sur son bras. Quand elle les rouvrit, il lui sembla qu'il la dévisageait avec une sorte de commisération.

— Mia, qu'est-ce qui vous arrive ? Vous paraissez si malheureuse tout à coup ! C'est le sort de la vallée qui vous affecte aussi violemment ? Qu'est-ce qu'elle représente pour vous ?

Sous l'effet de cette voix chaleureuse, le cauchemar du passé s'effaça.

— Tout.

Elle cherchait les mots pour lui expliquer ce qu'elle éprouvait, mais elle n'y parvenait pas. La main de Rab demeurait posée sur son bras sans qu'elle cherche à la repousser. Enfin, elle réussit à parler.

— Je suis infirmière diplômée, je n'ai pas de racines, je pourrais trouver du travail ailleurs, mais les gens d'ici sont ma famille…

— Votre famille ?

— Je n'en ai pas d'autre. C'est ici que l'on m'a aidée, entourée, après… mon accident. C'est ici, grâce à tous ces gens, que j'ai repris goût à la vie. Je ferai tout ce que je pourrai pour les protéger, aussi longtemps que…

— Que vous serez capable de garder le contrôle ?

— Oui.

— Mia, vous proposez de m'épouser. Qu'est-ce qui vous pousse à me faire confiance à ce point ?

Une seule réponse était possible.

— Parce que… il y a quelques années, alors que j'étais blessée gravement, vous êtes venu la nuit, près de mon lit, me raconter des histoires de forêt, d'animaux sauvages…

— Où était-ce ?

— Dans le département des grands brûlés, à l'hôpital de Sydney. Il y a dix ans. Ma voisine de chambre s'appelait Hilda. Ni elle ni moi ne pouvions vous voir. Nos visages étaient couverts de pansements. Une grande partie de mon corps l'était aussi. Nos souffrances étaient atroces. Mais vous êtes venu, nuit après nuit, nous tenir compagnie, plus ou moins longtemps en fonction de vos obligations, jusqu'à ce que je parte en rééducation.

Peu à peu, dans l'esprit de Rab, les souvenirs se faisaient plus précis.

— Vous avez sans doute oublié, mais pour Hilda et moi ce que vous avez fait n'a pas de prix. Pour moi en particulier, car je ne voulais plus vivre. Vous m'avez fait découvrir que la bonté existe aussi. Ensuite, les gens d'ici ont pris le relais. J'ai une dette envers eux et envers vous. Voilà pourquoi je vous fais cette proposition.

Elle marqua une pause.

— À condition tout de même que vous respectiez mes conditions.

Comme elle prononçait ces derniers mots, une infirmière l'appela en lui faisant signe de rentrer.

— Excusez-moi, il faut que j'aille prendre mon poste. Je… je suis désolée de ce que je viens de vous dire. Vous allez trouver que c'est complètement ridicule, mais tant pis. Je devais essayer.

Avec un petit sourire gêné, elle ajouta :

— Quoi qu'il en soit, merci pour vos belles histoires.

Avant de s'éloigner, elle lui tendit un bout de papier.

— Voici mon numéro de téléphone. Au cas où…

Sur ce, elle tourna les talons et partit vers l'hôpital sans se retourner.

Sur le trajet qui le ramenait à la maison familiale, Rab ne cessa de penser à la proposition de Mia. C'était une idée complètement folle. Tellement folle que le mieux était de l'oublier le plus vite possible.

Cette fois encore, lorsque la maison de son grand-père lui apparut après le dernier virage de la route, il la trouva superbe. Ses ancêtres avaient beaucoup de goût. Les jardins étaient splendides. Uniquement composés de plantes locales, ils devaient être d'un entretien facile.

Le long de l'allée, une femme d'un certain âge vêtue d'un grand tablier et de bottes en caoutchouc était accroupie à quatre pattes pour arracher ce que Rab prit pour de mauvaises herbes. En s'approchant, il aperçut des bulbes accrochés aux tiges sèches.

— J'éclaircis les narcisses, vous voyez, expliqua la jardinière. Il y en a tellement !

Elle releva la tête.

— Oh ! mais vous êtes sans doute le nouveau propriétaire ? Monsieur Finley ?

— Rab.

— Moi, je suis Nora. Votre grand-père m'a parlé de vous. Ça y est, vous êtes marié ?

Apparemment, elle était au courant des clauses du testament et allait droit au but.

— Non.

— Non ?

Les yeux de Nora s'arrondirent de surprise et d'incrédulité.

— Vous allez vite arranger ça, n'est-ce pas ?

— Impossible. Mon anniversaire est dans six semaines.

Elle tendit une main à Rab sans s'inquiéter de la terre qui y était restée collée.

— Après vous avoir rencontré à l'enterrement de votre père, Angus avait été déçu de découvrir que vous étiez toujours célibataire. Il m'avait mise dans la confidence : « Si mon petit-fils veut l'héritage, il faudra qu'il se marie ! » De temps en temps, il se renseignait pour savoir si vous aviez franchi le pas et il me répétait cette phrase qui était devenue pour lui un véritable refrain.

Nora frotta ses mains sur le devant de son tablier.

— Vous savez, il ne connaissait même pas ces descendants éloignés qui vivent en Angleterre…

Son visage s'assombrit.

— En fait, votre célibat le contrariait. Il craignait que vous sombriez dans la neurasthénie comme votre père. C'est pour vous obliger à vous marier qu'il avait ajouté cette clause bizarre à son testament.

Un silence tomba entre eux.

Nora le rompit au bout d'un moment, impatiente d'entendre la réponse de Rab.

— Alors ? Que va-t-il se passer maintenant ?

Rab haussa les épaules d'un air désolé.

— Les cousins anglais vont hériter, et la propriété sera vendue.

La couleur se retira du visage de la jardinière. Elle pivota sur elle-même pour embrasser du regard le paysage environnant.

— Vous… vous ne pouvez pas vous marier avant l'échéance ?

Puis, gênée par son indiscrétion, elle baissa la tête.

— Pardon, je sais que cela ne me regarde pas. De toute façon, même marié, vous vendriez aussi certainement.

Un soupir plein de tristesse lui échappa.

— Dans le fond, qu'est-ce que vous êtes venu faire ici ?

— Choisir ce que je veux garder de la maison.

— Vous avez une clé ?

— Oui. L'avocat m'en a donné une.

— Dans ce cas, je vais vous laisser entrer tout seul.

Lèvres serrées, elle s'efforçait de retenir ses larmes. Puis, sur un ton qu'elle voulait désinvolte, elle reprit :

— Je vous comprends. Il faut aller de l'avant.

Son regard revint vers le jardin.

— De toute façon, j'ai l'intention d'éliminer cet énorme massif de ronces avant l'installation de la mine. Je l'avais conservé parce que votre grand-père adorait aller en picorer les baies, mais je ne veux pas qu'il envahisse tout. Enfin… c'est vrai que cela n'aura plus d'importance, mais tout de même… D'ailleurs, je ferais aussi bien de déterrer tous les bulbes de narcisse. Jamais ils ne survivront dans le voisinage d'une mine.

Sur ce, elle se remit à quatre pattes et poursuivit son travail. La conversation était terminée.

Rab ne se sentait pas très à l'aise, mais que faire ?

Il s'avança vers la porte d'entrée, et mit la clé dans la serrure. C'était une énorme clé en fer, attachée par une ficelle à une grenouille en bois sculpté. Ses grands-parents éprouvaient-ils une affection particulière pour ces petits batraciens ? Rab hocha la tête pensivement. En fait, il ne savait quasiment rien à leur sujet. On lui avait seulement dit que son père, Douglas, avait eu un jumeau, Donald. Ce dernier avait péri noyé dans la rivière quand ils avaient douze ans, et Douglas avait été tenu pour responsable de son décès. Ce reproche l'avait marqué à vie. Après le drame, ses parents l'avaient envoyé en pension. De là, il était parti à l'université avec tout l'argent nécessaire pour financer ses études mais aucune autre marque d'intérêt ni d'affection de leur part. Il avait fait des études brillantes, avait réussi dans la finance tout en passant d'une femme à l'autre, jusqu'au moment où il s'était retrouvé avec un enfant non désiré sur les bras à la suite d'une liaison passagère. Il n'avait jamais éprouvé le besoin de revenir dans la vallée, ni même de présenter son fils à ses parents.

Tout cela faisait qu'en pénétrant dans la maison Rab ne s'attendait pas à ce qu'elle évoque quoi que ce soit pour lui. Pourtant, quand il entra dans le grand salon après avoir traversé le hall majestueux, son regard fut attiré par un tableau accroché au-dessus de la cheminée en marbre.

Il représentait deux petits garçons, évidemment jumeaux, se tenant par la main, un sourire malicieux sur les lèvres, tout prêts à commettre la prochaine sottise qui se présenterait.

Douglas et Donald.

Autrement dit, ses grands-parents avaient passé toute leur

vie à regarder chaque jour ce portrait qui représentait leurs deux fils disparus de leur vie : l'un tragiquement, l'autre parce qu'ils avaient volontairement rompu avec lui.

Une seule fois, après une soirée un peu arrosée, son père avait parlé à Rab de son frère jumeau.

« Donald s'est noyé sous mes yeux, Rab, emporté par un tourbillon. Je n'ai rien pu faire pour l'aider. Cette tragédie m'a détruit. Qu'elle te serve de leçon, mon fils. Dans la vie, on est seul. Apprends à n'avoir besoin de personne. Jamais. »

Cette confession douloureuse revenait à l'esprit de Rab maintenant qu'il se trouvait face à leur portrait. Que de souffrance son père, cet homme d'affaires dont tout le monde enviait la réussite, avait dû garder dans le cœur !

Sa grand-mère était morte vingt ans plus tôt. Son grand-père avait terminé sa vie dans la solitude. Au fur et à mesure qu'il passait d'une pièce à une autre, Rab découvrait la grandeur fanée d'une maison qui avait arrêté de vivre au moment du décès de Donald. Elle avait été maintenue en l'état, sans rien y changer, morte elle aussi. Un couple avait vécu là, s'était sans doute aimé, avait eu deux fils jumeaux. Ensuite, l'un était mort et ils avaient rejeté l'autre. C'était là leur vie ?

La bibliothèque qui se trouvait au rez-de-chaussée était la seule pièce qui paraissait avoir été utilisée par son grand-père. Une table jonchée de documents divers, placée près de la cheminée, avait servi de bureau. Sur le canapé était encore posé le manteau d'Angus. La cuisine paraissait froide et inhospitalière. Un piano de professionnel, d'apparence neuve, y était installé, mais seule la petite plaque électrique qui se trouvait à côté paraissait avoir été utilisée.

La pièce sentait l'humidité. Rab frissonna. On aurait dit que l'occupant de la maison était mort depuis des années et non pas seulement deux semaines plus tôt.

Que de tristesse…

Il se détourna pour gravir le grand escalier qui conduisait aux chambres. L'une d'elles était claire, attirante. Ses grandes fenêtres donnaient sur la vallée. La pièce aurait même pu être gaie si les rideaux et les couvre-lits n'avaient pas été aussi défraîchis. Des jouets – jeux de construction et petites voitures qui passionnent les garçons d'une douzaine d'années – étaient encore disposés sur les étagères.

Les deux lits jumeaux étaient soigneusement faits.

Sans qu'il puisse s'expliquer pourquoi, Rab sentait la colère monter en lui. Maintenant, il comprenait tout. L'éloignement affectif de son père, l'étrange testament de son grand-père... La tragédie survenue à l'un des membres de cette famille avait ruiné la vie de tous les autres.

Rab jeta un coup d'œil par la fenêtre. En contrebas, Nora plongeait sa pelle dans la terre avec une vigueur excessive. Ses épaules étaient agitées de mouvements brusques. Il aurait parié qu'elle était en train de pleurer.

Ce jardin, cette maison, cette vallée. Tout cela allait disparaître ?

La gorge de Rab était nouée.

Il ouvrit la fenêtre.

— Nora !

Elle leva la tête vers lui.

— Nora, n'arrachez pas tous ces bulbes, s'il vous plaît ! Pas encore.

La jardinière se figea.

— Qu'est-ce que ça veut dire ?

— Rien, Nora. Simplement, ne les arrachez pas.

Cela fait, il referma la fenêtre et sortit de sa poche le bout de papier que Mia lui avait remis avant de le quitter.

Qui était cette femme ? Il l'avait à peine entrevue...

Tant pis.

Il sortit son téléphone de sa poche et forma son numéro.

Comme si elle attendait son appel, elle répondit à la première sonnerie.

— Mia, pourriez-vous venir un moment à la maison de mon grand-père ? J'aimerais vous parler.

— Oui, répondit-elle sans hésiter.

Après une courte pause, elle ajouta :

— Il est déjà tard. J'imagine qu'il n'y a pas de provisions dans la maison. Voulez-vous que j'apporte quelque chose à manger ?

Cette remarque pratique ramena Rab sur la terre ferme. Plus ou moins. Car une partie de lui continuait à évoluer sur des sables mouvants.

— Bonne idée, approuva-t-il.

— Parfait. J'arrive dans un instant.

Mia lui avait répondu sur un ton presque gai. Comme si ce qui se passait était quelque chose d'heureux.

Il se passa la main sur le front, puis revint près de la fenêtre contempler la vallée où son père avait passé son enfance.

Dans quelles complications allait-il se lancer ?

4.

Au volant de sa petite voiture qui l'amenait à la propriété des Finley, Mia se demandait si elle n'avait pas perdu la tête. Après ce qu'elle avait vécu auprès de Harvey, aller se mettre la corde au cou une fois de plus, qui plus est de sa propre initiative, n'était peut-être pas une idée géniale.

Il y avait une grande différence néanmoins avec son malheureux mariage : cette fois, ce serait elle qui garderait le contrôle de la situation. Non, elle n'allait pas se remettre la corde au cou. Rab devrait accepter les conditions qu'elle poserait.

La route qu'elle suivait serpentait le long de la rivière. Les derniers rayons du soleil faisaient flamber les feuillages étincelants aux couleurs de l'automne. Sous leurs branches, des Hereford à la robe rouge et blanche ruminaient tranquillement. Les saules se penchaient au-dessus de l'eau, les hirondelles fendaient l'air en silence tandis que des hérons se pavanaient le long des berges. La vallée était belle à couper le souffle.

Oui, mais était-ce assez pour tout risquer ?

Si un autre homme que Rab avait été concerné, Mia savait qu'elle n'aurait jamais envisagé de faire sa proposition. Pour quelles raisons ? Pourquoi se comportait-elle comme si elle le connaissait ? Tout ce qu'elle savait de lui, c'était une voix dans la nuit qui avait éloigné ses épouvantables terreurs. C'était bien peu.

Pourtant, cette fois encore, c'était à lui qu'elle voulait faire appel pour écarter l'horreur qui la menaçait, le cauchemar angoissant que représentait la destruction de la vallée.

— Tu crois que je suis devenue folle ? demanda-t-elle à son chien, assis à côté d'elle à la place du passager.

Boris tourna vers elle sa bonne grosse tête à l'air toujours étonné et aux longues oreilles pendantes. Il était le résultat surprenant d'un mélange de boxer, de mastiff et de limier, mais quel amour de compagnon ! Elle l'avait recueilli tout petit quand elle avait décidé de louer une maison où elle vivrait seule afin qu'il joue le rôle de chien de garde. Bien qu'Harvey soit toujours en prison, elle éprouvait encore le besoin d'être protégée de sa violence. Mais Boris s'était avéré bien trop gentil pour attaquer qui que ce soit ! Étant donné que son ex-mari devait être prochainement libéré, elle envisageait de trouver un autre style de protection.

Peut-être changerait-elle de nom comme elle l'avait déjà fait en sortant de l'hôpital ?

Cette fois, ce serait peut-être à l'occasion de son mariage avec Rab ?

Sa voiture avançait maintenant dans l'allée de la maison Finley. Rab était assis dans un fauteuil d'osier sur la terrasse. En l'apercevant, son cœur se mit à battre plus vite.

Dans quoi s'était-elle lancée ?

Il était trop tard pour reculer. Rab se levait déjà pour venir à sa rencontre. Il lui souriait, et ce sourire était… diaboliquement séduisant. À la place du costume qu'il portait à la réunion de l'après-midi, il avait revêtu un T-shirt blanc et un jean délavé. Grand, mince, bronzé, il était aussi beau qu'une gravure de mode.

Et il lui souriait…

Après Harvey, elle s'était solennellement juré de ne plus jamais laisser un homme entrer dans sa vie. Ce vœu avait été prononcé avec autant de sérieux que celui des religieuses qui entrent au couvent. Sauf que… Rab aurait sans doute tourné la tête à la plus sage de ces dernières.

Brusquement, elle se sentit rougir. Pas question de laisser Rab deviner son trouble. Elle se tourna donc pour prendre le carton du repas posé sur la banquette arrière, ce qui lui laissa le temps de retrouver son calme. De son côté, Boris s'était déjà élancé à la rencontre de son nouvel ami. Car pour Boris le monde ne cessait de se peupler de nouveaux amis ! Quand elle sortit à son tour, elle découvrit Rab penché sur le gros chien censé assurer sa sécurité : Boris se roulait sur le dos, fou de joie qu'on lui gratouille le ventre.

Puis, comme un lapin pointait son nez par-dessous la haie, il se redressa d'un bond et partit au grand galop en aboyant comme s'il avait le diable aux trousses.

Mia eut un sourire rassurant.

— Ne vous inquiétez pas, il n'y a aucune chance pour qu'il l'attrape !

— Vous n'avez pas peur qu'il se sauve ?

— Pas du tout. Boris sait très bien revenir vers la main qui le nourrit.

Rab fit signe en direction de la porte.

— Vous voulez que nous passions à l'intérieur ?

— Non, le porche est très agréable.

Rab tendit un fauteuil à Mia et partit chercher deux verres d'eau.

— Désolé, je préférerais vous proposer un verre de vin, mais je n'ai rien de meilleur à vous offrir.

— C'est parfait au contraire. Étant donné le sujet qui va nous occuper, il vaut mieux que nous restions sobres.

Rab prit place à côté de son invitée.

— Je crois que ce rendez-vous est le plus étrange que j'ai jamais eu, déclara-t-il.

— Il s'agit d'une réunion d'affaires, pas d'un rendez-vous, corrigea Mia.

— Dans ce cas, pourquoi ne sommes-nous pas dans le bureau d'un avocat ?

Perplexe, Mia se mordit les lèvres. Quelle idée d'aborder un sujet aussi sérieux que celui qui les réunissait en tête à tête sur un perron ? Pire encore, de manger un morceau de pizza pendant que Boris poursuivait les lapins ! Elle n'avait pas envisagé la perspective de rencontrer un avocat. Pourtant, il faudrait peut-être en passer par là ?

— Si c'est ce que vous souhaitez, je suis d'accord.

— Nous verrons. Vous, Mia, sur quelles bases vous engageriez-vous ?

Leurs regards se rencontrèrent, mais Mia prit tout son temps pour réfléchir. Elle devait trouver les mots justes. L'enjeu était trop important pour le gâcher par la précipitation.

— Voilà, commença-t-elle en s'efforçant de ne pas bredouiller. J'ai parlé avec la mère d'Eric. Eric est le jeune homme qui est intervenu pour vous demander si vous étiez marié. Sa mère a lu le testament dans son entier, et je pense que si vous acceptez… nous pourrions nous marier. C'est une question de douze mois. La cérémonie doit être légale, passée chez un notaire. Étant donné la clause précisant que vous devez être « heureusement installé dans le mariage », j'imagine que je devrai venir vivre ici car il nous faudra donner à l'extérieur l'image que chacun attend d'un couple marié.

Elle jeta un coup d'œil sur la grosse bâtisse.

— Mais dans cette grande maison, nous serons libres de nous organiser à notre convenance. Nous pourrions vivre en colocataires tout simplement. Et cela, seulement pendant un an, juste le temps nécessaire pour sauver la vallée.

Mia avait conscience de parler trop vite, mais elle ne pouvait s'en empêcher. Elle avait hâte d'en finir.

— Pour faire les choses en toute légalité, nous pourrions chacun avoir recours à notre avocat habituel. Ni l'un ni l'autre n'a rien à voir avec l'étude qui s'occupe des affaires de votre grand-père.

Rab écoutait attentivement mais sans manifester de réaction.

Pour Mia, le plus difficile était arrivé. Pourtant, il fallait le dire.

— Je dois vous faire confiance. Une confiance que je qualifierais volontiers d'aveugle. Il faut que vous me donniez votre parole qu'une fois votre héritage acquis vous ne vendrez pas la vallée à l'entreprise minière.

Un long silence s'installa.

— Sur quelle base me feriez-vous confiance ?

— Je n'en sais rien, répondit-elle honnêtement. Je ne veux retirer aucun avantage de ce mariage qui n'en serait un que de nom. Nous pourrons mettre cela par écrit si vous le souhaitez. De cette manière, si vous le voulez, vous pourrez utiliser le document quand les douze mois se seront écoulés.

Mia releva la tête pour fixer Rab d'un air profondément sérieux.

— Quant à la vallée… je ne sais pas… Une fois la durée obligatoire de notre mariage achevée, elle vous appartiendra. Je n'aurai aucun moyen de vous empêcher de la vendre. Pourtant, je ne pense pas que vous le ferez.

Elle releva le menton.

— Je vous fais confiance. Vous êtes un homme bon, il me semble. Est-ce que je me trompe ?

Un autre long silence les enveloppa.

Ils le mirent à profit pour terminer leur morceau de pizza. Un peu plus bas, en dessous de la maison, les sarcelles, les bécassines, les aigrettes, toute cette faune qui fréquentait les eucalyptus du bord de la rivière lançait ses derniers ramages de la journée. Les crapauds prenaient le relais et commençaient à coasser dans les ajoncs.

— Mia, demanda Rab à brûle-pourpoint, l'enjeu est énorme. Pourquoi me feriez-vous confiance ?

— Je ne sais pas. Mais en même temps, je sens que je peux le faire.

La nuit était presque tombée maintenant.

La voix de Rab brisa le silence qui les enveloppait.

— Mia, vous portez des cicatrices. Que vous est-il arrivé ?

— Mais… cela n'a rien à voir avec…

— Avec moi ? Vous vous trompez. Vous me demandez de vous épouser. Pareil engagement exige une confiance totale de la part des deux parties. Nous devons être parfaitement honnêtes l'un envers l'autre.

— Je ne peux pas… Je déteste…

— Je comprends bien que vous n'aimiez pas en parler. Mais ce que vous exigez de moi n'est pas anodin, Mia. Si j'accepte, je devrai venir m'installer ici pour un an, abandonner mon poste à Sydney, laisser tout ce qui fait ma vie actuellement.

— Mais vous sortirez gagnant de ce sacrifice ! À la fin, vous serez propriétaire de cette vallée, vous pourrez en vendre des parcelles si vous le souhaitez, mais pas à la compagnie minière. Quantité de fermiers qui louent leurs terres seraient heureux de pouvoir les acheter. Vous pourriez faire fortune tout en préservant la vallée.

— Et vous, de votre côté, vous vous retrouveriez sans rien. Je veux savoir pourquoi vous faites cela.

— Je vous l'ai dit. J'aime cette vallée.

— D'accord, mais je veux savoir pourquoi. Et je veux aussi savoir pourquoi, pendant que vous me parlez, je lis de la peur dans vos yeux. La suggestion vient de vous et pourtant, quand je regarde votre visage, vous me donnez l'impression de présenter votre tête à la guillotine.

Mia réussit à sourire.

— Allons, ce n'est pas aussi terrible que ça !

— Écoutez, Mia, même si c'est seulement pour un an, je ne veux pas épouser quelqu'un que je ne connais pas. J'ai quelques vagues souvenirs de vous à la section des grands brûlés de l'hôpital de Sydney, mais je ne me rappelle pas votre histoire. À l'époque, j'étais seulement interne. Je n'étais pas responsable des soins qui vous étaient donnés. Les seules fois où je vous ai vue, c'était la nuit et votre visage était couvert de pansements.

Il s'interrompit un instant avant de reprendre sur un ton qui n'admettait pas de dérobade :

— Je n'envisagerai votre proposition que si nous nous

montrons parfaitement honnêtes l'un avec l'autre. Parlez, je vous écoute !

« Parlez ! »

Mia frissonna. Fallait-il vraiment tout lui raconter ? Personne ou presque ne connaissait son histoire. Elle avait seulement mentionné un mari ivre, une dispute, un accident… Seuls les travailleurs sociaux à l'époque puis plus tard Ewan et son épouse savaient tout.

Rab voulait connaître l'entière vérité. Contrariée à l'idée d'évoquer d'aussi atroces souvenirs, Mia hésitait, mais avait-elle le choix ? Non. Rab avait raison, une confiance totale devait régner entre eux.

— C'est une histoire abominable…

Maintenant qu'elle avait commencé, les mots se précipitaient sur ses lèvres tant elle avait hâte d'en finir au plus vite.

— Mon père buvait, ma mère n'était qu'une poupée de chiffons entre ses mains. Elle l'aimait sans doute… ou peut-être ne l'aimait-elle pas, mais elle n'avait pas le courage ni la force de le quitter. Nous vivions en rase campagne, à une dizaine de kilomètres de Corduna.

Comme Rab prenait un air interrogateur, elle ajouta :

— C'est normal que vous n'ayez jamais entendu ce nom, personne ne le connaît. C'est le bout du monde : du sable rouge, des rochers, des orties, les vestiges d'une ancienne mine d'opale. Le bout de terrain que nous cultivions appartenait à un homme bien plus riche que nous, Harvey Manton. Tout le monde le soupçonnait de s'adonner à un trafic de drogue, mais personne n'osait le dénoncer. Quantité de jeunes femmes de Sydney venaient lui rendre visite dans sa très belle maison. Là, il était comme un roi dans son palais. Il gouvernait tout à sa guise et il adorait ça. D'après les renseignements que j'ai obtenus, j'ai appris que, lorsqu'il a été mis en prison, cette maison a été vendue à l'un de ses amis. Elle lui appartient à nouveau, et je suis persuadée qu'il va revenir y vivre. Il avait des chiens de garde effrayants et agressifs, la propriété était entourée de fil de fer barbelé et surveillée par des spots. Personne ne savait exactement ce qu'il y faisait ni de quoi il vivait, mais il était très fier de son royaume. Je pense d'ailleurs que, si l'on a été si dur avec moi lors du procès, c'est parce que la police n'avait pas envie de se mêler de ses affaires. Bref, c'était un homme riche, impressionnant et violent. Quand j'ai eu seize ans, mon père, qui buvait, s'est retrouvé lourdement endetté. C'est alors qu'Harvey a décidé de l'aider à condition que je lui sois donnée pour épouse.

Rab fronçait les sourcils.

— Vous avez des frères et sœurs ? Il n'y avait personne autour de vous pour vous soutenir ?

— Non. Je vivais seule avec ma mère et mon père. J'allais à l'école, mais ma mère devait faire un trajet d'un quart d'heure pour me conduire à l'arrêt de bus. Ensuite, je devais faire encore une heure de bus pour arriver à la ville la plus proche où j'étais scolarisée. Bien sûr, toutes les occasions étaient bonnes pour me faire manquer. Finalement, comme j'étais trop souvent absente, on m'a inscrite pour une scolarité à domicile, mais c'était une tricherie. Heureusement, je lisais beaucoup grâce à la bibliothèque itinérante qui me permettait d'emprunter autant de livres que je le souhaitais. Finalement, je me suis instruite toute seule.

Mia s'interrompit un instant. Rab devait découvrir un monde dont il ne soupçonnait pas l'existence…

— Quand j'ai été un peu plus âgée, poursuivit-elle, j'ai envisagé de m'enfuir, mais j'ai eu pitié de ma mère. Elle avait de l'asthme et était souvent malade. Je ne me suis pas sentie capable de l'abandonner. C'est alors qu'Harvey a déclaré qu'il voulait m'épouser en échange des dettes de mon père.

Submergée par le cauchemar qu'elle était en train d'évoquer, elle ferma les yeux avant de poursuivre.

— À cette époque, j'avais dix-sept ans et je suis devenue officieusement l'épouse de Harvey Manton. Il s'absentait pendant de longues périodes pour des raisons qui m'étaient inconnues. Je savais aussi qu'il allait voir d'autres femmes, mais cela m'indifférait.

— Mia, je suis désolé pour vous !

Elle haussa les épaules.

— C'était comme ça, c'est tout. J'en ai parlé avec les psychologues avant le procès. Ils m'ont aidée à comprendre que je n'étais pas alors en position de me révolter. On m'avait élevée dans la peur de cet homme qui avait tout pouvoir sur nous. Et puis, un jour, j'avais dix-neuf ans alors, il m'a reproché de ne pas avoir suffisamment fait chauffer l'huile pour frire ses pommes de terre. Il était ivre. Il a trouvé qu'elles étaient trop molles et il m'a jeté la bassine d'huile à la tête.

Plus la confession de Mia avançait, plus Rab sentait la colère monter en lui, mais il fit un effort pour se contenir. S'insurger ne pourrait qu'augmenter la souffrance de Mia.

— Je ne sais pas comment je me suis débrouillée pour retourner dans la maison de mes parents. Quand ma mère a vu dans quel état je me trouvais, elle m'a mise dans la voiture et m'a conduite à l'hôpital pendant que mon père hurlait que ça n'était pas la peine, que j'étais une poule mouillée, que je n'avais qu'à apprendre à faire la cuisine… Heureusement, les services sociaux se sont occupés de moi. On m'a hospitalisée et ma mère aussi. Harvey a été envoyé en prison.

Rab paraissait horrifié.

— Mais ensuite… il y a eu quelqu'un pour vous soutenir ? Votre mère ?

— Ma mère est morte avant que j'aie terminé ma rééducation. Mon père a disparu. Je ne sais pas où il est, et ça m'est égal. Harvey est encore en prison, mais il va sortir bientôt. Je préfère ne pas penser à cela pour l'instant.

Elle soupira.

— J'ai eu la chance à l'hôpital de Sydney d'être aidée par une équipe de travailleurs sociaux sensationnelle. Parmi eux se trouvait Robyn, la fille d'Ewan. J'y suis restée si longtemps que nous sommes devenues amies. À la fin de ma rééducation, elle m'a proposé de venir passer quelque temps dans sa famille. Là, Ewan, c'est-à-dire doc Ewan, et sa femme Mary m'ont prise sous leur aile avec une gentillesse immense. Ils m'ont incitée à suivre une formation d'infirmière et, avec leur aide et celle des habitants de la vallée, j'ai pu entreprendre et terminer ces études. Vous comprenez mieux sans doute les raisons qui me poussent à tout tenter pour préserver cette région.

Un long silence suivit cette confession. Puis Rab passa un doigt le long de la cicatrice qui marquait la joue de Mia. Comme un médecin qui évalue la gravité d'une blessure, mais pas seulement. Mia se raidit.

— Pauvre, pauvre gamine, murmura Rab.

Ces mots pourtant bienveillants provoquèrent une réaction violente chez Mia. Raconter cet épisode douloureux de sa vie lui avait ramené à la mémoire combien elle s'était montrée passive et dépourvue d'initiative autrefois. Maintenant, ce geste compatissant sur sa joue blessée achevait de la bouleverser.

Elle se leva brusquement.

— Je ne suis plus une gamine ! Je l'ai été autrefois, mais je ne suis plus cette personne-là. Si je vous ai raconté ma vie, c'est pour que vous compreniez tout ce que je dois à Ewan et Mary et à quel point j'aime cette vallée.

Le visage en feu, elle dévisageait Rab.

— Je ferai tout ce qui sera en mon pouvoir pour la sauver, mais je veux contrôler la situation. Tant mieux si ce que je propose est intéressant pour vous puisque vous serez riche à la fin, mais ce sera la conséquence d'une décision que je prends moi-même, en tant qu'adulte. Personne n'a de pouvoir sur moi, personne ne me contraint à quoi que ce soit. C'est à prendre ou à laisser, docteur Finley, mais ne posez plus jamais la main sur moi !

Les mains sur les hanches, elle le défiait. Ses yeux gris avaient pris une couleur foncée, presque noire.

Rab réfléchissait. La proposition qu'elle lui faisait était extravagante. Épouser quelqu'un qu'il ne connaissait pas… il ne devrait même pas l'envisager, mais cette femme avait quelque chose de spécial. Son histoire le bouleversait.

Il se souvenait des gardes qu'il avait effectuées dans l'unité des grands brûlés quelques années plus tôt. Il y était resté trois mois car cela faisait partie de sa formation. Ce qu'il y avait vu l'avait terrifié. Les nuits étaient particulièrement abominables car, chez ce genre de blessés, il fallait sans cesse surveiller les niveaux de douleur. Ceux qui souffraient de brûlures sur le bas du corps étaient les plus faciles à soigner car ils pouvaient parler et l'appeler lorsque la souffrance devenait insupportable. Mais c'était beaucoup plus compliqué pour ceux dont le visage avait été atteint. Il fallait interpréter le moindre de leurs mouvements qui pouvait être le signal d'une douleur atroce.

Il détestait se sentir impuissant face à tant de souffrance. Les lectures qu'il était venu leur faire pendant sa pause repas étaient une occasion pour lui de les observer et aussi une façon de se dire que, au moins, il faisait quelque chose pour eux.

Mais ce que cette femme lui proposait était plus que « quelque chose ». C'était un mariage !

Après tout, ils pourraient s'en tenir à ce qu'elle proposait, à savoir une cohabitation qui durerait un an. Mais cela ne serait pas sans conséquences sur sa propre vie. Lui qui avait été élevé en ville devrait quitter Sydney, son travail à l'hôpital, ses amis, pour se retirer dans cette vallée perdue. Il n'en avait pas la moindre envie. En outre, il gagnait suffisamment bien sa vie pour que la perspective de l'héritage ne constitue pas une motivation suffisante.

Par contre, en ce qui concernait sa partenaire dans cette aventure, mis à part le fait qu'elle devrait vivre sous le toit des Finley pendant un an, rien ne changerait. Elle ne serait obligée de renoncer à rien.

Pendant qu'elle continuait à le fixer d'un air belliqueux, il repassa dans son esprit les nuits de souffrance qu'elle avait endurées, une souffrance causée par un homme qui avait cru avoir tous les droits sur elle.

Si elle proposait de l'épouser, ce n'était pas par appât du gain, simplement pour remercier la vallée qui lui avait redonné le goût de vivre.

Tout à coup, il se sentit tout petit.

— Votre nom, c'est bien Mia ?

— Mia, oui. Mais autrefois, c'était Maira. Les services sociaux m'ont aidée à le changer. Harvey pensait que je lui appartenais, et je ne voulais plus être cette personne-là.

— Vous avez encore peur de lui ?

— Il est en prison.

— Sa libération approche, je crois ?

— Oui, mais il ne me retrouvera pas. Et si je me marie avec vous, je changerai de nom une nouvelle fois.

Elle releva la tête.

— Mais ce n'est pas pour cette raison que je me marierais. Comme je vous l'ai dit, je ne cherche pas à gagner quoi que ce soit dans ce mariage. S'il a lieu.

— Je voudrais pourtant servir à quelque chose !

— Eh bien… disons que je serai logée gratuitement pendant un an. Pour l'instant, je loue un petit cottage à côté de l'hôpital. Le jardin est tout petit. Boris serait ravi de vivre ici quelques mois.

En entendant son nom, Boris cessa de flairer la piste du lapin qu'il avait aperçu un peu plus tôt pour revenir au grand galop vers sa maîtresse. Il s'installa tout près d'elle et se mit à la regarder d'un air d'adoration.

Normalement, cela aurait dû faire sourire Rab. Ce ne fut pas le cas. Il se sentait de plus en plus honteusement privilégié. Certes, l'affection de ses parents lui avait manqué, mais ses nounous avaient su lui en donner à leur place, souvent avec générosité. Il n'avait eu aucun problème pour financer ses études de médecine car la mort de son père avait fait de lui un jeune homme financièrement très à l'aise. En plus, il avait beaucoup d'amis et adorait son métier.

Apprendre qu'il n'hériterait pas de Cockatoo Valley ne l'avait pas du tout affecté. De toute façon, il n'avait jamais imaginé que cette propriété lui reviendrait. Il était simplement venu ici pour faire connaissance avec la maison de son grand-père et récupérer quelques souvenirs familiaux susceptibles d'intéresser ses enfants… si jamais il en avait un jour. Cela fait, il n'aurait plus qu'à rentrer chez lui.

À vrai dire, il n'avait jamais pensé aux conséquences qu'entraînerait la vente de la propriété, même pas au fait que la vie des gens qui vivaient alentour allait être bouleversée.

Et maintenant, en face de lui se tenait cette femme pour qui la vallée semblait être la chose la plus importante du monde. Malgré les événements terribles qui avaient marqué sa vie et son corps, elle acceptait de lui faire confiance. La perspective de cohabiter pendant un an avec un parfait étranger devait l'inquiéter. Néanmoins, elle se tenait là, devant lui, ne demandant rien pour elle-même, juste cette parodie de mariage afin de sauver la vallée.

Un an… Quitter Sydney pour venir habiter dans cette maison… Dans le fond…

Tout à coup, Rab envisageait sérieusement cette possibilité. S'il acceptait, il lui faudrait travailler. Ce ne serait sans doute pas difficile pour lui d'utiliser ses compétences de médecin. Tout à l'heure, il avait vu à quel point l'hôpital était sollicité. Le visage d'Ewan accusait une fatigue immense qui ne pouvait pas être seulement causée par la perspective de perdre la vallée. Il pourrait être utile ici… ce qui l'obligerait à abandonner momentanément son poste de chirurgien haut de gamme pour devenir médecin de famille. Le jeu en valait-il la chandelle ?

— Je vous laisse réfléchir à tout cela, déclara Mia en attrapant Boris par le collier. Si vous voulez me parler, vous savez où me trouver.

Enchanté de dégoter quelques croûtes de pizza sur le sol, Boris résistait de tout son poids. Rab dut lui aussi agripper le collier et lui donner une secousse pour aider Mia à vaincre la résistance de son récalcitrant compagnon. Leurs mains se rencontrèrent. Comme prisonnier d'un charme puissant, Rab ne retira pas la sienne.

— Merci de m'avoir reçue, Rab. Le moment venu, vous me ferez part de votre décision.

— Eh bien… la voici, Mia. Elle est prise. Marions-nous.

5.

Le mariage eut lieu cinq semaines plus tard, ce délai ayant été nécessaire pour les démarches administratives. Rab et Mia se retrouvèrent donc devant l'officier de l'état civil, Tony Gaylard, qui prit son rôle très au sérieux.

Ewan et Mary, leurs témoins, paraissaient au comble du bonheur. Seule Robyn, leur fille, affichait un air soucieux. La veille du mariage, elle était allée trouver Rab pour lui dire à quel point elle souhaitait le bonheur de Mia dont elle avait pris tellement soin lors de sa convalescence. Il l'avait rassurée de son mieux mais, malgré cela, elle conservait une mine préoccupée.

Mia avait choisi une tenue très simple – chemisier blanc et pantalon noir. Après tout, ce mariage n'était qu'un contrat d'affaires. Elle prononça les phrases requises de façon mécanique, sans y mettre la moindre expression.

Avait-elle peur de se lancer dans cette aventure insensée ? Lorsqu'il lui passa l'alliance au doigt, elle baissa les yeux et Rab remarqua que sa main tremblait. Un instant, il eut envie de tout interrompre. Devait-il épouser une femme visiblement morte de peur ? Puis il se ravisa. Ils étaient en train de conclure un marché, rien de plus. Une année de partenariat entre deux membres égaux. Voilà tout. Rien de plus.

— Vous êtes maintenant mari et femme. Rab, vous pouvez embrasser la mariée.

« Vous pouvez embrasser la mariée. »

Mia se souvenait d'avoir déjà entendu cette phrase. Quand

elle avait seize ans et qu'elle unissait sa jeune vie à l'homme qui tenait le sort de sa famille entre ses mains. On lui avait appris à se faire toute petite quand Harvey entrait chez eux. Souvent, elle se réfugiait dans une chambre avec sa mère, et entendait la voix de Harvey donner des ordres et tempêter dans la pièce voisine. Plus tard, à l'adolescence, Harvey exigea qu'elle reste avec eux, qu'elle lui serve sa bière, qu'elle veille à son confort. Et un beau jour, ou plutôt un jour horrible, il avait décidé qu'il voulait l'épouser.

Le mariage avait été une simple pantomime. Mia avait revêtu la robe de mariage de sa mère et, quand le célébrant avait prononcé les mots fatidiques – « Vous pouvez embrasser la mariée » –, Harvey avait posé ses lèvres sur les siennes avec une brutalité qui laissait augurer le calvaire qu'elle allait vivre.

Et aujourd'hui… elle entendait cette même phrase. Et pas plus que le précédent, ce mariage n'était vrai. Venait-elle une fois de plus de se jeter dans la gueule du loup ? Allait-elle se trouver soumise au pouvoir de cet homme ?

Elle avait décidé que ce n'était là que le résultat de son propre choix, que c'était elle qui contrôlait la situation. Était-ce vraiment le cas ? Une vague de panique la submergea.

Rab lui tenait la main. Sans doute avait-il deviné l'angoisse dans laquelle elle se débattait car, au lieu de l'embrasser, il prit la parole.

— Je propose que nous inversions les rôles.

Il se tourna vers Mia.

— Mia, si tu le souhaites, et seulement si tu le souhaites, tu peux embrasser le marié.

Si ces quelques mots provoquèrent un étonnement manifeste chez les personnes qui assistaient à la cérémonie, pour Mia, ils furent le signe d'une libération. Elle regarda Rab dont le visage ne reflétait aucune exigence, aucune hâte. Elle jeta un coup d'œil en direction de Robyn qui avait la réputation de protéger bec et ongles les personnes dont elle s'était occupée. Robyn souriait. Mia ne s'attendait pas à pareille surprise.

Brusquement, elle découvrit qu'elle-même s'était mise à sourire. Les paroles de Rab contenaient une promesse implicite. Elle conservait le contrôle de la situation. Toute la gentillesse dont cet homme avait fait preuve envers elle quand elle était hospitalisée lui revint en mémoire. Elle avait décidé de l'épouser. Pour le bien de toute la vallée.

Alors pourquoi pas ? Pourquoi ne pas l'embrasser ?

Elle se dressa sur la pointe des pieds et posa ses lèvres sur la bouche de Rab.

Ce fut un baiser rapide, à peine un effleurement. Rab n'aurait dû y attacher aucune importance.

Sauf que…

Quand il sentit la main de Mia serrer la sienne, quand elle se grandit pour mettre son visage à la hauteur du sien, quelque chose au plus profond de lui se trouva bouleversé.

Quoi exactement ? Il n'aurait su le dire.

Il ne trouvait pas les mots.

6.

Au cours des semaines précédentes, Rab était allé à Sydney s'occuper de tout ce qu'impliquait son changement d'existence : résilier la location de son appartement, trouver un remplaçant pour l'hôpital, dire adieu à ses amis car il était hors de question de leur avouer qu'il ne s'agissait que d'une année d'éloignement.

— Tu es fou ! s'étaient exclamés ces derniers. Tu as bien réfléchi ?

Malgré les regrets qu'il éprouvait, il avait eu réponse à tout. Un héritage important était en jeu… Il avait envie de changer de vie… de se rapprocher de la nature… L'aventure le tentait. En fait, en guise d'aventure, il lui semblait au contraire qu'il allait rejoindre la terre ferme. Depuis sa rupture avec Annabel, décidée d'un commun accord, il avait eu le sentiment désagréable de dériver. Travailler dans la vallée pendant un an, aider à préserver cet espace magnifique, venir en aide à un hôpital qui risquait de disparaître, tout cela lui paraissait valoir la peine d'être tenté.

Quand il avait regardé le visage de Mia la veille du mariage, il avait compris qu'elle renonçait à bien plus que lui. Car cette fois encore, même si elle l'avait elle-même décidé, il s'agissait d'un mariage arrangé, non d'un mariage d'amour.

Pourtant, sa décision était prise. Elle y consentait pour la vallée, et cela, tout le monde le savait. Aussi, lorsqu'ils sortirent de la mairie, la grande pièce voisine prévue pour les félicitations aux jeunes époux était pleine de monde. Chacun avait le cœur joyeux et tenait à féliciter les mariés. Mia leur répondit aussi chaleureusement que possible. Mais, au fur et à mesure que la soirée s'étirait, Rab remarqua que le visage de la jeune femme se crispait de plus en plus. Elle paraissait épuisée. Mais comment lui, l'étranger, pourrait-il mettre fin à des festivités destinées à la remercier du geste qu'elle faisait pour les habitants de la vallée ?

Finalement, ce fut Robyn qui les tira d'affaire. Il n'avait pas de mal à imaginer comment cette forte femme au grand cœur et à l'imposante poitrine avait pu prendre sous sa protection la jeune Mia, blessée autant moralement que physiquement. Bien que vivant à Sydney, elle continuait à considérer la vallée comme sa véritable résidence. Dès qu'elle avait appris le mariage, elle était arrivée à Cockatoo Valley et avait coincé Rab pour lui parler sans mâcher ses mots.

« Je n'aime pas ce que Mia a accepté de faire. Elle le fait pour nous tous, c'est elle qui l'a décidé, je n'ai rien à dire. Mais vous a-t-elle raconté son histoire ? À mon avis, elle est encore extrêmement vulnérable, et je vous promets que, si vous lui faites le moindre mal, je pourrirai votre réputation de super chirurgien jusqu'à Tombouctou. »

Cela dit, elle s'était occupée des démarches avec tout le sérieux possible avant d'être présente le jour du mariage.

Maintenant, elle s'approchait d'eux d'un air décidé.

— Toute la vallée est heureuse de faire la fête, mais vous devez être bien fatigués de répondre à toutes ces félicitations. Vous n'avez pas eu une minute pour manger alors que le buffet déborde de bonnes choses. Mon père va faire un petit discours, et je vous suggère de partir tout de suite après.

Mia approuva d'un signe de tête soulagé.

Robyn n'avait toutefois pas terminé.

— Je vous ai préparé un panier de victuailles que mes enfants ont apporté en bas de votre jardin, près de la rivière. Ils ont choisi un coin où vous pourrez pique-niquer tranquillement.

Effectivement, après la prise de parole d'Ewan, qui fut très appréciée, Rab et Mia se retirèrent sous les applaudissements de l'assemblée, et découvrirent que leur voiture trimballait une série de vieilles casseroles que les gamins du village y avaient accrochées.

Bref, ils avaient eu un vrai mariage campagnard.

Plus ou moins…

Mia ne disait pas le moindre mot. Plus ils approchaient de la maison, plus elle paraissait mal à l'aise. La jeune femme indépendante qui avait eu l'audace de le demander en mariage paraissait maintenant pétrifiée de crainte. Rab essaya de détendre l'atmosphère.

— Où est Boris ? Il devrait être avec nous. C'est sa maison à lui aussi.

Comme cette question ne déridait pas sa compagne, il tenta une autre stratégie.

— Mia, pourquoi ne pas commencer tout de suite à vivre comme nous l'avons décidé ? Notre mariage n'est qu'un arrangement, nous ne sommes rien de plus que des colocataires. Tu peux tout de suite t'installer dans la partie de la maison qui te revient, je me retirerai dans la mienne. Nous utiliserons à tour de rôle la cuisine et la salle de bains selon un emploi du temps que nous allons établir. Autrement dit, nous n'avons pas besoin de partager le repas que Robyn a eu la gentillesse de nous faire porter dans le jardin. Que penses-tu de ma proposition ?

Le pli soucieux qui barrait le front de Mia disparut.

— Merci… merci infiniment pour ta délicatesse. Il me semble tout de même que nous pouvons difficilement ne pas toucher au pique-nique de Robyn, elle en serait certainement très affectée.

— Alors ?

— Robyn m'a quasiment sauvé la vie. C'est grâce à sa gentillesse et aux histoires que tu me racontais que j'ai repris goût à la vie. Je ne veux pas lui faire de peine.

Elle s'interrompit un instant.

— Un repas chacun de son côté ce soir me paraît un peu exagéré, assez ridicule même. Est-ce que deux amis ne peuvent pas dîner ensemble ?

Sa voix tremblait.

— Sans le moindre doute ! s'exclama aussitôt Rab. Laisse-moi me débarrasser de mon costume, et nous descendrons dans le jardin partager le contenu du panier.

C'était ce qu'ils avaient de mieux à faire. Dans leurs vêtements décontractés – jean et T-shirt pour eux deux –, ils descendirent vers la petite plage aménagée dans une courbe de la rivière. Ils y trouvèrent, sur une couverture étalée sur le sable, un énorme panier décoré de fleurs fraîches.

En l'ouvrant, ils eurent la surprise de découvrir qu'il n'avait pas été rempli à la va-vite avec ce qui se trouvait sur le buffet mais au contraire soigneusement garni de mets délicieux. C'était carrément le cadeau de mariage que leur faisait Robyn : du homard accompagné de tranches de citron vert, de petits sandwichs fourrés au foie gras, des profiteroles farcies au saumon, un camembert importé de France… et, pour couronner le tout, des meringues et un bol de crème Chantilly pour accompagner fraises et framboises présentées dans un saladier de porcelaine blanche.

Il y avait aussi une bouteille de champagne placée dans un seau empli de glaçons, avec un petit mot attaché au goulot par un ruban doré : « Tous nos vœux de bonheur. Les habitants de la vallée. »

En le lisant, la voix de Mia se remit à trembler, et des larmes lui montèrent aux yeux. Rab lui-même était ému plus qu'il n'aurait voulu le reconnaître.

— Je crois que nous avons fait quelque chose de bien, déclara-t-il.

Au même moment, dans son for intérieur, il se jura de ne jamais rien faire qui soit susceptible de blesser Mia. Et de la protéger si jamais un danger la menaçait. Ce vœu venait du fond de son cœur et n'avait rien à voir avec leur mariage de comédie.

— Oui, j'en suis certaine. Merci d'avoir accepté.

— Ne me remercie pas ! C'est moi qui suis gagnant dans

notre marché. Tu es logée gratuitement pendant un an, d'accord, mais, moi, je m'écarte pendant plusieurs mois d'un travail stressant, je partage une maison avec une femme étonnante et à la fin j'hérite d'une fortune.

— Tu ne vendras pas, c'est sûr ?

— Non. Et je vais te donner une information que tu n'as pas encore. Mon avocat m'a appris que, si nous vivons comme mari et femme pendant deux ans, la moitié de mes biens te reviendra. C'est la loi. Ce qui fait que, si tu me supportes douze mois de plus que ceux convenus au départ, la vallée t'appartiendra.

Mia leva vers Rab un regard horrifié.

— Ah, non, il n'en est pas question. Jamais de la vie ! Je quitterai cette maison le jour où les douze mois se termineront.

Rab se mit à sourire.

— Comme tu voudras, Mia. Pour l'instant, profitons du festin qui nous est offert.

Il fit sauter le bouchon de la bouteille de champagne, remplit deux flûtes et en tendit une à Mia.

— Je porte un toast à une femme assez courageuse pour me faire confiance.

Son regard rencontra celui de Mia qui le soutint.

— À ta santé, Mia. À notre mariage bien peu conventionnel mais qui rend tellement de gens heureux.

Ils mangèrent en silence. Grâce sans doute à l'effet du champagne et de la délicieuse nourriture, Mia se sentait moins angoissée. Rab paraissait comprendre son éternelle peur de perdre le contrôle de sa vie.

Rab posa sa flûte à côté de lui et jeta un coup d'œil sur la rivière.

— Tu crois que ce serait dangereux de se baigner ?

— En ce moment, non. Il n'y a pas eu de grosses pluies récemment ni de tempête. Le courant est calme. Il n'y a pas de danger.

— Alors je vais en profiter. J'ai besoin de me rafraîchir les idées ! Tu m'accompagnes ?

— Non, répondit Mia un peu trop vite.

En fait, elle adorait nager, mais elle ne s'était jamais baignée en présence de qui que ce soit. Les brûlures qui avaient marqué son visage avaient aussi atteint son flanc gauche qui était lui aussi déformé par les cicatrices. Toutefois, elle se contenta de répondre :

— Je suis trop fatiguée !

Rab ne parut pas offusqué.

— Je comprends.

Il la fixa avec un sourire taquin.

— Tu serais choquée si je me mets en caleçon pour aller piquer une tête ? Tu préfères peut-être fermer les yeux ?

Impossible de résister à pareil sourire !

— Je suis ta femme, non ? J'ai le droit de te regarder !

— Notre contrat ne l'interdit pas, en effet. Mais je te promets de respecter ta pudeur.

— Parfait. Allez, vas-y, plonge ! Je fais la surveillante de baignade.

— Si jamais un crocodile montre son nez…

— C'est peu vraisemblable. Par contre, tu risques de rencontrer des anguilles. Si tu réussis à en attraper une, Boris sera fou de joie, il les adore.

— En d'autres termes, me voici promu chercheur de nourriture pour chien ?

— Pourquoi pas ? Autant te rendre utile pendant que je me ressers une portion de framboises.

En fait, elle se contenta de regarder Rab. Il s'avança dans l'eau avec précaution, évaluant la profondeur de la rivière avant de se jeter à l'eau. Ensuite, il se mit à nager lentement, avec de grands gestes efficaces.

Malgré sa profession, il avait le corps d'un sportif, mince, élancé, musclé, parfaitement à l'aise dans cet environnement encore inhabituel pour lui mais qui allait devenir son quotidien. Pendant une année entière.

Une nouvelle attaque de panique serra la gorge de Mia, comme chaque fois qu'elle pensait à ce mariage. À lui tout seul, le mot faisait renaître ses vieilles peurs.

Le mariage avait eu lieu. Pour le meilleur et pour le pire, pensa-t-elle en regardant Rab qui nageait sur le dos maintenant. Son corps luisait sous les rayons du soleil couchant.

— Viens, rejoins-moi, cria-t-il. C'est magique !

— Non, merci.

À nouveau, la honte de se déshabiller devant lui l'empêcha de respirer. Non, pas question de se montrer en soutien-gorge et petite culotte. Quoi qu'il arrive au cours des douze prochains mois, il lui fallait garder ses distances.

Évidemment. Et pourtant, elle mourait d'envie d'aller nager elle aussi. À son arrivée dans la vallée, elle avait découvert une petite anse parfaitement déserte où elle avait pris l'habitude d'aller se baigner chaque jour, ce qui avait fait le plus grand bien à son corps et à son âme.

Mais aujourd'hui… Rab la regarderait.

Le soleil plongeait doucement derrière la colline. Ses derniers rayons donnaient des reflets dorés à la rivière, la rendant encore plus tentante.

Pourquoi pas ? finit-elle par se demander.

Après tout, Rab était médecin. Il l'avait vue quand elle était dans son état le plus lamentable.

Vas-y !

Trente secondes plus tard, débarrassée de ses chaussures, de son jean et de son T-shirt, elle plongeait la tête la première.

Rab nageait sur le dos quand il la vit plonger. Il se mit debout, tout étonné.

— Finalement, je suis capable de nager même quand je suis fatiguée…

— Superwoman, c'est ça ?

— Arrête de te moquer de moi ! Je parie que je te gagne à la course.

Et hop, elle s'élança sous le regard médusé de son

compagnon. Cette Mia, pleine de force et de vitalité, n'avait rien à voir avec celle qu'il connaissait. Chaque fois qu'elle levait le bras gauche, il apercevait les cicatrices, mais à ses yeux cela ne la rendait pas moins belle.

Arrivée au bout de la courbe de la rivière, elle se retourna et s'aperçut que Rab ne l'avait pas suivie.

— Qu'est-ce que tu attends ?

— Rien. Je te regarde.

— Alors arrête ! répondit-elle en cachant son épaule gauche avec sa main droite.

— Je ne regardais pas tes cicatrices, Mia. Je te regardais, toi. Tu es belle.

Elle secoua la tête avec colère.

— Non, je ne suis pas belle. Tu cherches seulement à éviter d'entrer en compétition avec moi. Alors, on la fait cette course, oui ou non ?

— Oui !

Et il s'élança, attentif à ne pas commettre l'erreur de la laisser gagner volontairement. Au contraire, il nageait le plus vite possible, mais malgré tout il avait du mal à rester à la hauteur de cette véritable sirène. Ses longs cheveux noirs, qu'elle avait coiffés en chignon pour le mariage, flottaient maintenant derrière elle.

Elle était sa femme. Quelle étrange pensée… Car en fait, elle ne lui appartenait pas. Elle menait le jeu. C'était ce qu'il avait accepté en l'épousant.

Alors autant profiter du cadre splendide dans lequel il se trouvait, avec Mia qui nageait à côté de lui. Sa présence toute proche lui insufflait un étrange sentiment de vitalité, de plénitude… il ne savait trop comment le nommer.

Quelle importance d'ailleurs ? Il n'avait qu'à continuer à nager.

Ce fut Mia qui termina la première les quatre allers-retours prévus. Cela fait, elle sortit de l'eau, attrapa ses affaires et alla s'habiller derrière un buisson.

Quand Rab émergea à son tour, bien qu'à nouveau vêtue, bien que le fait d'avoir nagé près de lui n'ait rien changé à leur relation, elle se sentit à nouveau menacée. C'était stupide, mais elle ne pouvait pas s'en empêcher.

Afin de cacher sa gêne, elle alla rassembler les restes du pique-nique pendant que Rab, le corps luisant comme celui d'un athlète grec, se séchait avec son T-shirt. Quand elle leva les yeux, il lui sourit.

— C'était génial, Mia ! Tu es une nageuse exceptionnelle. Tu nages souvent ?

— Jamais avec d'autres personnes.

— À cause de tes cicatrices ?

— Heu… non.

— Ce serait vraiment dommage que tu t'en empêches à cause d'elles. Maintenant que tu as eu le courage de m'épouser, tu peux avoir celui de nager où bon te semble, non ?

Il la regardait avec une douceur infinie.

— Mia, tu es belle. Ton âme est belle et ton corps aussi. Ne laisse plus la brutalité de ton ex-mari contrôler encore ta vie.

Mia ferma les yeux. La voix douce de Rab lui faisait autant de bien aujourd'hui qu'autrefois, quand il venait lui raconter des histoires la nuit pour écarter la peur et la douleur.

— Je vais essayer.

— Non, il n'y a pas de raison pour attendre. Commence tout de suite.

Elle se mit debout, mais ne prit pas la main que Rab lui tendait. Il était trop près, trop beau, trop… Rab.

— Je vais ramener les restes à la maison.

— Bien sûr, approuva Rab.

Le moment de grâce était passé.

Mia ne put s'empêcher de poser la question qui la taraudait.

— Tu n'oublies pas que notre mariage n'est qu'un simulacre, qu'il ne signifie rien ?

Pour moi, en tout cas, je suis mariée mais cela ne change rien à ma vie.

Était-elle sincère ?

Elle n'eut pas le temps de réfléchir davantage. Un cri déchirant parvint à leurs oreilles.

Rab enfila ses chaussures à toute vitesse, et tous deux coururent en direction de l'appel.

7.

Aussitôt dépassée la courbe de la rivière, ils aperçurent près des buissons de mûres trois enfants, deux garçons et une fillette, tous complètement affolés. La petite pleurait, les garçons appelaient au secours.

Rab comprit aussitôt de quoi il retournait. En dessous du terrain clôturé qui entourait la maison Finley se trouvait un énorme massif de mûriers et d'églantiers sauvages enchevêtrés de manière inextricable. C'était de ce bosquet, fort dangereux pour les enfants gourmands de baies, que Nora lui avait parlé la première fois qu'ils s'étaient rencontrés. Elle avait décidé de le faire disparaître avant qu'il ne continue à envahir le terrain. Mais le travail plus urgent d'aménagement et de nettoyage à l'intérieur de la maison où allaient vivre Rab et Mia avait fait prendre du retard à ce projet.

À voir les petits seaux posés à côté d'eux, les trois enfants, qui paraissaient avoir entre huit et treize ans, étaient venus dans le but de cueillir des mûres. Un chien les accompagnait. Boris ! Qui commença à faire une fête insensée à Rab et à Mia alors que ces derniers se préoccupaient seulement de comprendre ce qui s'était passé. En fait, étant donné le creux formé au milieu du massif épineux situé au-dessous de l'un des eucalyptus qui bordaient la rivière, c'était assez facile à imaginer. Un des enfants avait dû céder à la tentation d'aller cueillir les énormes baies rutilantes que les ronces enroulées autour des branches de l'un des arbres offraient à leur convoitise. Il avait dû grimper aussi haut que possible, là où se trouvaient les fruits les plus tentants. Ensuite, il avait probablement glissé ou lâché prise, et était tombé au milieu du massif épais et agressif avec toutes ses vieilles épines dressées comme des aiguilles acérées. Du plus profond du bosquet provenaient des appels à l'aide épouvantés.

— Au secours ! J'ai du sang partout !

Comment tirer ce garçon de là ?

— Ce sont les enfants de Robyn, expliqua Mia. Ils se sont attardés pour cueillir des mûres après avoir déposé notre pique-nique.

La plus jeune des enfants, la seule fillette, se jeta dans les bras de Mia, et ses pleurs redoublèrent alors.

Jaloux de ce câlin qui ne lui était pas destiné, Boris se rapprocha d'elles, mais ne réussit pas à retenir l'attention de sa maîtresse, bien trop préoccupée par le sort du garçon englouti par les ronces.

— C'est Harry qui se trouve là-dessous ? demanda-t-elle. Il est tout seul ou bien il y a un copain avec lui ?

— Non, il est tout seul, répondirent ses frères. Nos parents sont à la fête du mariage. Nous sommes venus apporter le pique-nique et, comme nous aimons beaucoup les mûres et que maman aime faire la confiture, nous avons décidé de lui faire la surprise de lui en ramener.

Encore indécise quant aux dispositions à prendre, Mia envoya le plus âgé des garçons avertir leurs parents de l'accident et leur demander de venir les rejoindre sans pour autant les affoler.

Rab réfléchissait. Harry se trouvait en mauvaise posture car plus il se débattait, plus il risquait d'être sérieusement blessé par les épines.

— Harry ! appela Rab. Je suis le Dr Finley, et Mia est à côté de moi. Nous allons te tirer de là mais, pour l'instant, le plus important est que tu restes parfaitement immobile. Il n'y a pas de danger tant que tu ne remues pas.

— J'ai mal partout ! répondit la voix affolée de l'adolescent. Je saigne beaucoup, j'ai très mal à la cuisse. Sortez-moi de là !

— Bien sûr, Harry. Un peu de patience ! Plus tu bouges,

plus tu auras mal. Nous allons trouver une solution, ne t'inquiète pas.

La solution fut que Rab et Mia retirèrent leur T-shirt. En découvrant le dos de Mia, la petite Louise eut un mouvement de recul.

— Qu'est-ce que tu as dans le dos ? C'est pas beau !

— C'est une cicatrice, répondit Rab. Souvent, les gens courageux en ont sur le corps. Mia fait partie des gens courageux.

Cela dit, il enroula les T-shirts autour de ses mains pour les protéger et, armé d'un bâton, il commença à écarter les branches épineuses et à les piétiner pour se frayer un passage jusqu'à Harry. Cela prit plusieurs minutes. Lorsque enfin il fut arrivé tout près de Harry, il découvrit que le jeune homme n'avait pas exagéré en disant qu'il perdait beaucoup de sang. Il était tombé sur une branche pointue qui lui avait perforé la cuisse. Par chance, son artère fémorale n'avait pas été touchée… Avec précaution, il souleva Harry dans ses bras et fit machine arrière à petits pas en ayant bien soin de le tenir au-dessus des piquants. Une fois arrivés auprès de Mia, il utilisa la chemise d'un des garçons pour poser un garrot sur la jambe de son frère.

Il achevait d'accomplir ce premier geste de soin lorsque Robyn et son mari arrivèrent, accompagnés d'Ewan. Comme l'un des enfants avait pris la bonne initiative d'aller chercher la couverture du pique-nique, Rab la posa sur les épaules de Mia. Elle réalisa alors que, dans le feu de l'action, elle n'avait plus pensé à ses cicatrices.

Comme toujours, en bon médecin de campagne, Ewan avait un brancard dans sa voiture. Ils y installèrent Harry, qui était pâle mais parfaitement conscient malgré le sang qu'il avait perdu.

La présence du doc permettait à Rab de passer la main. Il était rassuré sur le sort du garçon qui allait être pris en charge par ce médecin compétent qui était aussi son grand-père.

— Vous aussi, Rab, vous êtes blessé, remarqua Ewan. Mia, pensez-vous pouvoir vous occuper de lui ?

— Bien sûr. Le sang que Rab a sur lui est surtout celui qu'a perdu Harry. Rab a surtout abîmé ses mains et son dos quand il a reculé pour revenir vers nous. Je vais en prendre soin tout de suite. Ewan, vous êtes bien sûr de ne pas avoir besoin de nous ?

— Complètement sûr. Rentrez chez vous et merci du fond du cœur d'avoir tiré mon petit-fils de ce mauvais pas. Maintenant que vous êtes mariés, il est grand temps que vous vous installiez dans votre maison de famille !

Mia poussa un soupir de soulagement. On n'avait plus besoin d'eux maintenant.

Elle se tourna vers Robyn.

— Nous allons prendre Boris avec nous. Tu auras bien assez à faire ce soir sans lui !

Lentement, Rab et Mia prirent le chemin qui conduisait à la maison. Mia trébuchait de temps à autre sur des cailloux, tant et si bien que, sans réfléchir, Rab la prit par la main. Passé un premier mouvement de recul, il la sentit se détendre. Comme lui, elle avait dû estimer que dans le noir c'était plutôt une bonne idée de se soutenir l'un l'autre.

Pourtant, Rab eut le sentiment que ce geste anodin revêtait une extrême importance.

Boris paradait sur leurs talons, queue dressée, fier comme Artaban, tout content de sa journée.

— J'adore la compagnie de Boris, déclara Rab.

— Moi aussi. Quand j'étais jeune, je n'ai jamais eu la permission d'avoir un chien. Tu en avais un, toi ?

— Non.

Et puis, peut-être parce que la nuit qui les environnait était paisible, peut-être parce que cette journée avait été étrange à tous points de vue, peut-être parce qu'il tenait la main de Mia dans la sienne, Rab se mit à parler.

— Mon père était… bizarre. Tu as vu dans le salon le portrait des jumeaux ? Donald, le frère de mon père, est mort à l'âge de douze ans, et mon père en a été tenu pour responsable alors qu'il n'y était pour rien. Personne n'a jamais voulu le croire. On aurait dit que désigner un coupable soulageait la conscience de tout le monde.

— Mais c'était atroce pour lui !

— Oui. Il en a tellement souffert qu'il s'est coupé des autres, il refusait les relations humaines. Je suis le résultat d'une de ses liaisons passagères avec une femme qui était contre l'avortement mais qui ne voulait pas de moi. Ce qui fait qu'elle m'a abandonné à mon père.

— C'est bien triste…

Rab haussa les épaules tout en faisant un effort pour écarter l'émotion qu'il ressentit lorsque la main de Mia serra la sienne plus fort. Pourquoi racontait-il tout cela ? Il n'en avait aucune idée et pourtant il continua.

— Pas tant que ça parce que j'ai eu plusieurs nounous très gentilles et même affectueuses. L'une d'elles en particulier, Luisa, s'est occupée de moi entre mes six et dix ans. Quand elle a été rappelée auprès de sa mère malade en Suisse, elle m'a offert un petit chien en cadeau d'adieu.

— Quelle bonne idée ! Quel genre de chien était-ce ?

— Un labrador ou un golden retriever, je ne sais pas trop. C'était une petite chienne toute folle, que j'ai appelée Lulu en souvenir de Luisa. Je l'adorais.

— Et alors ? Que s'est-il passé ?

— Incapable de s'occuper de moi, mon père m'a mis en pension. Trois semaines après le départ de Luisa, j'ai dû quitter la maison. Je me souviens d'avoir supplié mon père de prendre grand soin de Lulu. Entre le jardinier, la gouvernante, la cuisinière, nous avions suffisamment de personnel pour que ce soit fait. Mon père me l'a promis.

Un silence suivit.

— Et alors ? demanda Mia.

— Alors… quand je suis rentré pour les vacances, Lulu avait disparu.

— Oh ! c'est cruel !

— Oui.

Ils venaient d'arriver au jardin de la maison.

— Pourtant, je m'en suis remis, poursuivit Rab. Les enfants sont résilients…

— Tu sais, Rab, tu viens de me donner une sacrée leçon ! J'ai toujours pensé avoir eu une enfance difficile, mais au moins ma mère m'a aimée. Toi, tu as eu des nounous et trois semaines de complicité avec ta petite chienne. C'est peu, en comparaison. Du coup, je trouve que j'ai eu de la chance.

Devant la porte d'entrée, Rab sortit la grosse clé de sa poche, puis se tourna vers Mia pour l'inviter à entrer. Mais au lieu de s'exécuter, elle se mit sur la pointe des pieds et déposa un baiser rapide sur sa joue.

— Merci pour ce cadeau que tu viens de me faire ! Merci pour tout, d'ailleurs. D'avoir délivré Harry, de m'avoir épousée, d'avoir sauvé la vallée…

Gêné par tous ces compliments, Rab se contenta d'un sourire.

— Allons, il n'y a rien de compliqué dans tout ça. Et maintenant, nous ferions bien d'aller faire un peu de toilette !

— Très juste ! Qui commence ?

— Il y a une douche dans la buanderie. Je vais l'utiliser. Prends tout ton temps dans la salle de bains.

— Super !

Rab resta seul dans le hall, en compagnie de Boris qui se mit à gémir en voyant sa maîtresse l'abandonner dans un lieu inconnu.

Rab s'agenouilla à côté du gros chien et se mit à le caresser derrière les oreilles. Pour le réconforter ou pour se réconforter lui-même ?

Car les mots prononcés par Ewan trottaient encore dans sa tête : « Il est grand temps que vous vous installiez dans votre maison de famille. »

8.

Cette grande maison, baptisée Wiradjuri, avait été construite bien avant la mode des multiples salles de bains. Ce qui faisait que la seconde douche de cette imposante demeure se trouvait dans le bâtiment extérieur qui servait de buanderie. Mia s'en félicita. Elle allait avoir tout le temps de faire sa toilette et de mettre ses idées en ordre.

Avec son immense baignoire, son lavabo sur pied et sa douche monumentale, la salle de bains était l'image même de la splendeur coloniale. Mia se glissa sous le jet d'eau tiède avec délices en se disant qu'il y aurait eu largement de la place pour deux. Quelle idée folle ! se reprocha-t-elle aussitôt. La buanderie était une bien meilleure option, pleine de bon sens. C'était le bon sens et lui seul qui devait présider à leur relation.

Sans hâte, elle commença à se laver en essayant de se débarrasser des épines qui s'étaient fichées dans sa peau quand elle s'était avancée dans le massif de ronces pour rassurer Harry. Elle avait aussi envie de gérer les émotions qui avaient jalonné cette journée mémorable entre toutes.

En sortant de la salle de bains, elle se sentit régénérée malgré les picotements assez douloureux causés par les égratignures. Finies les idées folles, place au bon sens apaisant qui lui conseillait de miser sur la sagesse et la prudence. Par conséquent, elle revêtit un pyjama parfaitement pudique et sa robe de chambre habituelle avant de gagner la cuisine. Là, elle trouva Boris endormi sous la table et Rab en train de préparer deux tasses de thé.

Il avait revêtu un jean propre, mais pas de T-shirt.

Brusquement, une image revint devant les yeux de Mia, celle de son torse musclé lorsqu'il portait Harry au-dessus des ronces avec autant de facilité que si le corps du jeune homme ne pesait guère plus qu'un fétu de paille. Il lui tournait le dos, et elle eut la contrariété de découvrir que les griffures qui sillonnaient son dos n'enlevaient rien à sa séduction, au contraire.

Debout dans l'embrasure de la porte, elle le regardait lorsqu'une évidence s'imposa à elle : cet homme était son mari.

Médusée, elle éprouva l'habituel frisson de peur que ce mot suscitait toujours en elle, mais aussi quelque chose de bien différent qu'elle refusa d'approfondir. C'était là une pente dangereuse et glissante sur laquelle elle ne voulait pas se risquer.

La promesse qu'elle avait faite à Ewan de prendre soin des blessures de Rab l'aida à se ressaisir. C'était d'ailleurs dans ce but qu'elle était descendue au lieu de se retirer tout de suite dans sa chambre, pas pour venir faire la causette avec lui.

Hélas, quand il se tourna vers elle, tout souriant, le bon sens qu'elle croyait avoir retrouvé disparut instantanément.

— Thé ou café ? demanda Rab.

— Heu… thé. S'il te plaît. Mais il vaudrait mieux que je commence par désinfecter tes blessures.

— C'est pour ça que je n'ai pas mis de chemise. Je me suis occupé moi-même des égratignures de devant, mais je compte sur toi pour te charger de mon dos.

— Alors, on y va !

Rab avait préparé une bassine d'eau chaude, du savon, de l'antiseptique, de la gaze et une pince à épiler.

— J'avais plusieurs épines enfoncées dans les bras et même quelques petits bouts de bois. Il est probable que j'en ai aussi dans le dos. La pince va t'aider à faire place nette.

Mia approuva d'un signe de tête tout en s'efforçant de se mettre en mode professionnel.

Enveloppée dans sa vieille robe de chambre, elle se plaça donc derrière Rab pour examiner avec attention chaque centimètre carré de sa peau, d'une écorchure à l'autre. L'important était de s'assurer qu'aucun corps étranger ne restait fiché dans la chair du patient afin d'éviter une infection toujours possible.

Tout en désinfectant soigneusement chaque plaie, un souvenir amusant lui revint en mémoire.

— Figure-toi qu'un jour on m'a amené aux urgences un fermier tombé dans un massif d'orties alors qu'il portait un pantalon de toile fine. J'ai dû lui administrer un antihistaminique car il faisait une violente réaction allergique, mais il a fallu parlementer avec lui plus d'un quart d'heure pour qu'il accepte enfin de me montrer ses fesses !

— Je serais un patient plus docile que ce monsieur mais, étant donné que l'épaisseur de mon jean m'a bien protégé, toute exhibition supplémentaire serait superflue.

— Tu mériterais une médaille pour avoir eu le courage de plonger dans les ronces comme tu l'as fait !

— Je n'avais pas le choix. D'ailleurs, ce que tu as fait, toi, pour la vallée est bien plus courageux. Je te promets que tu ne le regretteras jamais.

Les larmes montèrent aux yeux de Mia. Elle cligna très fort des paupières et se concentra sur l'une des blessures les plus profondes qui nécessitait la pose d'un pansement.

— Tu sais, Mia, reprit Rab, je te propose que nous laissions de côté tout ce qui est remerciements et gratitude pour nous comporter seulement comme deux amis qui ne se doivent rien l'un à l'autre. Une année de compagnonnage amical pur et dur, ça te va ?

Mia ne prit même pas le temps de réfléchir.

— Ça me va très bien.

— Bon, à toi, maintenant.

— Comment, à moi ?

— À ton tour de te faire soigner. Toi aussi, tu t'es avancée dans les ronces. Quand j'ai posé la couverture sur tes épaules, j'ai bien vu que tu étais blessée. Tu ne monteras pas dans ta chambre tant que je n'aurai pas vérifié que tout va bien.

— C'est hors de question. Et si tu insistes, Boris viendra

me défendre ! ajouta-t-elle en riant car le chien continuait à dormir paisiblement sous la table.

— C'est pour te protéger que tu as pris ce gros chien ?

La question déclencha un frisson de peur chez Mia. Elle revit Harvey, alors qu'on l'entraînait hors de la salle où il venait d'être jugé, en train de hurler : « Ne crois pas t'en tirer comme ça, sale gonzesse, je me vengerai ! »

— Il me tient compagnie.

— C'est pour ça que tu le gardes ?

— Heu… oui. Comme tu aurais fait avec Lulu.

Mais Rab avait senti une hésitation dans la voix de Mia.

— C'est bien sûr ?

Il se leva et regarda Mia bien en face.

— Écoute, Mia, je suis ton ami. Je connais ton visage et j'ai déjà vu les cicatrices que tu portes au côté. Laisse-moi m'assurer que tu n'as pas de vilaine blessure qui demande à être soignée.

— Si tu y tiens…, marmonna Mia à contrecœur.

Sur ce, elle retira le haut de son pyjama et s'assit sur la chaise que Rab venait de quitter.

Hormis le médecin spécialiste des grands brûlés qu'elle devait encore consulter de temps à autre, personne n'avait vu sa poitrine depuis dix ans. L'huile bouillante que Harvey lui avait jetée dessus l'avait atteinte au visage et avait coulé le long de sa poitrine. Son épaule gauche n'était qu'une accumulation de cicatrices et de boursouflures. Maintenant encore, elle avait du mal à en supporter la vision quand elle se regardait dans la glace.

Rab ne fit aucun commentaire. En tant que chirurgien, il avait dû voir bien pire, et c'était forcément en tant que médecin qu'il l'examinait en ce moment. Pas comme elle tout à l'heure qui n'avait pas réussi à faire taire la petite voix qui lui répétait : *Cet homme séduisant est ton mari…*

Contrairement à elle, il n'avait pas à vivre avec le souvenir d'un mariage traumatisant et il avait eu quantité de petites amies. Elle le savait car, quand elle soignait son grand-père à qui elle demandait des nouvelles de sa famille, ce dernier lui répondait toujours sur un ton plein d'amertume.

— Mon petit-fils me donne du souci. C'est un play-boy, comme son père ! Incapable de s'attacher et de fonder une famille.

Par conséquent, habitué à contempler de très belles femmes, il la considérait forcément comme une patiente à traiter.

Il l'examina soigneusement, avant de conclure :

— Tes égratignures sont superficielles, mais certaines risquent de suinter un peu. Je vais mettre un pansement qui te protégera du frottement des draps.

— Merci.

Elle laissa donc ses mains habiles de chirurgien faire leur travail. Il n'y avait pas de raison pour que sa peau frémisse à leur contact ni pour que ce frisson la submerge. Pourtant, elle sentait bien que le soin qu'on lui dispensait ne relevait pas seulement de la médecine. Rab s'occupait d'elle tout à fait différemment que ne l'avaient fait les médecins jusque-là.

« Je suis ton ami », avait-il dit tout à l'heure.

Cette déclaration enveloppait Mia comme une brume tiède, duveteuse, délicieuse. Non, il ne fallait penser à rien, ne rien ressentir. Ne rien ressentir ? C'était impossible. Le contact très doux des doigts de Rab lui donnait la certitude qu'il était pour elle bien plus qu'un simple médecin.

Il était son mari.

Le mot lui ramena le souvenir de sa première nuit avec Harvey. « Je suis ton mari maintenant. Tu me dois obéissance en tout ! »

Elle frissonna.

Rab se hâta de poser la compresse avant de reculer d'un pas.

— Et voilà, j'ai fini. Nous allons boire notre thé.

— Je ne crois pas que…

— Bien sûr que si ! coupa-t-il.

Elle le regarda préparer le thé, le servir, le boire.

La nuit était tombée. Ils buvaient leur thé ensemble. Il était son mari…

Comme s'il avait deviné le cours des pensées de sa compagne, Rab posa sa tasse et regarda Mia tranquillement.

— Harvey n'était pas ton mari. C'était un abominable rustre, et ce qui vous a lié quelque temps n'avait rien d'un mariage.

Mia soupira, soulagée d'entendre ces mots.

— Pense que c'est un contrat qui nous lie toi et moi, poursuivit Rab. Un contrat passé entre deux adultes consentants, entre deux amis. C'est uniquement de cette manière que tu dois envisager notre cohabitation.

Sur ce, il se leva, posa sa tasse dans l'évier et aida Mia à se mettre debout.

— Va te coucher maintenant. Nous avons fait deux grandes choses aujourd'hui : nous avons sauvé ta vallée et nous avons tiré un gamin d'une bien mauvaise posture. On peut marquer cette journée d'une pierre blanche, non ?

— Oui, bien sûr.

Le contact tiède de la main de Rab posée sur son bras donnait le vertige à Mia.

— Bonne nuit, Mia, reprit-il d'une voix douce.

Et avant qu'elle n'ait pu deviner ce qu'il allait faire, il s'inclina vers elle et l'embrassa.

Son baiser effleurait à peine les cheveux de Mia que déjà il se retirait, un sourire dévastateur sur les lèvres.

— Mia, nous avons sauvé le monde aujourd'hui ! Qu'est-ce que nous allons pouvoir inventer demain pour rester à la hauteur ?

9.

Comment sait-on qu'on tombe amoureux ? Est-ce que ça s'abat sur vous comme la foudre ? Est-ce que ça demande du temps pour reconnaître la femme qu'on va aimer toute sa vie ?

Voilà les questions que Rab se posait, assis sur un rocher escarpé au milieu de la lande, pendant que, vingt mètres au-dessus de lui, Mia faisait de l'escalade. Elle avait bien essayé de le convaincre de s'y mettre aussi mais, après quelques essais, le visage crispé de Rab lui avait fait comprendre qu'il n'était pas de l'étoffe dont sont faits les alpinistes. Néanmoins, il continuait à l'accompagner lors de ses escapades, comme il le faisait aujourd'hui, un dimanche comme tant d'autres.

Les six mois écoulés depuis leur mariage étaient passés à une vitesse folle. Lui qui avait cru au départ mettre sa vie entre parenthèses pour une année afin de jouer au couple marié se rendait compte en ce moment que ce qu'il expérimentait était au contraire la vie elle-même.

Une grande partie de cette vie s'appelait Mia. Elle non plus n'avait pas mis sa vie en stand-by. Elle n'avait pas arrêté une minute !

— Étant donné que je suis logée gratuitement pendant un an, je veux en profiter pour me rendre utile, avait-elle déclaré.

Car, si Nora avait toujours scrupuleusement entretenu les jardins, la maison avait été considérablement négligée. Mia le déplorait et avait décidé d'y remédier. Le lendemain même de son installation à Wiradjuri, Rab l'avait trouvée en train de nettoyer le vieux poêle à bois qu'utilisait son grand-père mais dont la rampe en cuivre n'avait jamais été astiquée.

— Quoi que tu fasses de cette maison quand elle t'appartiendra, il faut qu'elle soit propre comme un sou neuf !

Et elle s'était mise à ranger, à peindre, à secouer les tapis, à sabler les vieux planchers… Emporté par cet enthousiasme, Rab s'y était aussi adonné et découvrait qu'il adorait redonner peu à peu sa splendeur à la vaste demeure.

Côté professionnel, il avait eu la bonne surprise de réaliser à quel point il allait être utile à l'hôpital. Alors qu'il avait pensé laisser de côté son activité de chirurgien, il avait suivi les conseils de Mia, qui l'avait persuadé d'effectuer les petites opérations sur place au lieu d'envoyer les patients à Colambool. Afin de soulager Ewan, il avait également commencé à faire des visites à domicile, persuadé que les personnes étaient mieux chez elles, entourées de leur famille, qu'hospitalisées dans la solitude. Chaque fois que Mia l'accompagnait, ce qui arrivait fréquemment, elle était accueillie avec un bonheur évident. Les gens l'adoraient, c'était clair.

Leur résolution de prendre leurs repas séparément avait été oubliée la première fois que Mia avait goûté la cuisine de Rab. La décision qu'ils avaient prise avec les meilleures intentions du monde n'était plus désormais que de l'histoire ancienne. Un samedi soir, pendant qu'elle se pourléchait du gratin de légumes qu'il avait préparé, elle lui avait proposé de l'accompagner le lendemain en montagne.

— Mais pourquoi est-ce que tu t'es lancée là-dedans ? avait-il demandé.

— Après ma rééducation, j'avais besoin de retrouver des forces et ma confiance en moi, alors j'ai entrepris toutes sortes d'activités.

Elle lui adressa un clin d'œil taquin.

— Gare à toi ! Je suis ceinture noire de karaté… Ensuite, j'ai eu envie de me mettre à l'escalade. J'adore ça. Viens, tu verras, tu y prendras goût toi aussi.

Cette prédiction ne s'était pas réalisée. Rab se contentait de la regarder escalader des parois qui lui donnaient le vertige seulement vues d'en bas.

Il remarquait qu'elle commençait à parler avec nonchalance de la fin de leur mariage.

« Wiradjuri me manquera quand je rentrerai chez moi », avait-elle dit un jour.

Dans sa voix, il n'y avait pas la moindre trace de regret ni d'envie. Il s'agissait d'une constatation, point final. C'était bien là un trait de caractère de Mia. Elle ne se projetait pas dans le futur et ne regrettait pas le passé. Vivre dans l'instant présent était sans doute la parade dont elle avait encore besoin pour se protéger. Car si les cicatrices de son corps étaient bien visibles, celles de son âme, soigneusement cachées, n'en étaient pas moins aussi cruelles.

Rab aurait aimé la protéger, des autres et d'elle-même. La tenir dans ses bras. Mia n'était pas femme à accepter cela. Quand il avait effleuré ses cheveux le premier soir de leur vie de couple, il avait bien vu sa réaction de retrait. Depuis, il s'était abstenu de tout ce qui n'était pas comportement strictement amical. Pourtant, plus le temps passait, plus il désirait davantage que ne le leur permettait leur accord initial.

— Coucou ! cria-t-elle en arrivant près de lui, débarrassée de son harnais et tout heureuse de le retrouver pour le pique-nique. Boris et toi êtes deux gros paresseux !

Elle éclata de son rire contagieux, irrésistible. À nouveau, la même question revint à l'esprit de Rab : *Est-ce que je suis en train de tomber amoureux ?*

Dans une vie antérieure, à Sydney, il s'était cru amoureux d'Annabel. Ils avaient fait leurs études ensemble, commencé ensemble leur vie professionnelle, mais, alors qu'ils venaient à peine de s'installer pour une vie commune, un désagréable sentiment de claustrophobie s'était emparé de lui.

Un soir, il était rentré d'une garde épuisante au milieu de la nuit. Trois enfants tués dans un accident de voiture, dont l'un mort sur la table d'opération. Bouleversé, au lieu de se coucher, il s'était retiré sur la terrasse avec un verre de whisky. Quand Annabel l'avait découvert dans cet état, elle avait essayé de le prendre dans ses bras pour l'apaiser, mais il l'avait repoussée. Il n'avait pas besoin d'elle. Il voulait être seul. Ils s'étaient séparés peu après.

Aujourd'hui, le cœur empli de sentiments inextricables, il contemplait Mia qui massait d'un geste machinal son épaule gauche. Elle dévorait son énorme sandwich avec un appétit d'ogre, le visage tourné vers le soleil dont les rayons filtraient à travers les branches. Avait-elle besoin de lui ?

— Si tu me laissais faire ça ? demanda-t-il en se rapprochant d'elle.

Il retira la main de Mia pour poser la sienne à la place, et commença à masser les cicatrices qu'il sentait à travers le coupe-vent.

— Je reconnais ne pas être doué pour l'escalade, mais j'ai suivi un cours de massage autrefois. Avec mon amie Annabel. Nous espérions que cela améliorerait notre relation.

— Ah… ça a marché ?

— Pas du tout. Elle a trouvé le masseur beaucoup plus sexy que moi !

— Autrement dit, si tu avais été un peu plus sexy, tu pourrais être marié à une fille qui s'appelle Annabel, c'est ça ?

Il haussa les épaules.

— Je n'en suis pas certain.

Il tourna son visage vers Mia.

— Et toi, tu me trouves sexy ?

— Premièrement, je n'ai pas à te répondre puisque notre union n'est qu'un mariage de convenance. Deuxièmement, comment pourrais-je te répondre puisque je ne t'ai encore jamais vu en pyjama ?

— Tu plaisantes ? C'est comme ça que tu juges de la séduction d'un homme ?

— Oui. Tu n'imagines pas tout ce qu'un pyjama révèle sur son propriétaire.

Rab retint un sourire. Il en avait un, soigneusement plié dans son armoire car il avait l'habitude de dormir tout nu. Les infirmières avec lesquelles il travaillait à l'hôpital de Sydney le lui avaient offert à l'occasion d'une soirée de Noël.

Face à son air stupéfait quand il avait ouvert le paquet, tout le monde s'était moqué de lui. « Comme nous vous trouvons un peu trop distant, il nous a semblé que vous offrir la tenue le plus souvent portée dans votre service aiderait à rompre la glace ! » avait expliqué l'infirmière en chef au milieu des rires de toute l'équipe.

Un peu trop distant… Rompre la glace… C'était aussi ce que lui avait reproché Annabel. Le moment était peut-être arrivé de se rapprocher de Mia ?

— Mia, est-ce que tu accepterais que je t'invite à dîner un soir comme si j'étais quelqu'un d'autre que ton mari ?

— Comme si je t'intéressais ?

— Oui. C'est généralement ce que fait un garçon quand il veut connaître davantage une fille.

Mia eut un sourire moqueur.

— Tu ne penses pas que vivre avec quelqu'un sous le même toit pendant six mois revient au même ?

— Je pense que vivre sous le même toit que toi pendant six mois m'a donné envie de te connaître davantage.

— Je… je ne veux pas…

Rab eut le réflexe de retirer sa main de l'épaule de Mia.

— Tu ne veux pas me connaître davantage ?

— Non.

— Mais pourquoi ?

— Parce que je n'ai besoin de personne.

Rab n'était pas du tout de cet avis.

— Moi, il me semble qu'entre nous ça pourrait être super !

— Ça pourrait aussi être un désastre.

— Tu penses vraiment que sortir ensemble une fois pour nous parler à cœur ouvert risque vraiment de tourner au désastre ?

— Je sais déjà que tu as le vertige…

— Et moi, que tu es de mauvaise humeur tant que tu n'as pas bu ta première tasse de café, d'accord, mais il y a quantité d'autres questions possibles !

— Tu nous crois suffisamment compatibles pour partager

le même tube de dentifrice ? rétorqua Mia, moqueuse plus que jamais.

— C'est une question que nous pourrons nous poser. Réfléchis, Mia. Rien ne presse, mais j'ai envie de savoir si nous avons des points d'entente. Ce que je ressens…

— Tu n'as rien à ressentir ! coupa Mia. Nous sommes liés par un contrat d'affaires. Les émotions n'ont rien à faire là-dedans.

— D'accord, pas d'émotion. Néanmoins, nous sommes à mi-chemin de notre engagement. Disons que nous pourrions dîner ensemble un soir pour faire une évaluation des résultats de notre entreprise et éventuellement opter pour une orientation différente ? Rhonda m'a parlé d'un restaurant intéressant à Colambool. Elle est persuadée qu'il te plairait.

Mia fronça les sourcils.

— Tu parles de moi avec Rhonda ?

— Non, c'est elle qui m'a parlé de toi. Il paraît que, depuis bientôt dix ans qu'elle te connaît, elle ne t'a jamais vue sortir en compagnie d'un homme.

— Et alors ?

— Alors, ce serait peut-être le moment de tenter une première ?

Mia le dévisagea un moment sans répondre. Visiblement, elle se demandait si, pour une fois, sortir du chemin qu'elle s'était tracé, faire cette folie d'aller manger dans un restaurant chic, représentait un danger pour elle.

Machinalement, elle porta la main à la cicatrice qui marquait sa joue. Aussitôt, Rab posa ses doigts dessus pour l'en empêcher.

— Pas de ça, Mia. Tu es belle. Tu es courageuse, drôle, tu escalades des parois que je n'ai même pas le courage de regarder. Pourquoi ne pas accepter au moins une fois de sortir t'amuser ? Ça te fait tellement peur ?

Ils restèrent un moment ainsi, la main de Rab recouvrant celle de Mia.

— Je t'en prie, Mia.

Enfin, elle ferma les yeux, retira la main de sa joue et repoussa celle de Rab. Puis elle hocha la tête.

— D'accord. Tu as accepté de venir une fois escalader la colline. Je peux bien en retour accepter de découvrir ton fameux restaurant.

Un sourire radieux éclaira le visage de Rab.

— N'oublie pas de préparer ta liste de questions !

— Oh ! elle est déjà faite et ce n'est pas une question. Un seul mot résume mes exigences : indépendance.

— Si tu veux. Ce qui ne nous empêchera pas d'aborder aussi la question du tube de dentifrice !

10.

Que doit-on porter quand on sort dîner avec un homme ? se demandait Mia, debout devant son placard.

Et quelle idée saugrenue d'avoir accepté l'invitation de Rab.

Elle aurait mieux fait de refuser. Pourquoi avoir enfreint la règle qu'elle s'était fixée depuis si longtemps ? Ne jamais considérer un homme comme un compagnon possible. Sauvegarder son indépendance. Elle allait lui dire qu'elle avait changé d'avis.

Seulement, lorsqu'elle arriva à l'hôpital le lundi matin, Rab lui annonça qu'il avait retenu une table dans le fameux restaurant. Pire encore, c'était la belle-sœur de Rhonda, qui y travaillait, qui avait pris sa réservation. Évidemment, elle s'était dépêchée d'en informer cette dernière.

Tout le monde dans la vallée adorait Mia. Chacun était enchanté de ce mariage mais passablement intrigué aussi. Maintenant qu'arrivait la fin de l'année requise par le testament d'Angus Finley, la consigne qui courait était de faire en sorte que ce mariage se prolonge et devienne permanent. Personne n'avait envie de perdre le merveilleux Dr Finley.

Tant et si bien que, dès son arrivée au travail, chacune entreprit de la conseiller sur la tenue à revêtir pour la fameuse soirée. Un peu plus tard, Rab lui confia que lui-même avait été soumis au même genre de pression.

Toute cette effervescence lui donna envie de rire. Et en même temps lui fit comprendre qu'il lui était impossible de se dédire.

Et voilà pourquoi ce soir, elle se tenait là, debout devant son miroir en train de regarder une Mia qu'elle ne reconnaissait pas.

Maira, peut-être ?

Son ancien prénom venait de remonter à ses lèvres. C'était celui qu'elle avait rejeté en même temps que son identité quand elle s'était installée dans la vallée pour fuir Harvey, cet abominable personnage qui la considérait comme sa chose. Encore au tribunal, il lui avait répété : « Maira, tu m'appartiens ! Je t'ai eue en échange de la remise de dettes de ton père. Où que tu sois, je te retrouverai et je te ferai payer de m'avoir envoyé en prison. »

Voilà pourquoi elle était devenue Mia, infirmière dans un coin perdu de la Nouvelle-Galles du Sud.

Maintenant, revêtue de la tenue que Rhonda l'avait aidée à choisir à Colambool, elle se regardait… sans se reconnaître. La robe était toute simple, mais écarlate. Quand Mia l'avait enfilée pour la première fois, elle avait eu le souffle coupé de surprise. Fendue sur les côtés, manches trois quarts, avec son petit col Mao, elle avait une allure exotique qui mettait en valeur son teint mat, ses yeux en amande et ses cheveux noirs. Elle lui allait si bien qu'on aurait dit qu'elle avait été cousue sur elle tant elle moulait ses formes.

En se découvrant dans le miroir de la boutique, elle avait ressenti un frisson de panique. Mais pas seulement. L'envie de devenir quelqu'un d'autre s'était emparée d'elle.

Rhonda l'avait aussi traînée chez le coiffeur. Celui-ci avait raccourci ses cheveux de manière à ce qu'ils puissent flotter sur ses épaules et cacher la cicatrice de sa joue gauche. Elle était toujours là, certes, mais Mia se sentait si différente qu'elle n'avait plus grande importance.

Elle secoua la tête. Assez d'introspection !

Avec un soupir d'appréhension, elle enfila les chaussures à hauts talons que Rhonda lui avait fait acheter.

Ainsi parée, elle alla rejoindre Rab dans le salon.

Lui-même avait revêtu le costume qu'il portait le jour du mariage et, comme ce jour-là, il était d'une beauté à couper le souffle. Tout à fait le genre d'homme qui aurait fait tourner la tête à n'importe quelle femme, trop heureuse de sortir à son bras.

Mia restait figée sur place. Cet homme était son mari…

— Mia ! s'écria-t-il.

Inutile de formuler un compliment. Cette exclamation les contenait tous.

En l'entendant, Mia oublia complètement ses cicatrices pour redevenir Maira, la jeune fille plongée dans les magazines rapportés par sa mère et rêvant d'être un jour aussi élégante que les femmes qu'elle y trouvait. Ce soir, elle pouvait vivre son rêve. Juste ce soir !

— Tu es superbe ! lança-t-elle pour rompre le silence.

— Et toi… que tu es belle !

— Disons que j'ai fait un effort de toilette, mais c'est juste pour ce soir.

— Alors à nous d'en profiter le plus possible, déclara Rab.

Comme Boris avait compris qu'il allait passer la soirée tout seul, il les regardait d'un air désolé.

Mia se dirigea vers le réfrigérateur.

— Attends, Boris, je t'ai acheté un bel os pour me faire pardonner cette désertion !

Consolé par ce cadeau royal, Boris se retira dans un coin de la cuisine pendant que Rab et Mia quittaient la pièce.

La vie de Mia était divisée en deux parties : Harvey et après Harvey. Depuis l'accident, elle était fermement décidée à rester indépendante et n'était jamais sortie avec un homme. Ce qu'elle faisait ce soir comportait des risques. C'était même une franche aberration mais, maintenant qu'elle y était, autant en profiter !

Mountain Hollow était le genre de restaurant photographié dans les revues de papier glacé et vanté comme un paradis gastronomique au cœur d'un paysage de rêve. Il avait été construit sur une plate-forme qui dominait la rivière de Cockatoo Valley. On ne se rendait compte de sa situation exceptionnelle qu'une fois à l'intérieur. Alors, par les immenses baies vitrées, on apercevait les chutes tourbillonnantes de la rivière, les énormes rochers qui la bordaient et tout un panorama éclairé de spots si bien disposés qu'on avait l'impression que les étoiles du ciel dégringolaient dans les eaux tumultueuses.

Rab avait retenu une table près d'une des baies. Les branches des arbres voisins étaient si proches que Mia avait l'impression de les avoir à portée de main.

Elle sourit à son compagnon.

— J'ai un peu l'impression d'être une nouvelle Cendrillon. Ne sois pas surpris si tout d'un coup tu te trouves assis en face d'une citrouille !

— Hors de question ! Les citrouilles ne font pas partie du menu.

Ils se mirent à rire tous les deux et, tout à coup, Mia se sentit parfaitement à l'aise. Elle avait vingt-neuf ans, elle n'était jamais venue dans un endroit aussi élégant. Ce rendez-vous n'était rien de plus qu'une soirée passée en compagnie d'un homme qui était devenu son ami. Follement séduisant, certes, mais un ami, rien de plus. Pas de danger. Juste le début d'une merveilleuse soirée.

Cendrillon ? Non, pas question de métamorphose ! Mia était heureuse d'être Mia, tout simplement.

Qu'elle était belle ! Plus encore, elle paraissait avoir décidé de profiter de cette soirée avec un entrain qu'il ne lui avait encore jamais vu. Elle savourait chaque bouchée, chaque gorgée de champagne, exactement comme si elle vivait un conte de fées.

Un conte de fées ? Le mot créa un déclic dans l'esprit de Rab. Pourquoi ne pas transformer le conte en réalité ? Une femme comme Mia méritait d'être chérie, protégée, aimée.

Ce sentiment couvait en lui depuis des semaines. Peut-être des mois ? Ce soir, en la voyant rayonner de bonheur, délivrée de cet air inquiet qu'il lui avait toujours vu, il savait que c'était là son vœu le plus cher.

Il voulait garder cette femme dans sa vie. Toujours.

Ce n'était pourtant pas un aveu à faire ce soir. Il ne fallait rien précipiter. Profiter de la première soirée où elle baissait la garde pour pousser son avantage trop loin serait une erreur. Aussi, au lieu de lui ouvrir son cœur, il se contenta de manger et de rire avec elle, persuadé que, si c'était en son pouvoir, il ferait en sorte que cette soirée ne connaisse jamais de fin.

Le repas terminé, le café dégusté, une idée lui vint à l'esprit.

— Si nous descendions jusqu'à la rivière ?

— Tu crois que c'est possible ?

— Oui, je me suis renseigné. Le chemin est éclairé tout le long, et on arrive jusqu'à la cascade illuminée.

Mia hésita un instant avant de lui adresser à nouveau ce sourire éclatant et serein qui était un cadeau à lui seul.

— Au cas où tu n'aurais pas noté, je porte des talons hauts !

— Je sais. J'avais remarqué leur élégance, mais ne t'inquiète pas, je serai là pour te soutenir.

Pourquoi pas ?

Mia repoussa sa chaise pour se mettre debout.

Au diable les angoisses !

Ils descendirent en silence le long du sentier. Main dans la main, parce que le parcours n'avait pas été prévu pour des chaussures de soirée. De ce fait, donner la main à Rab faisait partie des comportements approuvés par le bon sens dont Mia avait à cœur de suivre les conseils. À part le grondement de la cascade qui dégringolait sur les rochers, quelques bruits de feuillages dérangés par les wallabys, les phalangers volants et les sarigues, tous ces petits marsupiaux communs en Australie qui s'y déplaçaient, tout était calme alentour. À un moment donné, un minuscule échidné à nez court se dandina juste devant eux, suivi de sa mère, apparemment contrariée par la présence de ces humains venus troubler sa tranquillité.

Ce spectacle fit sourire Mia. La nuit délicieusement tiède

la faisait sourire aussi. La main de Rab tenant la sienne lui donnait le sentiment d'être... aimée ?

Aimée. À quoi cela ressemblerait-il d'être aimée par un homme tel que Rab ? De se débarrasser enfin du carcan de méfiance qui la corsetait encore ? De laisser sa main dans la sienne pour toujours ?

Elle hocha la tête. Non. Ce qu'elle vivait cette nuit était un rêve. Cette scène tout entière était un rêve, une illusion qui allait disparaître, mais pas tout de suite ! Encore un peu de ce rêve délicieux...

Une fois arrivés près de la cascade, Rab passa un bras autour de ses épaules. Elle ne le repoussa pas. Au contraire, elle se laissa aller contre lui. Elle sentait sa force, sa chaleur. Le conte de fées continuait. Elle se réveillerait, bien sûr, mais pas tout de suite...

L'étreinte de Rab se resserra. Il pencha son visage vers celui de Mia.

— Si tu savais comme j'ai envie de t'embrasser...

— Moi aussi, Rab, j'ai envie de t'embrasser.

Lorsqu'il prit le visage de Mia entre ses mains, elle releva le menton, tendit ses lèvres vers lui.

C'était Rab maintenant qui avait l'impression de rêver.

— Mia, je te le jure, jamais je ne te ferai de mal.

Puis il abaissa son visage et posa ses lèvres sur celles de Mia pour un baiser aussi magique que l'avait été la soirée tout entière.

Rab avait déjà embrassé bien des femmes avant Mia. La réputation de play-boy que lui avait faite son grand-père n'était pas tout à fait imméritée. Ce n'était pas la première fois qu'il posait ses lèvres sur celles d'une femme.

Mais celle-ci, c'était Mia. Et ce qu'il éprouvait était entièrement nouveau. Lorsqu'elle avait levé sa bouche vers lui, il avait compris qu'il se trouvait en pays inconnu.

Cette femme me fait confiance.

Cette femme se donne à moi…

Bien sûr, il ne s'agissait que d'un baiser, la conclusion d'une soirée de rêve, pas la promesse d'un futur.

Et pourtant, lorsqu'il sentit les bras de Mia l'enlacer, lorsqu'il goûta la saveur de sa bouche, il perdit la tête de bonheur. Tenir pareille femme contre lui relevait du miracle. Exactement comme si un joyau fragile s'offrait à lui sans condition. Il la garda contre lui, longtemps, au creux de cette nuit qui n'était plus que chaleur et désir.

Jamais il n'avait imaginé que deux corps pouvaient ainsi se fondre l'un dans l'autre.

Il l'aimait.

Comment réussirait-il à la persuader que cette magie n'était pas seulement l'affaire d'une soirée mais d'une vie entière ?

Finalement, la fraîcheur de la nuit les incita à rebrousser chemin. Ils regagnèrent la voiture de Rab, rentrèrent à Wiradjuri sans que le charme qui les entourait ne disparaisse. À leur arrivée dans la cuisine, Boris se leva pour venir leur faire la fête. Après avoir répondu à ses caresses, chacun s'apprêta à gagner l'aile de la maison qui lui était réservée. Rab d'un côté, Mia de l'autre. Mais Rab s'arrêta brusquement, embrassa Mia une nouvelle fois, à moins que ce ne soit l'inverse, puis il la tint à bout de bras face à lui.

— Mia ?

Elle savait ce qu'il lui demandait. D'une voix sûre, elle répondit :

— Oui.

— Tu es bien sûre ? Je ne veux pas profiter de toi.

— Au contraire, profite autant que tu le souhaites, souffla-t-elle, parce que, oui, je suis tout à fait sûre.

11.

Le lendemain matin, Mia s'éveilla dans les bras de Rab, peau nue contre peau nue, comblée d'amour et de sommeil.

Jamais elle ne s'était sentie aussi heureuse.

Elle qui s'était juré tant de fois de ne plus jamais laisser son bonheur dépendre du bon vouloir d'un homme… ni de personne. Toutes ces promesses n'avaient servi à rien.

Tout de même, est-ce que c'était tellement grave de faire confiance à Rab ? Il était si différent de Harvey qu'on aurait pu croire qu'ils appartenaient à deux espèces différentes.

Au milieu de la nuit, Rab lui avait soufflé à l'oreille qu'il l'aimait. Elle lui avait peut-être répondu la même chose ? Comment savoir ? Tout cela était un rêve dont elle ne voulait jamais sortir.

Il lui avait fait l'amour. L'amour. Quel mot étrange…

Harvey avait détruit les visions romantiques de l'amour qu'elle avait quand elle était jeune. Il avait usé de son corps quand et comme bon lui semblait, à tel point qu'elle s'était promis de ne plus jamais avoir de rapport sexuel. Mais lorsque Rab l'avait touchée, quand il lui avait demandé si elle était d'accord, elle avait compris qu'il tenait à lui laisser l'initiative. Qu'il était prêt à la respecter. Encore davantage quand il l'avait aidée à se déshabiller en la suivant d'un regard amoureux, comme s'il avait compris qu'un geste trop hardi de sa part risquait de la faire se refermer sur elle-même.

« C'est toi qui commandes », disait chacune de ses attitudes. En agissant ainsi, il lui avait permis de sentir qu'elle était puissante, comme si à chaque instant elle pouvait se retirer. Comme si cette nuit n'était faite que pour elle, pour son plaisir, si elle le voulait bien.

Au cours de sa formation médicale, avait-il jamais eu affaire à des femmes abusées ? Comment avait-il compris qu'elle avait fait un saut énorme dans l'inconnu en décidant de lui faire confiance ?

Quoi qu'il en soit, à un moment donné, elle avait éprouvé la certitude d'en être capable. Son corps s'était éveillé à des sensations qu'elle n'avait encore jamais éprouvées. Quand il s'était retrouvé nu devant elle, elle qui avait soigné tant et tant de patients masculins avait eu l'impression de découvrir un corps d'homme pour la première fois. Son désir avait flambé comme une torche. Enlacés, ils étaient tombés sur le lit où elle l'avait caressé avec une audace dont elle ne se serait jamais crue capable. Plus tard, elle s'était donnée à lui avec une ardeur qui lui avait presque fait peur.

À un moment donné, Rab s'était un peu écarté d'elle, suffisamment pour qu'elle aperçoive son sourire étincelant à la lumière argentée de la lune.

— Si nous dormions un peu maintenant ? Nous avons tout le temps du monde devant nous !

Vraiment ? Pouvait-elle croire une chose pareille ?

Son corps impatient avait répondu à sa place. Une fois de plus, de lui-même, il s'était arqué de désir. Le futur et le passé n'existaient plus. Le sommeil l'avait surprise lovée dans un cocon de bonheur.

Maintenant qu'elle était bien réveillée, comblée, heureuse, les mots de Rab lui revenaient. Il avait peut-être raison ? Le bonheur était peut-être aussi fait pour eux deux ?

Brusquement, un coup brutal frappé à la porte les fit sursauter tous les deux. Elle était encore serrée contre Rab et n'avait aucune envie d'abandonner son grand lit où elle avait passé la nuit pour la première fois. Boris s'était mis à aboyer.

— Que se passe-t-il ? marmonna Rab.

Ce ne pouvait pas être une urgence médicale puisque Ewan était de garde.

Elle se tourna pour regarder l'heure au réveil de Rab.

— Il est à peine 9 heures.

— Un dimanche matin…, compléta Rab.

Il déposa un baiser sur l'épaule gauche de Mia. Celle qui était lacérée de cicatrices. Désormais, cela n'avait plus d'importance. Elle se sentait belle. Rab roula sur le côté pour continuer à l'embrasser.

Mais le coup à la porte se répéta. Boris aboya plus fort. Elle se redressa.

— Un gamin a dû encore tomber dans notre massif de ronces…

Notre ? C'est bien ce qu'elle avait dit ?

— Pour qu'on tape aussi violemment, il s'agit plutôt d'un tremblement de terre ! déclara Rab en se levant pour s'habiller.

Elle alla enfiler sa robe de chambre avant de rejoindre Rab qui ouvrait la porte à l'importun.

Ils y trouvèrent deux hommes et une femme. Le plus âgé des deux hommes et la femme étaient en tenue de ville, un style inhabituel à Cockatoo. L'homme le plus jeune arborait une veste en cuir noir, des lunettes de designer et un air arrogant. Autour du cou, la femme portait ce qui ressemblait à une petite caméra. Leur présence était extrêmement intimidante. Mia aurait aimé ne pas être nue sous sa robe de chambre et, surtout, pouvoir cacher son visage.

— Nous sommes désolés de vous déranger, déclara l'homme le plus âgé d'une voix de professionnel, mais Mr Finley nous a demandé de venir effectuer une vérification.

— Mr Finley ? répéta Rab sans comprendre.

— Mr Noël Finley, ici présent, précisa le visiteur. Il s'agit d'un de vos parents qui vit en Angleterre. Je suis Georges Howard, et voici Mme Stein. Nous travaillons tous les deux au sein de l'agence de détectives Howard-Stein, à Sydney. Mr Noël Finley nous accompagne pour vérifier que votre mariage est un vrai mariage et pas seulement un mariage de convenance.

— Mais…, balbutia Rab, stupéfait.

— Mr Finley sait parfaitement que vous êtes mariés, mais lui-même et sa parenté soupçonnent votre union de n'être qu'un mariage blanc destiné à remplir les conditions exigées par votre grand-père dans son testament. Notre enquête nous a montré que ce mariage a eu lieu une semaine avant votre trente-cinquième anniversaire.

— Que peut-on reprocher à cela ? demanda Rab, maintenant sur la défensive.

— Il s'avère que vous et madame ne vous connaissiez pas auparavant. Vos parents anglais estiment donc que votre mariage a été célébré afin de les priver de leur héritage. Autrement dit, qu'il est frauduleux. Nous avons fait une enquête de terrain sérieuse. Cette visite en est l'aboutissement. Sachez que notre conversation est filmée et enregistrée par ma collègue, Mme Stein.

— Êtes-vous sûrs que tout cela est bien légal ? demanda Rab, encore sous le coup de la stupeur. Vous n'avez pas notre accord pour nous filmer ni pour enregistrer nos déclarations. Par contre, j'ai parfaitement le droit de vous chasser de chez moi. Vous êtes en infraction pour violation de domicile.

— Oh… qu'est-ce qu'elle a sur la figure ? demanda Noël Finley en s'avançant vers Mia sans la moindre pudeur.

Blessée par cette question, elle recula dans l'ombre en s'efforçant de remonter le col de sa robe de chambre pour dissimuler sa joue. Surprise au saut du lit, elle n'avait pas eu le temps de mettre le fond de teint un peu sombre qu'elle utilisait quotidiennement pour masquer ses cicatrices.

Sous le regard inquisiteur du jeune homme, elle se sentait nue, vulnérable, déstabilisée.

Heureusement, Rab se tourna vers elle et lui sourit. Rapidement, mais ce fut suffisant pour qu'elle capte le message qu'il lui envoyait : *Courage, Mia. Laissons ces gens aller jusqu'au bout de leur petit jeu.*

Sur ce, il la prit par la main. À ce contact, Mia retrouva sa confiance en elle.

— Vous parlez de mon épouse ? demanda-t-il en passant

un bras autour des épaules de Mia de manière à ce que tous deux se trouvent bien en face du jeune homme. Je ne vois pas à quoi vous faites allusion.

Il y avait quelque chose d'implacable dans le son de sa voix. Noël Finley recula d'un pas, mais son agressivité n'avait pas disparu.

— C'est vrai… Les gens que nous avons rencontrés nous ont parlé de ces cicatrices. Ce qui ne fait que conforter nos soupçons, ajouta-t-il en se tournant vers les deux autres. Tout le monde sait que le Dr Rab Finley est un chirurgien réputé qui mène une vie confortable à Sydney. Pourquoi serait-il venu s'enterrer ici et épouser cette femme défigurée si ce n'est pas pour l'argent ?

— Voyons…

Le jeune homme continua sur sa lancée.

— Ce mariage est une escroquerie !

— Assez ! s'écria Rab. Sortez d'ici tout de suite.

— Docteur Finley, déclara l'avocat en regardant Rab dans les yeux, madame Finley, je vous prie d'excuser les remarques maladroites de votre parent qui a manqué de tact, je le reconnais.

Puis, se tournant vers Noël Finley, il ajouta :

— Monsieur Finley, je vous prie de retourner à la voiture et de nous y attendre. Nous poursuivrons notre interrogatoire hors de votre présence.

— Allez, Noël, insista la femme. Nous n'avons pas besoin de vous pour la suite.

Le jeune homme se retira en grommelant.

— Ils viennent juste de se lever, cria-t-il par-dessus son épaule en partant. Demandez-leur de vous montrer où ils ont passé la nuit ! Je vous jure que ce mariage est complètement bidon.

Il claqua violemment la portière de la voiture derrière lui tandis que Rab et Mia restaient en tête à tête avec les deux avocats.

— Docteur Finley, reprit l'homme, encore une fois, pardonnez les commentaires de notre client. Il subit le contrecoup du décalage horaire et est pressé par les membres de sa famille pour régler cette situation à leur avantage.

— Vous auriez pu me prévenir, remarqua Rab sur un ton de reproche.

Tout en parlant, il avait attiré Mia contre lui de façon à ce qu'ils apparaissent comme un couple que cette intrusion venait de tirer de son sommeil. Ce qui était parfaitement le cas d'ailleurs.

Pourquoi Mia était-elle toute tremblante ? C'était la remarque désobligeante de Noël Finley qui la mettait dans cet état ? Ou le risque que cette visite faisait courir à l'avenir de la vallée ?

— J'aurais pu vous prévenir, en effet, mais nous avons estimé qu'une visite surprise nous permettrait de répondre beaucoup plus rapidement aux interrogations de nos clients.

Rab soupira d'un air excédé.

— Si vous pouvez nous prouver que vous vivez réellement en couple, reprit l'avocat, l'affaire s'arrêtera là. Mes clients et vous-même ferez l'économie d'un procès long et coûteux.

Rab serra Mia un peu plus fort contre lui.

— Mia, on les fiche dehors ou on les laisse faire ?

Puis il s'adressa aux avocats :

— Nous sommes réellement mariés, nous n'avons rien à cacher. Tous les habitants de la vallée vous confirmeront que nous vivons ensemble depuis six mois. Que voulez-vous de plus ?

— Est-ce que vous couchez ensemble ? demanda la femme.

— Bien sûr, répondit Rab le plus calmement du monde. Pourquoi ne le ferions-nous pas ?

— Ce n'est pas vrai, intervint Mia.

Elle avait retrouvé sa voix. Elle allait montrer aux intrus qu'elle ne manquait pas de force de caractère. Harvey l'avait frappée, intimidée, blessée, il avait fait d'elle une victime. Il lui avait fallu des années pour s'en remettre, mais ces derniers mois, persuadée que la vallée était sauvée, que Rab était son ami, elle avait changé.

Dans le fond, c'était une chance que ces personnes soient venues enquêter ce matin. Elle avait passé la nuit avec Rab. Ils avaient fait l'amour délicieusement. Cela lui donnait la force d'affronter les accusations et la menace.

Car si Rab laissait les avocats pénétrer dans la maison, ils verraient que deux chambres étaient utilisées. Ils demanderaient des explications. Autant anticiper.

— Nous ne dormons pas ensemble tout le temps, précisa-t-elle. Ce que vous voulez savoir, c'est si nous avons des relations sexuelles. La réponse est oui. Mais j'ai vécu seule pendant de nombreuses années, j'aime mon indépendance et ma tranquillité. Ce qui fait que je tiens à avoir la possibilité de quitter la chambre conjugale lorsque mon mari ronfle trop fort.

— Oh ! s'exclama Rab, indigné.

Mia lui adressa un sourire apaisant.

— Désolée, mon amour, mais tu ronfles ! Il n'y a pas de honte à cela. La plupart des hommes ronflent.

— Je vous prie de couper la caméra ! supplia Rab en riant.

— Approfondissez votre enquête, conseilla Mia. Allez demander aux femmes dont le mari ronfle si elles n'aimeraient pas avoir la possibilité de quitter le lit conjugal pour dormir au calme. Ne serait-ce qu'occasionnellement. Comme vous le voyez, nous habitons une grande maison. Pourquoi ne le ferais-je pas ?

— Autrement dit, vous faites chambre à part ? demanda la femme, soudain très intéressée par cette nouvelle.

— Oui, répondit Mia d'un ton enjoué. Vous voulez voir ?

— Mia, ce n'est pas nécessaire, intervint Rab d'un air contrarié.

Mia haussa les épaules.

— Je sais. La visite que nous subissons de la part de ces avocats est sans doute illégale mais, puisqu'ils veulent des preuves, nous allons leur en fournir.

Elle se tourna vers la caméra.

— Vous reconnaissez avoir débarqué chez nous un dimanche matin, à une heure où la plupart des couples font la grasse matinée ?

— Oui, approuva l'homme.

— Je précise que mon mari et moi-même sommes sortis hier soir, que nous avons passé une excellente soirée et que nous sommes rentrés très tard. Regardez-nous ! Vous êtes bien d'accord pour admettre que nous n'avons pas eu le temps de préparer quelque mise en scène que ce soit ?

— En effet, répondit l'avocat à contrecœur.

— Alors je vous invite à pénétrer dans la maison avec votre caméra, proposa Mia.

Sur ce, elle fit un grand geste théâtral en direction du corridor et, tête haute, elle s'avança la première.

Rab lui emboîta le pas, d'assez mauvais gré. Bien décidé à garder ces gens en dehors de leur vie, il avait essayé de jouer un rôle protecteur afin de préserver Mia. Mais voilà que c'était cette dernière qui ouvrait la voie avec l'air parfaitement assuré de la propriétaire des lieux.

Une fois arrivée devant sa chambre, elle en ouvrit la porte, pénétra à l'intérieur et invita les deux avocats à la suivre.

— Voici mon domaine, expliqua-t-elle. L'endroit où je me retire quand j'ai besoin d'un peu de solitude.

L'avocat paraissait gêné de se trouver dans ce lieu intime tandis que sa collègue n'avait visiblement aucun scrupule à faire le tour de la chambre.

Au cours de son séjour, Mia avait changé très peu de choses à la pièce où elle dormait. Pourquoi l'aurait-elle fait ? Elle n'avait pas l'intention d'y rester une fois le délai des douze mois écoulé. L'idée d'y amener des affaires personnelles comme des bibelots ou des photos ne l'avait pas effleurée. Elle maintenait la pièce en ordre, avec un lit fait au carré. En tant qu'infirmière, elle avait été formée à la vieille école et savait comme personne lisser un drap sans le moindre faux pli et secouer soigneusement un oreiller pour qu'il retrouve tout son volume. Il apparaissait avec évidence que personne n'avait dormi dans ce lit la nuit précédente.

Aucun vêtement ne traînait. Les pantoufles qu'elle laissait d'habitude devant le lit étaient à ses pieds car elle était venue les chausser en vitesse avant d'accompagner Rab à la porte tout à l'heure. En même temps, elle avait enfilé sa robe de chambre qui restait d'habitude accrochée derrière la porte. Les seuls objets visibles étaient un réveil et une boîte de mouchoirs en papier sur la table de chevet. Rien ne témoignait de la moindre présence féminine. Rien ne permettait de supposer qu'une femme dormait chaque nuit dans cette chambre qui paraissait plutôt rester à la disposition d'invités.

C'était la première fois aussi que Rab pénétrait dans la chambre de Mia. L'apparence austère et nue qu'elle revêtait lui fit froid dans le dos. Il suffirait à Mia d'attraper sa valise rangée sur le haut de l'armoire et de franchir le seuil de la maison pour qu'aucune trace de sa présence ne puisse être détectée. On aurait dit qu'elle n'y avait jamais mis les pieds.

Seules traces de son passage à Wiradjuri : les cuivres rutilants, les lustres étincelants, les planchers brillants de cire… Avait-elle fait tout cela pour lui ?

Non, corrigea-t-il, elle l'avait fait pour la vallée. Pas pour lui.

— Si c'était ici que je me retirais, déclara la femme, il me semble que je rendrais la pièce un peu plus chaleureuse !

— Tout dépend si on s'en sert souvent, répliqua Mia. Je ne suis ici que depuis six mois. J'imagine que le jour où nous fêterons nos noces d'or j'aurai eu le temps de la remplir de pas mal de babioles et de souvenirs.

L'avocate eut un petit sourire complice.

— Tant que mon mari ne me dérange pas, je suis très bien dans sa chambre à lui. C'est le cas pour l'instant.

Mia se dirigeait maintenant vers la porte.

— Si vous voulez jeter un coup d'œil à la chambre conjugale…

Elle conduisit l'homme et la femme devant la chambre de Rab.

— Êtes-vous bien sûrs de vouloir la visiter ?

Pour poser cette question, elle avait adopté un air gêné, mais Rab eut l'impression qu'elle jouait la comédie pour les visiteurs.

— Allons, Mia, ça suffit comme ça…, déclara-t-il, comme las de cet étrange tour du propriétaire.

Mais Mia ouvrait la porte en grand.

Dès le premier coup d'œil, les avocats trouvèrent toutes les preuves qu'ils souhaitaient. La veille au soir, en rentrant du restaurant, Rab et Mia savaient déjà ce qu'ils voulaient faire une fois de retour à la maison. Ils n'avaient pas perdu de temps pour passer à l'action. Leurs vêtements de la veille jonchaient le sol jusqu'au pied du lit. Une petite culotte en dentelle gisait sur le tapis, le soutien-gorge assorti avait atterri, Dieu sait comment, sur la lampe de chevet, les draps étaient froissés et dans le plus grand désordre. Chaque détail prouvait que la nuit avait été chaude.

En découvrant le chaos qui régnait dans la pièce d'habitude si bien rangée, Rab s'était arrêté sur le pas de la porte. Mia avait rougi, mais il lui sembla déceler l'ombre d'un sourire sur ses lèvres. Le genre de sourire discret du chat qui vient de voler la crème du lait et s'en réjouit…

— Vous devez vraiment rendre compte de cela ? demanda-t-il à l'avocate.

— C'est le moyen le plus rapide de répondre aux soupçons de notre client. Je vous promets que tout cela restera confidentiel et que, dès que votre affaire sera classée, nous effacerons toutes traces de ce constat.

L'homme qui l'accompagnait hocha la tête en signe d'approbation.

— Nous vous jurons également de garder le secret professionnel et de ne parler à personne des détails de notre enquête.

Il était devenu tout rouge et se retirait à reculons en bégayant des excuses.

— Je suis désolé… Nous sommes vraiment désolés de… C'est seulement parce que notre client a tellement insisté que nous…

Rab le toisa.

— Votre fameux client n'a jamais imaginé que je pouvais avoir épousé Mia parce que je le souhaitais ? Parce que je l'aime ?

Il se rapprocha d'elle, puis la serra contre lui. Elle avait été extrêmement courageuse de supporter cette visite. Il jeta un coup d'œil sur l'emplacement insolite du soutien-gorge. Mia, si pudique, si attachée à son intimité, avait accepté de s'exposer pour la cause.

— Mia est réellement ma femme. Elle porte mon nom, elle partage ma vie. Je l'aime et je la défendrai comme tout ce qui m'appartient. Si vous lui faites le moindre tort, je vous promets de vous attirer les pires ennuis.

Ces mots eurent l'effet escompté sur les avocats. Mais certainement pas sur Mia. Il la sentit se raidir dans ses bras. Elle y resta, mais la qualité de leur étreinte avait changé. Mia ne s'abandonnait plus à lui comme elle le faisait un instant plus tôt.

Lorsqu'elle prit la parole, sa voix avait changé. Elle était tendue, plus grave que tout à l'heure.

— Cela suffit, j'imagine ? Vous avez vu tout ce que vous vouliez voir ? Alors, je vous en prie, partez et laissez-nous, mon mari et moi, reprendre une vie normale.

Rab raccompagna les deux enquêteurs à la porte tandis que Mia restait dans la chambre. La matinée était tiède et ensoleillée. Pourtant, elle se surprit à frissonner. L'ivresse de la nuit avait abandonné son corps. Par contre, quelques mots résonnaient comme un glas dans sa tête.

Ceux prononcés par Rab tout à l'heure.

« Comme tout ce qui m'appartient »…

Des paroles qui se superposaient à d'autres, qu'elle avait entendues autrefois dans la bouche de Harvey.

La situation était complètement différente, et pourtant, quand elle regardait autour d'elle maintenant, il lui semblait être prise au piège.

Comment avait-elle pu oublier ?

Le téléphone que Rab avait laissé sur sa table de chevet se mit à sonner. Ni Rab ni elle-même n'étaient de garde mais, étant donné la petite taille de l'hôpital, on avait peut-être besoin de renfort. Elle alla donc répondre.

— Mia, c'est toi ? demanda la voix d'Ewan. Vous avez passé une bonne soirée, hier ?

Elle avait oublié que tout le monde à l'hôpital était au courant de leur sortie. Ils battraient des mains s'ils voyaient l'état de la chambre ce matin…

— Oui, Ewan. Merci beaucoup.

Un silence s'ensuivit.

— Tout va bien, Mia ?

— Oui. Je… je suis désolée. Nous venons juste d'avoir la visite de deux avocats envoyés par les Finley d'Angleterre pour vérifier si nous étions bien mariés.

Ce n'était pas quelque chose à cacher de toute façon car tout le monde avait dû apercevoir la longue voiture noire étrangère à la vallée et remarquer qu'elle se dirigeait vers leur maison.

— C'est pour cette raison que tu es contrariée ? poursuivit Ewan. J'imagine que vous les avez rassurés ?

— Complètement. Rab est en train de les raccompagner.

— Parfait. Mais…

Mia comprit que cette fois Ewan abordait le chapitre médecine.

— Hier soir, John et Miranda Hutchins ont fêté leurs quarante ans de mariage. Il y avait beaucoup d'invités. Le repas a été préparé par leurs deux petites-filles. Elles ont cru bien faire en gardant les plats au chaud dans un bain-marie toute la journée. Évidemment, elles ne se doutaient pas que cela allait les transformer en un véritable bouillon de culture. Voilà qu'à 4 heures du matin nous avons vu arriver John qui n'arrêtait pas de vomir. Depuis ce matin, plusieurs des personnes invitées nous téléphonent pour nous demander des conseils à propos des mêmes manifestations. Si toi et Rab pouviez venir nous donner un coup de main à l'hôpital, nous avons ici plusieurs personnes âgées en assez piteux état.

Mia jeta un coup d'œil aux vêtements éparpillés un peu partout. Elle avait dû perdre la tête la nuit dernière !

Non, elle n'appartenait à personne. Elle continuerait à jouer la comédie pendant les six mois restants, mais ce ne serait rien de plus qu'une façade.

— Nous arrivons tout de suite, répondit-elle.

Sur ce, elle ramassa ses affaires et regagna sa chambre.

Lorsque Rab revint, elle était enfermée dans la salle de bains.

— Mia ? Tu vas bien ?

— On a besoin de nous à l'hôpital. Intoxication alimentaire. Je te laisse la salle de bains dans deux minutes.

Rab ne comprenait pas. Après ce qu'ils avaient vécu la nuit précédente, ils auraient très bien pu prendre leur douche ensemble… mais elle s'était enfermée.

Elle avait repris le contrôle de la situation.

Elle était redevenue Mia.

Il avait dû commettre une erreur quelque part, et c'était trop tard pour la rattraper, maintenant. Dès qu'il avait entendu la voix de Mia lui parvenir de derrière la porte de la salle de bains, il avait compris qu'elle avait repris ses distances. Réinstallé des barrières pour se protéger.

Un peu plus tard, pendant qu'ils faisaient route ensemble vers l'hôpital, il essaya de revenir sur le sujet.

— Mia, je suis désolé si la visite de ces avocats t'a contrariée.

— Ils ne m'ont pas contrariée. Au contraire, nous avons eu bien de la chance qu'ils arrivent ce matin après ce qui s'est passé la nuit dernière.

— C'est vrai. Quelle nuit merveilleuse !

— Oui.

Ce fut tout.

— Pas pour toi ?

— Si.

La voix de Mia se fit encore plus tendue.

— Non, en fait. J'ai oublié toutes les règles que je m'étais fixées. Notre mariage est un contrat d'affaires, Rab. Un contrat qui prend fin dans six mois.

— Mais ce n'est pas une obligation !

Il aurait préféré avoir cette conversation plus tard, quand ils seraient tranquillement assis chez eux plutôt que maintenant où il était au volant et devait faire attention à la route, mais Mia paraissait si contrariée qu'il valait mieux crever l'abcès tout de suite.

— Mia, tu parais bouleversée. Tu sais bien que je ne suis pas Harvey ! Tu sais bien que je te protégerai envers et contre tout.

— Je ne veux pas qu'on me protège !

— Tu ne veux pas être aimée ?

— Non.

— C'est ce que je croyais moi aussi, mais j'ai changé maintenant que je te connais. Tu as été maltraitée. Cela t'a rendue vulnérable. Tu as dû te construire une armure pour te protéger, mais je sais comment tu es à l'intérieur de celle-ci. Tu ne peux pas apprendre à te laisser aimer ?

— Tu veux dire à me laisser protéger ?

— Ça serait si difficile pour toi de me faire confiance ?

— Je te fais confiance, Rab. Mais je ne veux pas avoir besoin de toi. Je veux être indépendante. Je veux garder le contrôle de ma vie.

— C'est bien le cas !

— Non. Je l'ai perdu la nuit dernière. Je viens de le reprendre et je tiens à le garder.

Rab lui jeta un coup d'œil inquiet.

— Alors, cela signifie que toi et moi…

— Essaye de comprendre, Rab. Vivre avec moi ne t'empêchera pas d'être aussi indépendant que ce que tu as toujours été. Pour moi, c'est différent. Si nous continuions dans la voie de la nuit dernière, je me perdrais. Mon bonheur dépendrait de toi, et cela me rendrait vulnérable. Je ne pourrais pas le supporter !

Rab haussa les épaules, désolé de cette réaction inattendue. Hélas, Mia insista.

— Quand tu as dit à ces gens que tu me défendrais comme tout ce qui t'appartient, j'ai compris le danger. Je n'appartiendrai jamais à personne. Tu es quelqu'un de très spécial pour moi, je sais que tu m'aimes, mais ce n'est pas ce que je veux. Je…

Elle se mordit les lèvres et ferma les yeux.

Ils venaient d'entrer dans le parking de l'hôpital. On les y attendait. Prendre soin des autres allait leur permettre de mettre en veilleuse leurs émotions pour plonger dans un univers où seules leurs compétences étaient requises. Rab compris que c'était là sa dernière chance. S'il la laissait rentrer dans son monde, elle fermerait à jamais la porte qui s'était entrouverte pour lui la nuit précédente.

— Mia, je t'aime.

— Tu me l'as dit cette nuit. Mais c'est ce que les gens disent quand ils font l'amour.

— Est-ce que Harvey te le disait ?

— Je ne me rappelle pas.

— Mia…

— Laisse, Rab. Ce que nous avons fait hier soir était une aberration. Nous avons eu la chance qu'elle nous permette de mettre les avocats à la porte, mais c'est tout ce dont nous devons nous souvenir.

— Ce n'est pas possible !

— Rab, c'était un coup d'un soir qui a des répercussions heureuses sur l'avenir de la vallée. Rien de plus.

Elle ouvrit la portière de la voiture.

— Et maintenant, au travail ! L'intoxication alimentaire nous attend.

12.

Harvey venait de sortir de prison.

Voilà ce que lui apprenait la lettre que Mia tenait dans sa main tremblante.

Trois mois s'étaient écoulés depuis « la nuit des avocats ». C'était ainsi qu'elle appelait la soirée passée au restaurant avec Rab et ce qui avait suivi, estimant qu'il s'agissait là d'une heureuse coïncidence. Depuis, le sort de la vallée était scellé pour le meilleur. Par moments, elle s'efforçait même de croire que c'était une mise en scène qu'elle avait elle-même organisée.

Quoi qu'il en soit, elle avait réussi à considérer comme nul et non avenu ce qui s'était passé entre le moment où ils avaient quitté le restaurant et celui où les avocats avaient frappé à la porte. Cela, elle l'avait enfermé à double tour dans un des compartiments blindés qui meublaient son cerveau.

Car des compartiments, il y en avait beaucoup… L'un d'entre eux était réservé à Harvey. Malheureusement, le courrier dont elle venait de prendre connaissance l'avait ouvert en grand.

En tant que victime du délit commis par ce dernier, la justice l'informait que la demande de remise en liberté de Harvey avait été acceptée. La lettre datait de deux semaines plus tôt car elle avait transité par le service de redirection du courrier auquel elle s'était adressée quand elle avait changé de nom.

Afin de calmer l'attaque de panique qu'elle sentait monter en elle, elle se répéta que Harvey ne pouvait pas la retrouver.

Son mariage avec Rab l'avait amenée à changer de nom une seconde fois. Mia Finley n'avait donc rien à voir avec la Maira qu'elle était dix ans plus tôt. En outre, Harvey était sous le coup d'une interdiction de s'approcher d'elle.

Elle n'était plus une victime. Cette lettre ne la concernait pas.

— Mia, quelque chose ne va pas ? demanda Rab.

Ils étaient en train de prendre leur petit déjeuner, chacun plongé dans son courrier, chacun à un bout de la table. Chacun dans son univers.

Elle était déjà sortie de bon matin avec Boris et, en rentrant, elle avait pris le courrier dans la boîte aux lettres. C'était sa routine quotidienne.

Car, depuis « la nuit des avocats », leur vie tout entière était devenue une routine pétrie d'une réserve que même des colocataires étrangers l'un à l'autre ne respectaient pas. Chacun sentait que la fêlure n'attendait qu'une occasion de s'agrandir pour les faire sombrer.

Dans la folie du sexe ?

Déjà, l'inquiétude qui perçait dans la voix de Rab menaçait la fragile barrière qu'elle s'efforçait de maintenir entre eux.

— Non, tout va bien.

Puis, d'un geste qu'elle voulait désinvolte, elle jeta un coup d'œil sur l'enveloppe qu'elle avait posée sur la table.

— C'est juste une lettre qui m'avertit que mon ex-mari est sorti de prison.

Le visage de Rab se figea.

— Mia…

— Pas de problème, Rab. Il ne peut rien faire contre moi maintenant. Rien du tout.

Pourtant, sa voix tremblait.

Elle fit un effort pour se ressaisir. C'était la stricte vérité : Harvey ne pouvait rien contre elle. Elle n'était plus la femme qu'il avait connue.

— Tu ne crains pas qu'il essaye de te retrouver ?

Cette simple question apaisa Mia. C'était une phrase pleine de bon sens, qui la forçait à raisonner logiquement.

— Je ne vois pas pourquoi il le ferait.

— Y avait-il d'autres accusations contre lui que sa violence envers toi ?

— Oui. Quand la police a perquisitionné chez lui, elle a trouvé beaucoup de drogue et des armes.

— Par conséquent, il n'y a pas de raison pour qu'il te considère comme l'unique responsable de sa détention.

Leurs regards se rencontrèrent. Rab entrevit la peur que Mia lui cachait et se cachait à elle-même. Il la comprenait.

Le procès avait eu lieu pendant qu'elle faisait sa rééducation. Un écran avait été installé dans sa chambre pour lui permettre de le suivre. Les psychologues le lui avaient conseillé, estimant qu'elle avait besoin d'entendre de la bouche des juges à quel point cet homme était ignoble. D'après eux, ce serait le meilleur moyen pour elle de comprendre que rien n'était sa faute dans leur histoire et d'admettre qu'elle était parfaitement innocente.

Ils n'avaient peut-être pas tort, mais ce qu'elle gardait en tête, c'était le visage de Harvey, tourné vers la caméra, et hurlant à son adresse : « Je te retrouverai ! Où que tu te caches et peu importe le temps que ça me prendra. Tu m'appartiens. »

Elle frissonna.

Rab se leva, lui prit les mains et l'attira contre lui. Un instant, elle le laissa faire, se lova contre son pull-over, sentit sur sa joue la rudesse de la laine mais aussi la force et la sécurité que Rab voulait lui transmettre.

— Ne crains rien, Mia. Nous ne le laisserons pas te faire de mal.

Et voilà que cela recommençait ! Une fois de plus, il se posait en protecteur.

« Tu m'appartiens »…

Elle s'écarta de lui. Non, elle n'avait pas besoin d'être protégée. Elle avait construit sa vie de manière à ne dépendre de personne. Pour rien au monde elle ne retomberait sous le pouvoir d'un homme.

— Je te remercie, mais je n'ai pas besoin de ton aide.

— Tu n'as pas besoin de moi ?

— Je ne sais pas vraiment comment te l'expliquer. Je sais que tu me protégerais si besoin était, je sais que toute la vallée m'aiderait s'il le fallait. Je suis en sécurité, mais tu comprends, je suis en sécurité grâce aux choix que j'ai faits, grâce à ma propre force. Merci pour le câlin, c'était sympa, mais je dois aller de l'avant. Je vais brûler cette lettre et l'oublier tout de suite.

Elle le quitta donc pour rejoindre l'hôpital, au volant de sa petite Mini. Il la regarda partir, le cœur en miettes.

Malgré l'air assuré qu'elle avait affiché, il avait peur pour elle.

Il passa la main dans ses cheveux, puis s'adressa à Boris.

— Allez, Boris, allons faire un tour tous les deux. Je n'ai pas de patients avant 10 heures. Autant en profiter pour prendre l'air.

Boris le regarda comme s'il avait perdu la tête. Mia avait déjà dû lui faire faire une bonne balade et, en bon gros chien paresseux, il estimait que cela devait suffire.

— Allez, Boris, j'ai besoin de compagnie !

Brusquement, il entendit ce qu'il venait de dire.

J'ai besoin...

Alors que Mia n'avait pas besoin de lui.

Était-ce possible que les rôles se soient à ce point inversés ?

Ce jour-là, à l'hôpital, Mia n'avait pas eu une minute pour souffler. Elle s'apprêtait à rentrer à Wiradjuri lorsque le crissement de pneus tant redouté se fit entendre. La porte d'entrée claqua, une femme hurlait :

— Aidez-moi, vite ! Mon mari...

Il devait s'agir d'un accident. Ewan était rentré chez lui comme prévu. L'équipe de nuit allait arriver, mais Mia et Rab se trouvaient encore sur place. Tous deux se précipitèrent, prêts à affronter le pire.

Donald Myers, un fermier qui résidait de l'autre côté de la colline, était allongé sur le siège du passager. Les yeux agrandis de terreur, le front couvert de transpiration, il respirait avec la plus grande difficulté. Son visage était bouffi, la main posée sur sa poitrine, boursouflée.

— Il a commencé à enfler il y a une demi-heure, expliqua Kath Myers, complètement affolée alors qu'elle était d'ordinaire la plus calme des personnes. Il ne peut plus respirer… Il ne peut plus parler !

— Nous allons vous intuber, déclara Rab immédiatement. Vous êtes sûrement victime d'une réaction allergique. C'est impressionnant, mais nous allons vous soulager très vite. Nous allons vous aider à respirer.

Sur ce, il déchira la chemise de Don, tendue sur sa poitrine.

Issy arrivait déjà avec un brancard, et ils s'employèrent à y transférer Don depuis la voiture.

Mia était déjà en train de préparer l'intubation, mais il lui semblait avoir affaire à autre chose qu'une allergie ordinaire. Il ne s'agissait pas d'une intoxication alimentaire… Elle réfléchissait. Don avait des abeilles.

— Est-ce que Don est allé près de ses ruches ? demanda-t-elle à Kath.

— Non, pas depuis la semaine dernière. Et de toute façon, il a été piqué des centaines de fois sans jamais manifester de réaction.

— Est-ce qu'il a fait quelque chose de spécial aujourd'hui ?

Kath réfléchit un instant.

— Il est allé chez le dentiste… Nous sommes partis consulter à Colambool ce matin. La dentiste a décelé un abcès mais, comme elle n'avait pas le temps de le soigner aujourd'hui, elle lui a donné des antibiotiques en attendant le prochain rendez-vous.

— Quelle sorte d'antibiotiques ? demanda Mia.

— Je ne sais pas, balbutia Kath. C'est un flacon avec une étiquette verte. Les comprimés sont blancs.

— Est-ce que Don a déjà eu des réactions allergiques ?

— Non. Il n'est jamais malade.

Rab écoutait lui aussi avec la plus grande attention.

— Très bien. Nous allons procéder à l'intubation. Issy, allez vous renseigner auprès de la dentiste, s'il vous plaît.

La jeune infirmière partit aussitôt. Rab procéda à l'intubation qui se déroula normalement. Don commençait à respirer avec plus de facilité.

— Mia, tu penses que c'est à cause des antibiotiques ?

— Certainement.

Rab se tourna vers Kath.

— Kath, je vous propose d'aller vous faire un thé et d'appeler vos filles. Que l'une d'elles vienne vous tenir compagnie et qu'elle apporte le pyjama et la brosse à dents de Don.

— Il va rester ici cette nuit ?

Le regard de Mia et celui de Rab se rencontrèrent. Ils se comprirent sans paroles. Tous deux savaient que le cas était grave.

Issy revint à ce moment-là. Elle avait réussi à joindre la dentiste.

— Don a pris de la pénicilline.

Une réaction à la pénicilline était rarissime mais extrêmement grave.

— Kath, allez prendre votre thé, insista Rab. Je dois passer un coup de fil.

L'hélicoptère en provenance de Colambool atterrit sur le terrain qui lui était réservé dans la cour de l'hôpital. Deux infirmiers se trouvaient à bord, mais pas de médecin.

— Il n'y en avait aucun de disponible.

Rab en déduisit que ce serait lui qui accompagnerait Don.

— Don court un grand risque d'arrêt cardiaque, dit-il à Mia et à Ewan qui venait d'arriver, sans doute prévenu par une infirmière car il était un grand ami de Don.

— Kath va l'accompagner, dit-il. Je l'ai avertie que Don risque de rester hospitalisé quelques jours. Espérons que tout ira bien.

Mia et Rab s'affairaient à stabiliser l'état de Don afin de lui permettre de supporter le mieux possible le vol d'une heure jusqu'à Sydney.

Lorsque l'hélicoptère décolla, Mia s'écroula sur une chaise et se mit à pleurer. Rab venait de partir. Elle allait rentrer seule. Et dans trois mois, il s'en irait pour toujours.

À moins que…

— Rentre vite chez toi, lui conseilla Ewan qui la voyait épuisée et en larmes. Tu veux que quelqu'un vienne passer la nuit à Wiradjuri ?

Ewan n'imaginait pas un instant que Mia avait peur de rester seule dans la grande maison. Par contre, il avait deviné à quel point la présence de son mari allait lui manquer.

— Non, merci, Ewan. Il m'est déjà arrivé plusieurs fois de m'y retrouver seule au cours de ces derniers mois. Je ne suis pas dépendante de…

— … de qui que ce soit, acheva Ewan.

Il lui adressa un sourire à la fois moqueur et plein de douceur.

— Ma petite, c'est bien là ton problème. J'espérais que Rab t'aurait aidée à le régler. Mais bon…

Mia ne releva pas l'allusion.

— Heureusement, tu as Boris pour te tenir compagnie. Don sera tiré d'affaire, Rab veille sur lui. Tu peux lui faire confiance.

— Oui, je sais, murmura Mia. Merci, Ewan.

Elle sortit, regagna sa voiture et s'apprêta à rentrer se réfugier chez elle.

Chez elle ?

Qui sait si son vrai refuge ne se trouvait pas en ce moment dans un hélicoptère en route pour Sydney ?

Bien que très occupé avec les infirmiers à maintenir Don en vie, Rab ne pouvait faire taire le pressentiment qui l'oppressait. Il regrettait de ne pas avoir informé Ewan de la libération de Harvey. Malgré ses dénégations réitérées, il avait lu la peur dans le regard de Mia. Hélas, elle se serait révoltée une fois de plus s'il lui avait proposé de l'aide.

Une secousse convulsive souleva le corps de Don. Rab écarta Mia de son esprit. L'urgence était là, devant lui. Il penserait à Mia et à leur futur plus tard.

Mia coupa le moteur de sa voiture devant la grande maison, et le silence de la nuit l'enveloppa. Elle était de retour chez elle. Pourtant, elle hésitait à entrer. Elle s'était souvent retrouvée seule à Wiradjuri quand Rab était de garde sans elle, mais ce soir elle avait la gorge serrée. Elle hésitait à sortir sans avoir répondu à la question qui la taraudait. Rab souhaitait qu'elle ait besoin de lui. Est-ce qu'accepter le soutien qu'il lui proposait l'obligerait à se sentir inférieure ?

La pensée que Boris l'attendait l'incita à quitter son véhicule. Elle allait faire une petite promenade avec lui, se servirait un verre de vin au retour et attendrait le moment d'aller se coucher.

Elle ouvrit la porte d'entrée.

— Boris ?

Rien.

Une vague de panique la fit tituber bien avant que la porte ne claque derrière elle et que des mains ne l'agrippent par les épaules. Avant que quelque chose ne la pique violemment à la jambe.

Avant que le noir ne tombe sur elle comme un sombre linceul.

13.

Rab revint le lendemain matin à l'aube. Épuisé. Il avait passé une grande partie de la nuit auprès de Don avant de le confier aux médecins de Sydney. On lui avait proposé de dormir à l'hôpital avant de repartir, mais il avait refusé de s'attarder. Même si cela demandait un peu de temps, Don avait toutes les chances de se rétablir parfaitement. Maintenant, il ne pouvait plus rien faire pour lui. Après avoir réconforté Kath qui restait auprès de son mari, il avait décidé de rentrer tout de suite chez lui.

L'hélicoptère n'eut pas de problème pour atterrir dans le jardin de Wiradjuri d'où il repartit aussitôt. Rab se hâta vers la porte d'entrée qu'il trouva ouverte. Boris n'était pas là. Mia avait dû aller faire une promenade matinale avec lui.

Il décida d'aller se faire un café dans la cuisine, mais à peine eut-il ouvert la porte que Boris se jeta sur lui, fou de joie de retrouver son maître.

— Mia ?

Il appela d'abord doucement, puis plus fort.

Rien.

Il monta dans la chambre de Mia. Le lit n'avait pas été défait. L'angoisse lui serrait la gorge de plus en plus. Un coup d'œil jeté sur le haut de l'armoire le rassura un peu : la valise de Mia était toujours là. Il ouvrit la porte du placard : ses vêtements étaient toujours rangés à l'intérieur.

Mais pourquoi avait-elle enfermé Boris dans la cuisine ?

La salle de bains était vide.

Par la fenêtre, il aperçut la Mini, garée comme d'habitude.

Que s'était-il passé ?

Il retourna dans le salon et découvrit quelque chose qu'il n'avait pas aperçu tout à l'heure. Le sac de Mia gisait sur le sol, comme si elle l'avait brutalement jeté par terre. Il s'agenouilla, l'ouvrit et y trouva son téléphone.

Puis, juste à côté, il aperçut la seringue vide.

Une main de glace lui étreignit le cœur.

Avant de la saisir, il eut la présence d'esprit d'utiliser son mouchoir afin de ne pas effacer d'éventuelles empreintes digitales. Ensuite, il la porta à son nez.

Phénobarbital ? Morphine ?

Ses réflexes de médecin étaient en alerte.

Il s'agissait probablement d'héroïne.

Si la seringue avait été remplie, la dose administrée pouvait être létale.

Il se sentit blêmir. Harvey…

Boris vint s'asseoir à côté de lui et lui lécha le visage. La langue râpeuse du chien contre sa joue lui apporta un certain réconfort. Que faire ?

Appeler la police.

Cela fait, il s'efforça de réfléchir. Si Harvey avait voulu tuer Mia, il l'aurait fait ici même. Sans doute la voulait-il vivante. Où l'avait-il emmenée ?

Une conversation lui revint en mémoire.

« Harvey habitait dans une énorme maison bâtie au pied de la seule colline de la région. »

Était-ce Corduna ?

Oui, Mia avait bien parlé de Corduna. Le village se trouvait à trois heures de route. Harvey n'avait sûrement pas emmenée Mia inconsciente aussi loin.

Qu'avait inventé ce monstre pour punir Mia de l'avoir envoyé dix ans en prison ?

Ne sachant qu'imaginer, Rab attrapa Boris par le cou et le serra contre lui. La pensée que Mia devait avoir bien plus que lui besoin de réconfort lui perçait le cœur.

Rien ne pouvait être entrepris tant que la police ne l'avait pas rejoint. Alors, toujours serré contre Boris, il attendit. Il avait besoin de soutien, de compagnie… Il avait besoin de Mia.

Il devait la retrouver. La sauver. La serrer contre lui.

Il s'était posé en protecteur, mais en ce moment, les yeux clos sur le désespoir qui menaçait de l'anéantir, il comprenait que lui-même avait besoin de Mia.

Où était-elle ?

Où se trouvait la femme qui lui était plus précieuse que la vie elle-même ?

Car là où elle était, là était son refuge.

Mia reprit conscience dans l'obscurité la plus totale, les idées complètement confuses. Elle avait des nausées, le monde paraissait tourner autour d'elle, le sol tanguer sous son corps. C'était absurde ! De temps à autre, une sorte de flash s'allumait brièvement, puis disparaissait avant de revenir au bout d'un moment de manière irrégulière. Flash, rien, rien, rien, flash, rien, flash…

Pour l'instant, elle utilisait toute son énergie pour s'empêcher de vomir. Bizarrement, cela lui paraissait de la plus haute importance. Non, elle n'allait pas vomir toute seule, dans le noir. Par-dessus tout, elle avait en elle l'instinct des animaux blessés qui leur commande de rester immobiles, de rester cachés en attendant que la menace se précise.

Peu à peu, la mémoire lui revenait.

Harvey… Son corps énorme se penchant sur le sien, ses grosses mains la maintenant sur le sol, la piqûre…

Il l'avait droguée, elle en était sûre maintenant. Il venait juste de sortir de prison, mais il avait certainement encore des relations dans le milieu. Que lui avait-il injecté ?

La meilleure solution était de fermer les yeux, de lutter contre les nausées et de gérer la panique qui montait en elle.

Flash, rien, flash…

Brusquement, elle comprit qu'elle se trouvait dans une voiture. Sa joue reposait contre le vinyle du dossier. Le mouvement s'expliquait, les flashs étaient les phares des véhicules qu'ils croisaient.

Ils roulaient vite. Depuis combien de temps ? Vers où ? Était-elle restée inconsciente un long moment ?

Elle n'était pas attachée mais ne pouvait rien faire pour se libérer car ils allaient très vite. De toute façon, elle n'avait pas retrouvé suffisamment de forces pour tenter de s'échapper même si les portières n'étaient pas bloquées. Mieux valait ne pas attirer l'attention sur elle et ne pas révéler qu'elle était revenue de son évanouissement.

Si seulement Rab était auprès d'elle…

Elle se rappela les histoires qu'il lui racontait autrefois quand elle était hospitalisée. Cela lui apporta un peu de réconfort. Plus elle laissait la voix de Rab s'imposer, mieux elle réussissait à ne pas céder à la panique.

Où es-tu, mon amour ?

Elle s'entendit presque prononcer cette phrase à voix haute. Mais aussitôt dite, aussitôt elle la jugea absurde. Elle était seule, comme elle l'avait toujours été. Pourtant, elle y puisait de l'aide. Quelque part, Rab pensait à elle.

Boris aussi, peut-être ?

Ferme les yeux, replonge dans le brouillard. Patience… Rab.

— Nous faisons notre possible, expliquait Brian, le policier, à Rab, fou d'inquiétude. Nous avons mis des barrages routiers partout dans la vallée, nous avons contacté la prison, essayé de déterminer quelle voiture il conduit…

— Depuis quand est-il libéré ? demanda Rab.

— Harvey Manton est sorti depuis deux semaines. Nous cherchons à savoir où il a vécu pendant cette période.

Il était 7 heures du matin. Depuis combien de temps Mia était-elle sous la coupe de Harvey ? Où l'avait-il emmenée ? L'avait-il brutalisée ?

Rab ne cessait de se poser toutes ces questions qui le torturaient.

— Vous allez vous rendre à Corduna ? demanda-t-il.

— Ce bled est à trois heures de voiture, doc. Nous ne savons même pas si Manton possède encore une maison là-bas. Laissez-nous le temps de vérifier. Nous allons envoyer une équipe parce qu'il n'y a pas de poste de police sur place.

— Dans combien de temps ?

— Une heure à peu près.

— Je vais y aller moi-même !

— Non, vous feriez mieux de rester ici.

— Pourquoi diable ?

— Au cas où elle rentrerait. Il y a déjà du monde sur sa piste, des gens qui connaissent leur métier. Attendez-la ici, c'est plus sage.

— C'est impossible qu'elle rentre. J'ai la certitude qu'elle a été droguée. Corduna est notre seul indice. Il faut que j'aille voir ce qui se passe là-bas.

— Doc, vous n'allez pas faire trois heures de route sans être sûr que Manton a encore un point de chute là-bas ? Qui vous dit qu'il ne s'est pas arrêté dans un motel au bord de la route ?

— Cet homme est comme un animal. Je suis sûr qu'il veut la ramener chez lui, sur son territoire.

Mia lui avait parlé des barbelés, des chiens de garde, de cet espace sur lequel il régnait en maître absolu. Les idées les plus atroces lui traversaient l'esprit.

— Je sais ! s'écria brusquement Rab. Je vais appeler Tom.

— Tom ?

— Oui, Tom Cray. Il me conduira là-bas avec son hélicoptère.

— Non, doc. Le règlement exige que la famille de la personne kidnappée demeure chez elle.

— Ça m'est bien égal. Si j'agis contre le règlement, vous me mettrez en prison, mais plus tard ! Vous connaissez Mia, vous avez vu son visage. Voilà comment il l'a traitée la dernière fois qu'il était avec elle. Vous imaginez ce qu'il peut encore lui faire ?

— Je comprends, doc, mais ne partez pas tout seul. Il y aura peut-être du grabuge…

— Eh bien, vous n'avez qu'à m'accompagner !

Brian réfléchit. Il connaissait les cicatrices de Mia. Allait-il céder à la demande de Rab en dépit des consignes de ses supérieurs ?

Le visage fou d'angoisse de Rab, le souvenir de Mia, de sa gentillesse pour tous achevèrent de le fléchir.

— OK, doc. Appelez Tom. Je vais demander à des voisins de venir ici au cas où Mia reviendrait pendant votre absence.

Elle voulait Rab.

C'était idiot ! Au lieu de chercher la meilleure façon de se libérer, d'échapper à Harvey pour se retrouver en sécurité, elle se laissait glisser dans une rêverie qui la ramenait dans le lit de Rab. L'endroit le plus merveilleux du monde… C'était le seul moyen qu'elle avait trouvé pour oublier l'horreur de sa situation.

Depuis qu'elle avait repris plus ou moins conscience, la certitude de ne rien pouvoir faire dans l'immédiat s'était imposée à Mia. Tant qu'elle ne serait pas capable de prendre l'avantage, elle devrait attendre. Voilà pourquoi elle restait allongée sans bouger, et cela, même quand les aboiements des chiens lui firent comprendre qu'ils étaient arrivés à Corduna. Si elle essayait de s'enfuir en courant, ils auraient tôt fait de la rattraper et de lui sauter dessus.

Lorsque Harvey la souleva pour l'amener dans la maison, elle continua donc à faire comme si elle était inconsciente. Il la jeta sans ménagement sur le canapé et partit dans la cuisine se servir à boire.

De là où elle était, elle entendit parfaitement le tintement des verres et la conversation téléphonique qui suivit.

— Salut, vieux. Elle est là. Encore K-O. J'ai dû forcer

un peu sur la dose dans la seringue. Merci d'avoir gardé la maison pendant que j'étais en vacances.

À ces mots, il éclata d'un gros rire avant de reprendre :

— Les chiens vont bien, les vieux et les jeunes. Merci pour la bière, mais j'aurais préféré du whisky. Tâche d'en apporter quand tu passeras. Je t'attends.

Sur ce, il raccrocha.

Toujours immobile, Mia réfléchissait aussi vite que possible. Elle devait trouver une solution pour se libérer avant l'arrivée du complice de Harvey. Ses idées étaient redevenues claires. Harvey l'avait faite prisonnière par surprise, mais elle n'était plus la très jeune femme sans défense d'autrefois. Elle allait prendre le contrôle de la situation. Elle allait réussir !

Mia avait un plan. Il n'était pas parfait, mais c'était sa seule chance. Les entraînements qu'elle avait faits tant de fois devraient lui permettre d'y arriver.

Harvey s'approcha d'elle, puis la souleva. Elle ne réagit pas plus que si elle était une poupée de chiffons.

Décontenancé, il laissa échapper un juron.

Mia attendait qu'il lui tourne le dos pour utiliser la prise que son professeur de karaté lui avait enseignée. La plus efficace pour mettre l'adversaire hors de combat. Mais ce dernier devait absolument être de dos. Étant donné la disproportion entre leurs corpulences, c'était la seule façon de maîtriser Harvey.

Elle pensa à Rab pour se donner du courage. Il l'aimait. Il le lui avait dit. Elle allait se débrouiller sans lui, mais cette pensée était réconfortante.

Harvey la secoua encore une fois sans résultat et se détourna en grommelant.

Le moment était arrivé. Elle rassembla toute son énergie pour retrouver les réflexes que des années de cours de karaté avaient inscrits dans son corps. Robyn, l'assistante sociale qui s'était occupée d'elle, avait exigé qu'elle les suive.

— C'est indispensable, Mia. Ils ne te serviront sans doute jamais à rien, mais ils t'apprendront à connaître ta force.

Toute ta vie tu as été rabaissée, il est temps que tu découvres l'énergie qui réside en toi.

Le moment était arrivé. Elle bondit pour infliger à Harvey un *yoko geri*, un des coups de pied les plus difficiles à réaliser, destiné à rompre les ligaments du genou de l'adversaire. Ce mouvement n'était à utiliser que dans les situations d'extrême danger, mais c'était précisément le cas pour elle en ce moment.

Harvey laissa échapper un hurlement en s'écroulant. Mais avant qu'il ne touche le sol, elle se jeta sur lui, puis lui bloqua les bras très haut dans le dos. Tout à l'heure, elle avait élaboré son plan. Les sabots en plastique qu'elle portait pour travailler avaient été égarés depuis son attaque, elle s'était donc retrouvée en chaussettes, de fines chaussettes extensibles qu'elle avait retirées en cachette de Harvey. Elle en utilisa une pour lui attacher les poignets. Puis elle fit passer une jambe par-dessus l'autre et attacha ses deux chevilles avec la seconde chaussette.

Avant qu'il n'ait eu le temps de comprendre ce qui s'était passé, Mia se tenait debout et lui, piteusement allongé à ses pieds, solidement attaché. Il hurlait, jurait. Elle ne s'en soucia pas. Elle avait réussi.

La situation était sous contrôle. Son contrôle à elle.

— Voilà qui t'apprendra à me faire du mal !

Combien de fois avait-elle prononcé cette phrase dans sa tête les dix années précédentes ?

Elle se sentait puissante, solide. Personne n'était venu à son aide. Seule, toute seule, elle avait terrassé l'homme qui l'avait tant fait souffrir. La malédiction qui la hantait depuis dix ans avait disparu. Jamais plus aucun homme ne pourrait la maltraiter.

Mais que pouvait-elle faire maintenant ?

Elle n'avait pas de téléphone. Celui de Harvey devait se trouver dans sa poche, mais elle n'avait pas le courage de le fouiller de crainte que dans un sursaut de haine il ne fasse craquer ses liens somme toute assez précaires.

Si elle sortait, les chiens se jetteraient sur elle.

Elle ne pouvait qu'attendre.

Le porteur de whisky ?

Sans doute, mais auparavant elle alla chercher un des fusils que Harvey gardait sur un râtelier.

L'hélicoptère se posa à cinq minutes de voiture de ce qui était connu comme le repaire de Harvey Manton. Tom resta dans l'appareil pendant que Brian et Rab s'approchaient de la maison, accompagnés par deux équipes de policiers dépêchées depuis le village voisin.

Ils s'étaient garés dans un petit bois qui permettait de cacher leurs voitures, au cas où Harvey ne serait pas encore arrivé. S'il n'était pas là, où était-il ? Rab n'en finissait pas de se poser des questions qui restaient sans réponses. Les policiers lui avaient intimé l'ordre de rester dans le véhicule pendant qu'ils cernaient la maison.

C'est alors qu'un bruit de moteur se fit entendre. Une vieille camionnette rouge à la peinture écaillée vint se garer devant la porte d'entrée.

Harvey ?

Très vite, ce fut le chaos. Crissement de freins, aboiements de chiens, cris, haut-parleur…

— Police. Vous êtes en état d'arrestation. Mains en l'air !

Des lasers paralysèrent les chiens avant qu'ils n'aient pu attaquer les policiers qui s'approchaient de la maison.

— Sortez ! commanda la voix qui parlait dans le haut-parleur.

La porte d'entrée s'ouvrit et, stupéfait, Rab aperçut Mia, encore vêtue de son uniforme d'infirmière mais pieds nus, les cheveux en un désordre de boucles brunes. Elle était pâle mais s'exprima d'une voix claire.

— Je vais bien. Harvey se trouve à l'intérieur, attaché. Merci d'être venus à mon secours !

Rab réalisa alors qu'elle tenait un fusil à la main !

La police le lui retira avant de la pousser sur le côté et de pénétrer dans la maison. Au bout d'un moment, une voix cria :

— Il est hors d'état de nuire. Il n'y a personne d'autre dans la maison. Laissez le médecin s'occuper de la jeune femme.

Aussitôt, Rab bondit auprès de Mia et la prit dans ses bras. L'émotion lui nouait si fort la gorge que ce fut elle qui parla la première.

— Tout va bien, Rab. Je l'ai attaché comme un vulgaire poulet ! Je me suis tirée d'affaire toute seule.

— C'est bien vrai !

— Tu vois, je n'ai pas eu besoin de toi, mais…

Quelque chose qui ressemblait tout de même beaucoup à un sanglot la secoua.

— … mais je suis tellement contente que tu sois venu ! J'avais pris un fusil parce qu'un complice de Harvey devait passer le voir, mais je ne crois pas que j'aurais osé m'en servir…

— Heureusement, tu n'en as pas eu besoin.

— Grâce à toi. Parce que tu as deviné où je me trouvais.

Rab eut le plus grand mal à articuler quelques mots.

— Mia, tu t'es sortie d'affaire toute seule. Je sais que tu n'as pas besoin de moi. Tu es une femme forte. Tu es une femme indépendante. Mais… je t'aime et je t'aimerai toujours.

14.

Attaque. Kidnapping. Détention illégale d'armes.

Harvey allait retourner en prison pour une nouvelle décade. Ensuite, il n'aurait certainement plus envie de s'attaquer à elle.

Enfin, Mia était délivrée du monstre qui l'avait hantée pendant tant d'années. Et elle s'en était libérée sans l'aide de personne !

La légèreté qu'elle éprouvait était incommensurable. Elle avait échappé à la férule de son père, à la tyrannie de Harvey. Désormais, Rab était le seul homme présent dans sa vie.

Les heures qui suivirent ne furent pas très agréables cependant, car elle dut se laisser hospitaliser pour subir un examen médical et diverses prises de sang destinées à prouver qu'elle avait été droguée. Ses hématomes furent inventoriés, photographiés… Enfin, on la laissa se reposer.

Elle dormit d'épuisement. Elle dormit pour laisser disparaître les derniers effets de la drogue. Elle dormit pour chasser définitivement les derniers vestiges de sa peur.

Et le lendemain suivant, en milieu de journée, on la libéra enfin. Tom, Brian et Rab l'attendaient pour la ramener chez elle.

Chez elle, à Wiradjuri.

Ils parlèrent à peine pendant le trajet de retour. Les trois hommes étaient pleins d'attentions à son égard, avec une nette tendance à la considérer comme une fragile porcelaine.

Comme elle les aimait ! Comme elle leur était reconnaissante ! Brian était assis à côté de Tom, quasiment extatique. Lui, petit policier de campagne, venait de réussir un coup de maître. Rab était installé à côté d'elle à l'arrière. Il lui tenait la main comme si le fait de rentrer en hélicoptère devait lui faire peur. À moins que ce ne soit lui, qui ait peur ? Peu importait.

Mia savait qu'elle était amoureuse de Rab.

Elle avait appris qu'il valait mieux ne pas garder pour soi ses moments de faiblesse, que la confiance devait marcher dans les deux sens et que son goût de l'indépendance n'avait pas à interférer avec son amour pour l'homme de sa vie.

Lorsque l'hélicoptère atterrit à Wiradjuri, Ewan vint à leur rencontre et les accompagna jusqu'à la maison. La police y était entrée faire ses investigations, puis Rhonda et deux amies infirmières, Nora et Joanne, étaient restées pour l'attendre. Deux amies qui la serrèrent dans leurs bras. Boris sautait partout, fou de joie, comme si elle avait été absente pendant des mois.

Elle était de retour chez elle.

Dans les yeux de Rab, il n'y avait que tendresse et bonheur. Mais il ne se précipitait pas pour accaparer Mia. Désormais, ce serait sa ligne de conduite puisqu'elle désirait mener sa vie à son gré. Il l'acceptait.

Lorsque Joanne et Nora les quittèrent, ils les regardèrent partir depuis le porche. Ils se tenaient côte à côte. Comme mari et femme ?

Non, pensait Mia. *Pas encore.*

— Bienvenue, mon amour, dit Rab lorsque tous les visiteurs furent partis.

Puis il retrouva son sens pratique.

— De quoi as-tu envie maintenant ? De manger ? De dormir ?

— J'ai grand faim, confessa-t-elle, mais avant de passer à autre chose j'aimerais te poser quelques questions.

— Je t'écoute.

Elle aurait pu lui demander d'aller décrocher la lune qu'il aurait accepté !

— Si je te demandais de faire un salto arrière, est-ce que tu m'obéirais ?

Rab prit le temps de réfléchir.

— Je veux bien essayer, mais je risque de me casser un certain nombre de vertèbres…

Mia lui sourit.

— Bonne réponse. Et si maintenant je te demande d'escalader le mont Aranjalin ?

— Mia, tu te moques de moi !

Le mont Aranjalin était réservé aux grimpeurs chevronnés. Les amateurs se gardaient bien de s'y risquer. Même Mia ne l'avait pas tenté.

— Non, ajouta-t-il. Je refuse.

Cette fois, Mia éclata de rire et lui prit la main. C'était merveilleux !

— Bon, encore une question.

— Qu'est-ce que tu peux imaginer de plus compliqué que ce que tu viens de me proposer ?

— Tu crois que tu réussirais à m'appeler Maira ?

Il serra plus fort la main qu'il tenait dans la sienne.

— Depuis que je connais ton histoire, je t'ai toujours appelée Maira dans ma tête. Tu es Maira. Tu es restée cachée pendant un certain temps, mais maintenant ce n'est plus la peine, tu peux redevenir toi-même.

Il recula un peu pour mieux la regarder.

— Maira, je suis tellement heureux de te savoir enfin libre !

— Parfait. Mais j'ai encore une question à te poser.

— Dis-moi.

Un long silence s'ensuivit. Elle savait exactement ce qu'elle voulait demander, mais est-ce que sa langue allait lui obéir ?

C'était le garçon normalement qui prononce ces mots. Pourtant, elle les avait déjà dits une fois. Allait-elle avoir le courage de les répéter ?

Elle prit une profonde inspiration. Puis une autre. Les mots restaient collés au fond de sa gorge.

Rab attendait.

Elle réfléchissait. Pourquoi avait-elle décidé que c'était à elle de les prononcer ? Non, c'était à eux deux.

Doucement, elle dégagea sa main de celle de Rab et se posta face à lui, de manière à bien lire l'expression de son visage.

— Je suis sûre que tu sais ce que je veux te demander. Mais c'est une question qui ne devrait pas être seulement la mienne. Ni la tienne d'ailleurs. Tu crois que nous pouvons la poser ensemble ?

Leurs regards se rencontrèrent, et aucun des deux ne se déroba.

Rab avait deviné, bien sûr.

Debout sous le porche inondé de soleil, il dévisageait la femme qu'il aimait plus que tout. Mia. Maira. Sa courageuse, magnifique Maira.

Qui lui demandait de lui demander…

C'était ce qui convenait. C'était la plus belle question du monde. Il aimait cette femme. D'amour. Il avait besoin d'elle, mais pas pour qu'elle l'aide à régler des questions pratiques, non, il avait besoin d'elle pour qu'elle remplisse son cœur.

Alors il reprit la main de Maira dans la sienne. Puis l'autre. Et il plongea son regard dans le sien avant de lui poser la question, la plus importante de toutes.

— Mon amour, Maira, est-ce que tu acceptes de m'épouser ?

— Rab, mon amour, est-ce que tu acceptes de m'épouser ? répéta la voix de Maira en écho.

Ils restèrent longtemps ainsi, les doigts entrelacés, les yeux dans les yeux.

Puis le calme fut rompu par le cri joyeux d'un kookaburra, ce martin-chasseur géant dont le chant ressemble à un rire rauque, qui devait les observer depuis une des branches du saule voisin.

Rab se mit à sourire, Mia en fit autant. Puis, en riant, elle se jeta contre la poitrine de Rab qui l'entoura de ses bras.

Un mot encore devait être prononcé. Comme mus par un même souffle, ils le dirent en même temps.

— Oui.

Épilogue

Wiradjuri, Cockatoo Valley, deux ans plus tard

— Giles, tu te rappelles que la petite taupe toute mignonne trottait le long de la rivière ?

Rab ne put retenir un sourire.

— Mia, je sais que notre fils est très intelligent, mais tout de même, à onze mois tout juste, je ne suis pas certain qu'il sache exactement ce qu'est une taupe, même petite, même toute mignonne !

Maira leva le regard depuis le fauteuil où elle s'était assise un peu plus tôt pour raconter une histoire à leur fils. Le petit garçon dormait déjà à poings fermés dans son berceau. Le pique-nique près de la rivière qui avait marqué l'anniversaire de son père avait été un grand jour dans sa jeune existence. Après en avoir apprécié chaque instant, il s'était assoupi au retour, pour une fois indifférent à l'histoire que lui racontait sa maman.

Rab et Maira avaient eux aussi passé une journée merveilleuse. Ils la terminaient de la meilleure façon qui soit en se penchant d'un air attendri sur leur petit garçon.

— Tu crois vraiment qu'il a besoin de cette montagne de doudous ? demanda Rab.

— Non, sûrement pas. De toute façon, voici celui qui compte le plus.

Elle désigna du doigt une petite peluche au nez pointu que Giles tenait serrée contre lui.

— C'est Totote la taupe.

Son amour pour Rab avait commencé à l'hôpital de Sydney, sous l'égide d'une petite taupe qui revenait nuit après nuit dans les histoires de Rab. Maintenant, Maira les racontait à son fils. Pour elle, c'était un bonheur chaque soir renouvelé de border son petit garçon et sa taupe chérie.

Rab passa un bras autour des épaules de sa femme.

— Regarde comme il est tranquille…

— Il fait provision d'énergie pour demain, répondit Maira en riant. Dans la journée, cet enfant est monté sur ressorts !

En effet, Giles avait récemment découvert, par moments au désespoir de sa mère, que ramper lui offrait des horizons jusque-là insoupçonnés.

Rab déposa un baiser sur les cheveux de sa femme.

— Quelle chance pour nous d'avoir un enfant curieux et plein de vie ! Que demander de plus ?

Il jeta un regard amoureux sur sa femme.

— En fait, je sais…

Maira lui rendit son regard.

— Vraiment ?

— Oui. Un petit frère ou une petite sœur, si tu es d'accord.

Le visage de Maira rayonnait. Cet homme, cet enfant, cette vallée, c'était là son bonheur. La paix qu'elle avait enfin trouvée.

Elle se tourna vers Rab pour lui chuchoter à l'oreille :

— En fait, je me demande si bébé numéro deux n'est pas déjà en route…

— Tu veux dire que… tu es enceinte ?

Elle croisa les doigts.

— Je n'ai pas encore fait le test, mais je pense que oui.

Un bruit de moteur couvrit ses derniers mots, mais Rab n'y prêta aucune attention, bien trop heureux de ce qu'il venait d'entendre.

Maira, par contre, tendait l'oreille. Il était 20 heures, c'était le soir de l'anniversaire de Rab. Robyn avait promis de passer les voir. C'était sûrement sa voiture qui venait de s'arrêter devant la maison.

Rab leva la tête et regarda par la fenêtre d'un air contrarié.

— Si c'est pour l'hôpital…

— Non, Rab. Si c'était le cas, nous aurions reçu un coup de téléphone.

Pourtant, ce n'était pas tout à fait impossible car, depuis deux ans qu'ils avaient renouvelé leurs vœux de mariage, Rab s'était employé à faire de l'hôpital de Cockatoo un centre de soins qui desservait toute la région. Les terrains autrefois loués avaient été vendus aux fermiers qui les exploitaient avec beaucoup de succès. La vallée était devenue un centre rural débordant d'activité.

L'un des collègues de Rab avait quitté Sydney pour s'installer à Cockatoo comme médecin anesthésiste, et deux autres comme généralistes. Cette équipe leur permettait maintenant d'accueillir des étudiants en formation.

Ewan aurait pu profiter de ces renforts pour prendre sa retraite en toute tranquillité. Au contraire, le regain de vitalité apporté par toute cette jeunesse lui avait donné un nouveau souffle. Il avait décidé de continuer à travailler. « Pourquoi pas jusqu'à mes quatre-vingts ans ? » avait-il annoncé avec un grand rire.

Ce soir, c'était lui qui était de garde avec l'un des jeunes internes, se souvint Rab. Pour qu'on vienne le déranger un jour pareil, à une heure pareille, le cas devait être gravissime.

Il se dirigea donc vers la porte, fort préoccupé. Maira, elle, ne l'était pas du tout. Elle le suivit et, lorsqu'il ouvrit la porte, elle regarda par-dessus son épaule, prête à accueillir Robyn. Sa surprise fut totale. Robyn était bien là, effectivement, mais elle n'était pas seule. Une foule de gens l'accompagnait.

Maira alluma la lumière du porche, et aperçut Ewan et sa femme, Mary, à côté de Robyn et de son mari. Leurs quatre enfants se trouvaient là aussi ; tout heureux de la surprise à laquelle ils participaient, ils se mirent à applaudir. Il y avait aussi Joanne, Rhonda, Nora, Issy. On aurait dit que toute la vallée avait voulu souhaiter un bon anniversaire à Rab.

— Mia, quand ils ont su pourquoi je passais chez vous

ce soir, déclara Robyn sur un ton d'excuse, je n'ai pas pu les empêcher de m'accompagner.

Maira avait rejoint Rab sous le porche. Ce dernier paraissait complètement ahuri.

— Mia, tu te souviens de Hilda, la jeune femme qui partageait ta chambre, quand tu étais hospitalisée à Sydney ? Elle vous envoie à tous les deux ses amitiés, accompagnées d'un cadeau d'anniversaire à l'intention de Rab.

Elle se tourna vers sa voiture. Harry, le fils de Robyn, celui qui gardait comme souvenir de sa chute dans les ronces une petite cicatrice au-dessus de l'œil droit, avait beaucoup grandi. Il venait d'avoir dix-huit ans, avait réussi le concours d'entrée aux études de médecine et ne pouvait pas être entre de meilleures mains que celles d'Ewan et de Rab.

Dégingandé comme on l'est à l'adolescence, il sortit péniblement de la voiture de ses parents, un chiot serré contre lui. C'était un jeune labrador d'un noir de jais qui, aussitôt posé à terre, se mit à batifoler autour de Boris. Ce dernier, d'abord un peu agacé, se mit à mordiller le jeunot, puis, sans doute pris d'indulgence pour ses manifestations de joie de vivre, il le lécha avec application.

Robyn expliqua le soin que Hilda avait pris pour choisir la petite chienne. Ce n'était pas la race qui avait été déterminante mais son caractère. Elle les élevait elle-même et elle avait sélectionné celle qui saurait se montrer patiente avec un jeune enfant et avec un vieux chien un peu grognon parfois. La preuve de sa compétence était sous leurs yeux.

Tout au long des années qu'elle avait passées dans la vallée, Maira était restée en contact avec Hilda. Les semaines atroces qu'elles avaient partagées pendant leur hospitalisation leur avaient permis de nouer une amitié durable. Hilda aussi se souvenait de la voix apaisante du Dr Rab Finley. Quand Maira lui avait raconté la triste histoire de la petite Lulu, Hilda lui avait promis de lui réserver une petite chienne d'une portée particulièrement amicale. La veille de l'anniversaire, Robyn était allée la chercher à

Sydney. Avec la complicité de Maira, elle l'avait fait se rencontrer avec Boris pour s'assurer qu'ils s'entendraient bien tous les deux. Ce qui avait été le cas et ce dont tous étaient témoins en ce moment.

Harry souleva la petite chienne dans ses bras et la tendit à Rab.

— Joyeux anniversaire, Rab, murmura Maira. Je te présente Lulu.

Rab avait du mal à suivre ! Tout à l'heure, il était tranquillement sous le porche avec sa femme, Boris à ses pieds, leur fils tranquillement endormi dans son petit lit, persuadé qu'il ne pouvait pas être plus heureux qu'il ne l'était. Et voici que tout à coup il tenait dans les bras une petite bête qui gigotait, assoiffée de câlins, dont la queue battait comme un métronome endiablé.

Comment avait-il jamais pu imaginer qu'il n'avait besoin de personne ?

Les émotions le submergeaient. Maira était le miracle de sa vie. Tant de souffrance avait précédé cet instant magique ! L'enfance triste et douloureuse de cette dernière, ses cicatrices… sa jeunesse à lui, dénuée d'affection, le tableau de deux petits garçons jumeaux, maintenant entouré de multiples photographies des moments heureux qu'il avait vécus avec elle et leur fils… auxquelles s'ajouteraient bientôt sans doute celles d'un nouveau bébé…

— Merci ! Merci à tous, cria-t-il.

Chacun pensa que c'était à lui qu'il s'adressait.

C'était vrai. Mais il s'adressait aussi à tous les fantômes du passé.

— Merci pour votre extraordinaire cadeau ! Merci à vous tous, merci à notre chère vallée où il fait si bon vivre.

Comme il attirait Maira contre lui pour l'embrasser, la petite Lulu se trouva prise en sandwich entre eux deux. Il n'en fallut pas davantage pour qu'elle adopte définitivement ses nouveaux maîtres et se mette à couvrir leurs visages de grands coups de langue passionnés. Elle aussi était au comble de la félicité, persuadée qu'elle allait vivre une longue vie de bonheur auprès de ce couple amoureux.

TINA BECKETT

Le médecin de Polynésie

Traduction française de
ÉLISA MARTREUIL

BLANCHE

HARLEQUIN

Titre original :
A FAMILY MADE IN PARADISE

1.

— Oups ! s'exclama le Dr Sébastien Deslaurier.

Il venait de bousculer une femme au détour d'un couloir, alors qu'il se rendait auprès d'un malade au Centre hospitalier de Taurati en Polynésie française – couramment appelé l'Hospitalier – où il exerçait comme pédiatre.

Il s'apprêta à s'excuser… et demeura bouche bée.

Comme chaque fois depuis un an, ils se dévisagèrent avec une expression qui en disait long sur le déplaisir que leur procurait ce face-à-face… ou corps à corps.

Ce fut la femme qui finit par prendre la parole, avec un étrange tremblement dans la voix.

— Désolée.

— C'est moi qui suis en tort. J'avais l'esprit ailleurs. Mais… ça ne va pas ?

— Pourquoi ça n'irait pas ? rétorqua-t-elle avec un air de défi.

Mais il n'était pas dupe. Il avait accompagné suffisamment de parents d'enfants malades pour déceler la peur derrière leurs propos.

— Rachel…

Sa langue savoura traîtreusement ces deux syllabes. Il avala sa salive en essayant de chasser le souvenir de la nuit où il les avait prononcées lors de leur seule et unique rencontre. Une nuit torride à tout point de vue…

Elle haussa vaguement les épaules comme si elle n'avait pas remarqué la lutte intérieure qui se livrait en lui.

— Ce n'est rien. Ma fille est un peu patraque ce matin. Je suis venue pour qu'on l'examine.

Une réponse qui ramena brutalement Sébastien à la réalité. Mais oui bien sûr ! Claire Palmer ! La fille de Rachel Palmer ! Quel imbécile de ne pas avoir fait le rapprochement ! Il était parfaitement au courant de son cas. Et c'était en partie pour cette raison qu'il évitait sa mère. Car la fille de Rachel avait survécu à son cancer alors que son fils à lui était mort de cette maladie.

Une réaction vraiment injuste dont il devrait avoir honte. Ni l'un ni l'autre n'étaient responsables de cette situation.

Tout cela n'expliquait pas pourquoi Rachel se trouvait devant la salle d'examen dans laquelle il se rendait. Il regarda alors le nom sur le dossier de la malade au chevet de laquelle il avait été appelé : Claire *Palmer.*

— Figure-toi que c'est moi qui dois examiner Claire.

— Toi ? s'étrangla Rachel en avançant vers la porte. Je croyais que le Dr Rogan était le pédiatre de service aujourd'hui. Si j'avais su, j'aurais…

Elle n'acheva pas.

Qu'aurait-elle fait ? s'interrogea Sébastien. Elle aurait refusé qu'il voie Claire ? Elle aurait choisi un autre établissement ? Il n'avait pourtant pas l'impression qu'ils s'étaient quittés en si mauvais termes après leur nuit ensemble un an plus tôt. Mais peut-être se trompait-il.

Et Claire, dans tout ça ?

— Si tu me disais ce qui arrive à ta fille, suggéra-t-il d'un ton qu'il espéra léger.

— Au départ, j'ai voulu l'emmener dans un simple centre médical. Et puis, je me suis dit qu'on me renverrait ici.

Elle se mordit la lèvre avant d'ajouter :

— J'espère que je m'inquiète pour rien et que c'est juste un virus.

« Juste un virus »… Mais aucun rire d'autodérision n'avait accompagné ces mots. À la place, une expression de désespoir dans ses yeux et dans le mouvement de ses doigts qu'elle entrecroisait comme si elle implorait le destin d'épargner à sa fille la récidive qu'elle redoutait.

Il se rappelait très bien ce sentiment.

Mais alors, pourquoi avait-elle hésité à amener directement Claire ici ? Parce qu'elle avait eu peur de tomber sur lui ?

Une appréhension compréhensible après tout, vu le malaise que suscitait chacune de leurs rares rencontres, bien qu'ils aient déclaré haut et fort que leur nuit de folie ne signifiait rien pour eux.

De toute évidence, elle signifiait pourtant suffisamment pour qu'ils s'évitent le plus possible.

Il entra dans la salle derrière Rachel, qui se hâta vers Claire déjà assise sur la table d'examen. Lui s'approcha lentement en observant discrètement la fillette. Même de loin, il vit la boule sous son maxillaire droit. Or la maladie de Hodgkin, dont elle avait souffert, se caractérisait par un gonflement des ganglions lymphatiques.

— Bonjour, Claire. Je suis Sébastien Deslaurier. Tu peux m'appeler Seb si ta maman est d'accord.

Il jeta un coup d'œil vers Rachel qui, malgré un froncement de sourcils réprobateur, donna sa permission dans un bref hochement de tête.

— Raconte-moi ce qui t'arrive, poursuivit-il en tirant un tabouret près de la table et en s'asseyant.

— Tu veux dire cette fois ou depuis que je suis née ?

Le sourire de la gamine prit Sébastien au dépourvu, et il ne put que lui sourire en retour.

— Non, ce n'est pas la peine de remonter si loin. Cette fois-ci. Ça suffira.

Avec ses cheveux bruns et ses yeux pétillants, Claire était la copie conforme de sa mère. Et elle était si pleine de vie ! Quelle horreur ce serait de devoir annoncer à Rachel une rechute du cancer de sa fille !

— J'ai commencé à avoir mal à la gorge il y a deux jours. Je n'ai rien dit parce que j'ai cru que j'avais pris froid quand j'ai passé la nuit chez des amis. Et puis hier soir, j'ai vomi. Et j'ai cette boule, là, dans le cou. C'est ce qui inquiète le plus ma mère.

Sébastien sentit son ventre se nouer sous l'afflux des souvenirs. Pour ne pas s'y noyer, il se mit à étudier le contenu du dossier : rythme cardiaque un peu rapide, tension artérielle un peu élevée et température de 38,3 °C. Trois symptômes qui faisaient pencher la balance vers le diagnostic redouté.

— Tu as son dossier des États-Unis ? demanda-t-il à Rachel.

— Je peux demander qu'on me l'envoie. Mais…

— Commençons par là, l'interrompit-il avant de se tourner vers Claire. Je vais t'ausculter, et ensuite nous serons obligés de te faire une prise de sang, d'accord ?

— Je n'ai pas peur des aiguilles, tu sais. J'ai l'habitude qu'on me pique. Et ma maman est infirmière. Alors elle m'a tout expliqué sur les traitements que j'ai suivis.

Comme les CCIP, les cathéters centraux insérés par voie périphérique, et les IRM ?

— Je n'en doute pas, dit Sébastien avec un sourire dont il espérait qu'il avait l'air naturel.

Après avoir ausculté Claire attentivement, il lui annonça :

— Je vais tâter ton cou maintenant.

Il plaça ses doigts sous les oreilles de la fillette, puis descendit le long du cou. Le nodule du côté droit, sans être énorme, était suffisamment gros pour ne pas échapper à un spécialiste.

— Ça te fait mal ? demanda-t-il en appuyant sur le ganglion avec l'espoir qu'elle allait hurler de douleur, car ceux causés par la maladie de Hodgkin étaient en général indolores.

Malheureusement, Claire ne broncha pas et secoua la tête.

Il poursuivit la palpation, vérifia la thyroïde, mais ne détecta rien d'anormal.

— Comment va ta gorge ?

— Elle me faisait mal quand je me suis réveillée, mais…

Elle jeta un coup d'œil à Rachel avant d'ajouter :

— Ça va mieux maintenant.

Minimisait-elle les symptômes pour ne pas inquiéter sa maman ? En tout cas, l'examen de la gorge ne révéla ni inflammation des amygdales ni signe de la présence de streptocoques. Par précaution, Sébastien décida malgré tout de faire un prélèvement.

Sur ces entrefaites, une infirmière entra pour la prise de sang et, pendant qu'elle opérait, Sébastien s'approcha de Rachel.

— Je vais demander qu'on fasse un test pour la mononucléose.

— J'y ai pensé aussi, mais je n'ai pas entendu parler de cas à l'école ou parmi ses amis. Y en a-t-il eu ici ?

— Pas à ma connaissance. Mais cela n'en élimine pas la possibilité. Et pour être tranquille, je voudrais procéder à un second test COVID.

— Merci. Et merci d'avoir accepté de la voir.

Une gratitude qui vexa Sébastien. Rachel le croyait-elle vraiment capable de refuser de soigner Claire pour la seule raison qu'il avait passé une nuit avec sa mère ? Il ne méritait pas qu'elle le tienne en si piètre estime, au moins professionnellement.

— C'est normal, se contenta-t-il de répondre. C'est le Dr Rogan qui la suit, n'est-ce pas ?

— Oui, mais depuis la visite pour l'inscription à l'école l'état de santé de Claire n'a pas réclamé que nous le consultions… jusqu'à aujourd'hui, conclut-elle dans un souffle.

— Je n'ai pas pleuré, déclara alors Claire quand l'infirmière quitta la pièce. Je vous l'avais dit.

— Le contraire m'aurait étonné, répondit Sébastien, conquis malgré lui par la joie de vivre et la sociabilité de la petite.

Heureusement, n'étant pas son médecin traitant, il ne serait plus amené à la revoir. Il se voyait en effet difficilement assumer la responsabilité médicale de Claire après son aventure d'un soir avec sa mère.

Comme si elle avait lu dans ses pensées, Rachel alla déposer un baiser sur le sommet du crâne de sa fille et dit :

— Je dois m'entretenir en tête à tête avec le Dr Deslaurier, ma chérie. Je reviens dans une minute.

— D'accord, dit Claire, avant d'ajouter à l'adresse de

Sébastien : Je vais certainement te revoir puisque ma mère travaille ici.

Une boule au ventre, Sébastien se força de nouveau à sourire.

— Oui, vraisemblablement, répondit-il tout en espérant de toutes ses forces que la gamine ne serait pas obligée de venir régulièrement à l'Hospitalier.

Il suivit Rachel dans le couloir et coupa court à tout ce qu'elle aurait pu s'apprêter à dire.

— Je te préviendrai quand je recevrai les résultats des analyses. En attendant, essaye de ne pas trop t'inquiéter.

— C'est facile à dire pour toi.

Oh que non ! Mais il n'allait certainement pas lui parler de son fils, autant parce que cela rendrait la situation encore plus embarrassante que parce qu'il n'évoquait plus Bleu avec personne.

— Écoute, commença-t-il en se passant la main dans les cheveux. Je sais que ce n'est pas évident et pas uniquement en raison de ce qui s'est passé… avant.

Il s'enferrait. Il devait battre en retraite pendant que c'était encore possible.

— En tout cas, sache que, si tu as besoin de mes services, je ferai tout pour te satisfaire.

Une formulation ambiguë qui n'arrangea rien. Aussi s'empressa-t-il d'ajouter :

— Si tu veux que je passe de nouveau voir ta fille, par exemple.

— J'avais compris, répondit-elle avec un sourire ironique. Qu'aurais-tu pu proposer d'autre ?

Ainsi, elle aussi avait entendu un double sens dans ses propos. Dans ces conditions, hors de question qu'il s'attarde ici et laisse ses souvenirs s'égarer vers des zones interdites, comme cela se produirait inévitablement s'il continuait à bavarder avec Rachel. Mais il ne pouvait pas non plus la laisser avoir le dernier mot.

— Je crois que nous connaissons tous les deux la réponse à cette question… Rachel, dit-il en baissant la voix.

Grave erreur de s'être autorisé à prononcer son prénom, parce que, aussitôt, les cellules de son cerveau où étaient en dormance certains événements se réveillèrent. Elles se mirent même à s'agiter frénétiquement quand Rachel remit en place derrière son oreille une mèche de cheveux et s'humidifia les lèvres à petits coups de langue.

— Bien, je dois retourner auprès de ma fille, dit-elle brusquement, comme si elle sortait d'un état d'hypnose.

— Et moi, aller me renseigner pour savoir si le Dr Rogan a d'autres malades qu'il souhaite que je visite, inventa-t-il pour conclure cette conversation sur une note plus professionnelle. Je te préviens dès que j'aurai reçu les résultats des tests. Et je suis sérieux : appelle-moi si tu veux que je repasse voir Claire.

— Je te remercie. Sincèrement.

Là-dessus, Sébastien prit une rapide inspiration et partit de son côté en s'obligeant à ne pas se retourner.

À la seconde où Sébastien tourna l'angle du couloir, Rachel s'adossa au mur. Son cœur battait la chamade. Pourquoi cet homme lui mettait-il les nerfs et les sens à fleur de peau ?

Quelle hypocrite ! C'était évidemment à cause du soir, un an plus tôt, où il l'avait portée jusqu'à cette cabine sur pilotis et l'avait laissée tomber sur le lit avec un regard pétillant de désir, comme prêt à la croquer toute crue…

Les paupières de Rachel se fermèrent sous l'assaut des souvenirs. Elle était en nage et pas uniquement à cause de l'humidité dans l'air. Elle devait se ressaisir au lieu de penser à lui et retourner auprès de Claire.

Lorsque sa fille s'était réveillée ce matin avec une légère fièvre et une boule dans le cou, Rachel avait été prise de panique. À présent, elle s'inquiétait en plus de la façon dont Claire avait tout de suite sympathisé avec Sébastien et avait cherché son approbation après la prise de sang. Claire n'avait jamais eu aucun contact avec son père biologique, et Rachel craignait qu'elle ne soit blessée par les hommes, probablement parce qu'elle-même avait été traumatisée par le départ de son ex. Toujours est-il qu'elle n'avait pu s'empêcher de se mettre en mode mère poule, au risque que Sébastien ne le remarque.

Tout comme, à la seconde où Claire ne s'était pas sentie bien, elle n'avait pu s'empêcher de vivre de nouveau le jour où on lui avait annoncé le lymphome de sa fille. Pourtant, depuis sa guérison officielle six ans plus tôt, Claire se portait comme un charme.

Dès que sa mère entra dans la salle d'examen, Claire, détectant son inquiétude, dit :

— Je vais bien, maman, je t'assure. Seb est déjà parti ?

— Oui, répondit Rachel en se détendant pour la première fois de la journée. Il avait d'autres malades à voir.

Elle ne mentait pas après tout. Elle répétait juste ce qu'il lui avait dit.

— Allez ! On y va. Je te déposerai à la maison avant d'aller acheter à manger. Qu'est-ce qui te ferait plaisir ?

— Une mangue. J'adore ça.

Dans le Wisconsin, d'où Rachel et Claire venaient, on en trouvait rarement et jamais d'aussi bonnes qu'ici, à Taurati.

— Ça marche. Allez ! Habille-toi !

Ses vêtements à la main, Claire regarda sa mère avec insistance.

— Compris ! dit cette dernière en tournant le dos à sa fille.

Claire entrait dans l'adolescence, certains signes ne trompaient pas. Ce soudain désir d'intimité, par exemple. Ou cette tendance apparue récemment à s'opposer à tout systématiquement.

Rachel avait hésité à accepter le poste à Taurati à cause du cancer qui avait frappé Claire dans les premières années de sa vie. Mais cette dernière avait argué qu'après avoir été hospitalisée pendant presque un an aux États-Unis et avoir vécu les années suivantes au rythme des examens de contrôle elle avait envie d'explorer le monde. En outre, dans le Wisconsin, Rachel avait exercé dans un CHU doté d'un important service d'oncologie et chaque diagnostic de cancer posé sur un enfant la bouleversait. Elle ne regrettait donc pas sa décision qui, en plus, les avait rapprochées l'une de l'autre car elles avaient dû se serrer les coudes pour s'adapter à un nouveau style de vie.

Un mois après leur installation à Taurati, sa mère, Marion, était venue leur rendre visite et avait insisté pour que Rachel prenne une semaine pour découvrir l'île en prétextant qu'elle souhaitait passer un peu de temps seule avec sa petite-fille. Mais Rachel n'avait pas été dupe : la date anniversaire du diagnostic de cancer de Claire approchait et, comme toujours, elle allait devoir prendre sur elle pour ne pas étouffer sa fille d'attentions et de bisous qui rappelaient un peu plus à cette dernière l'épreuve qu'elle avait traversée.

Après discussion, Rachel avait accepté l'idée d'une escapade en solitaire, mais de trois jours seulement. Plutôt que de voyager, elle avait opté pour un séjour au calme dans le paradis tropical d'un village vacances proche de chez elle et y avait loué une paillote traditionnelle sur pilotis.

Même dans ses rêves les plus fous, elle n'avait jamais imaginé se prélasser un jour sur une terrasse privée, les pieds dans l'eau au milieu de poissons multicolores. L'endroit idéal pour méditer sur sa chance, inespérée à une époque, de pouvoir voir sa fille grandir. Probablement envoûtée par l'atmosphère de ce havre magique, elle avait accepté le soir de partager la table d'un autre client dans la salle à manger bondée du club.

C'est ainsi qu'elle avait dîné avec le beau pédiatre. Et cette rencontre s'était terminée bien différemment de celle d'aujourd'hui. Leur badinage enjoué, plein de sensualité, avait débouché sur une nuit tout aussi pleine de sensualité dans son bungalow. Un exutoire parfait pour les émotions liées à cette terrible date anniversaire. Du moins, était-ce ce qu'elle avait cru à l'époque.

— Je suis habillée, annonça Claire, tirant sa mère de ses pensées.

Après avoir déposé Claire à l'appartement, Rachel partit à pied au marché tout proche où elle acheta des mangues, un melon, des légumes et du poisson. À son retour, elle trouva sa fille en pyjama, affalée sur le canapé.

— Tu ne te sens pas bien ? s'alarma-t-elle aussitôt.

— Si, mais c'est samedi. Il n'y a pas école. Alors je me suis déshabillée puisque tu refuses que je voie mes copines. C'est bien ça ?

— Oui, tant que nous ne savons pas ce que tu as.

Le soupir théâtral de Claire arracha un sourire à sa mère. Sa fille était une extravertie optimiste qui se liait facilement. Contrairement à elle, que son métier obligeait à rester sur la réserve avec les gens.

Sauf avec Sébastien, de toute évidence. Leur conversation dans le couloir l'avait presque autant ébranlée que leur rencontre au restaurant un an plus tôt. Comme lors de cette première occasion, elle avait lu des sous-entendus dans presque tous ses propos.

— En tout cas, le test COVID est négatif, c'est déjà ça. Sébas… Le Dr Deslaurier doit m'appeler dès qu'il reçoit les résultats pour la mononucléose. Ça ne devrait plus tarder à présent.

— Je t'avais bien dit que tu dramatisais. Seb ne paraît pas du tout inquiet.

Seb… Super ! Claire semblait prendre plaisir à prononcer son prénom, songea Rachel qui se reprocha de ne pas avoir refusé la proposition de Sébastien.

Son angoisse à la perspective d'une possible récidive avait malheureusement occulté tout le reste.

Claire se rendait-elle compte combien la moindre toux ou le moindre mal de gorge terrifiait sa mère, car c'était la présence de ganglions lymphatiques – symptôme aussi d'une simple infection – qui avait à l'époque déclenché la succession interminable et infernale de perfusions et d'analyses ? Probablement.

Claire avait fait partie des heureux élus qui s'en étaient

sortis. Tant d'enfants n'avaient pas eu sa chance, comme l'avait constaté Rachel de ses propres yeux dans l'exercice de son métier.

— Comment ton français et ton tahitien avancent-ils ? demanda Rachel pour changer de sujet.

En émigrant à Taurati, elle avait oublié qu'il leur faudrait apprendre deux nouvelles langues simultanément.

— Mieux que les tiens en tout cas, la taquina Claire.

Une pique qui avait touché juste.

Heureusement, Taurati avait développé une industrie touristique florissante et l'usage de l'anglais était très répandu. Même avec Sébastien, ils avaient toujours échangé dans cette langue, à l'exception des quelques mots en français qui lui avaient échappé dans le feu de l'action, dans cette paillote, la nuit de leur rencontre.

Une nuit à laquelle elle ne voulait plus penser. Pas plus qu'à cet accent français aussi grisant que l'homme lui-même. Tout au début de leur dîner, Sébastien lui avait appris que sa mère était tahitienne, son père français, qu'il avait grandi en Polynésie et habitait Taurati depuis cinq ans.

D'après une rumeur qui circulait parmi les infirmières, il aurait vécu un drame par le passé. Mais leurs conversations ne se déroulaient pas en anglais, et Rachel ne cherchait pas à en découvrir la teneur. Elle se bouchait même mentalement les oreilles quand elle entendait le prénom de Sébastien. Moins elle en savait sur lui, mieux c'était. Car elle avait beau à peine le connaître, sa simple présence l'électrisait.

Quand on songeait que même dans un couloir d'hôpital, alors que sa fille malade l'attendait à quelques mètres, elle avait été suspendue à ses lèvres, quasiment hypnotisée ! Attention ! Danger !

— Je vais concocter un petit repas, et ensuite nous regarderons un film. D'accord ? Au fait, j'ai trouvé des mangues. Elles ont l'air délicieuses.

— Merci, maman.

Dans la cuisine, Rachel découpa une mangue en cubes,

prépara une salade composée et grilla le poisson. Un repas léger s'imposait vu la chaleur ambiante. Sans compter que par cette température étouffante les courses avaient drainé presque toute son énergie.

À moins que ce ne soient plutôt ses échanges équivoques avec Sébastien ?

Non, elle ne s'aventurerait pas sur ce terrain miné. Pas maintenant.

— Tu veux manger ici ou à table ?

— Sur le canapé, bien sûr !

— D'accord. Mais pour cette fois, seulement.

Elle tendit une des deux assiettes à sa fille et s'assit avant d'allumer la télévision pour regarder la comédie romantique choisie par Claire.

Une comédie romantique ! ironisa Rachel intérieurement. Si sa vie amoureuse était incontestablement une comédie, elle était en revanche dénuée depuis bien longtemps de tout romantisme. Le père de Claire s'était sauvé quelques mois après la naissance de sa fille en déclarant ne pas être prêt pour la paternité. Et au cours des douze années qui s'étaient écoulées depuis, Rachel n'avait connu que deux hommes, dont Sébastien. Et encore, son aventure d'un soir avec ce dernier ne pouvait pas vraiment compter comme une relation.

Et pourtant, elle comptait ! Et comment !

Rachel devait cependant veiller à ce que leur histoire reste dans le passé. Dans l'intérêt de tout le monde, mais surtout dans celui de Claire. Elle ne laisserait certainement pas quelqu'un entrer dans la vie de sa fille pour en ressortir quelque temps après. Elle avait déjà donné. Heureusement, Claire avait été trop petite pour se souvenir du départ de son père et en avoir été affectée. Mais à présent, à son âge, un pareil abandon la traumatiserait. D'où la panique de Rachel en voyant la rapidité avec laquelle Claire avait adopté Sébastien.

En tant que mère, elle se devait de protéger sa fille.

Première étape : s'assurer que Claire était en bonne santé

physiquement. Seconde étape : enterrer profondément son propre cœur pour que personne ne le trouve.

Ce plan d'action établi, elle se mit à regarder vraiment le film et à profiter de chaque seconde avec sa fille, pendant qu'elle le pouvait encore. Car Claire grandissait à toute allure. La preuve : son refus de se changer devant sa mère.

Elle passa un bras autour des épaules de Claire et la serra brièvement contre elle.

— Je t'aime, ma puce.

Claire tourna la tête vers sa mère.

— Je sais. Moi aussi.

Vers la fin du film, le téléphone de Rachel sonna. C'était l'hôpital.

— Allô ? dit-elle le cœur battant.

— Bonsoir, Rachel, c'est Seb.

Elle ferma les yeux et pria pour qu'il lui annonce ce qu'elle espérait entendre.

— Tu as reçu les résultats de l'analyse ?

— Oui. Ce n'est pas la mononucléose.

Cramponnée à l'accoudoir du canapé, elle remercia Sébastien et raccrocha. Claire la regardait avec une expression bizarre.

— Qu'est-ce qu'il y a ?

— Une bonne nouvelle. Tu n'as pas la mononucléose.

Incroyable comme une bonne nouvelle pouvait en cacher une mauvaise. Une très mauvaise. Car si Claire n'avait pas la mononucléose, de quoi était-elle atteinte ?

2.

— Il y a un problème à la plage ?

Rachel interrogea du regard l'autre infirmière qui était au téléphone.

— Noyade, apparemment, répondit cette dernière quand elle eut raccroché.

— Vous pouvez aller à la plage avec Rachel ? héla-t-elle Sébastien qui passait par là. Les sauveteurs ont retiré un enfant de l'eau. Le maître-nageur lui fait un massage cardiaque sur place. Impossible d'arrêter pour le porter jusqu'à l'Hospitalier.

Rachel n'eut pas le temps de réfléchir. Pas le temps de se demander si elle pouvait se faire remplacer. Sébastien partait déjà en lançant à l'infirmière :

— Faites amener une civière au bord de la promenade en planches avec un sac d'insufflation Ambu.

Le trottoir en bois qui reliait le parking de l'hôpital à la plage permettait au personnel et aux familles des malades d'accéder facilement aux transats gracieusement mis à leur disposition pour une pause bienvenue.

De la promenade, Rachel aperçut au loin, sur l'eau, un groupe de paillotes sur pilotis, lui rappelant celle du village vacances où, un an auparavant, elle s'était adonnée avec Sébastien à un sport qui n'avait rien de nautique.

La scène qui se déroulait au bord de l'eau balaya d'un coup ses souvenirs.

— Oh ! mon Dieu ! Mon Dieu ! Mon Dieu !

Supplication désespérée ou hurlements d'horreur ? Peu importe. Les cris poignants d'une femme qui se tenait à côté du maître-nageur hanteraient longtemps Rachel.

Seb parvint sur les lieux une ou deux secondes avant elle. Il tapota l'épaule du sauveteur.

— Nous allons vous relayer, dit-il en tâtant le poignet de la petite victime à la recherche de son pouls.

— Rien. Pour le moment.

Il avait probablement ajouté ces derniers mots à l'intention de la femme, la mère sans aucun doute, qui poussait des hurlements quelques instants plus tôt, se dit Rachel. Mais l'heure n'était pas à ce genre de réflexion. Le maître-nageur, haletant, avait libéré la place, et elle ajusta le masque sur le visage de l'enfant, une fillette de cinq ou six ans tout au plus. Elle commença à lui insuffler de l'oxygène pendant que Seb attaquait les compressions.

Avant que le maître-nageur ne puisse l'en empêcher, la mère, en larmes, saisit la main de sa fille.

— Une vague me l'a arrachée. Je n'ai pas pu la retenir. Pourtant j'ai essayé ! Je vous assure !

— Nous vous croyons, assura le maître-nageur avant de s'adresser à Seb : La vague a déferlé sur la gamine, et je l'ai perdue de vue pendant une seconde. J'ai plongé, mais j'ai mis environ trois minutes à la repérer et à la tirer jusqu'à la plage.

Trois minutes. Trois minutes pendant lesquelles le cerveau de la petite n'avait pas été oxygéné. Et la température relativement élevée de la mer aggravait les choses. Dans les eaux glaciales des lacs du Wisconsin, le froid ralentissait le métabolisme et donnait davantage de temps aux sauveteurs pour intervenir.

Seb continuait les compressions sans dire un mot, mais il écoutait attentivement les explications et, lorsqu'il leva un instant la tête, Rachel vit l'éclair de douleur dans ses yeux.

Une douleur dont l'intensité la médusa. D'habitude, il cachait ses émotions derrière un voile impénétrable. Non qu'elle ait essayé de le déchirer. Ou qu'elle en ait eu seulement l'envie. Depuis cette nuit où il lui avait chuchoté à l'oreille les mots torrides qui n'avaient requis aucune traduction, il ne s'était jamais départi de son impassibilité. Et tant mieux. Surtout après ce qu'elle venait de lire dans ses yeux.

Elle se rappela les murmures échangés entre les infirmières et regretta de ne pas y avoir davantage prêté attention.

Ils s'acharnèrent en silence pendant plusieurs minutes à tenter de réanimer la petite et commençaient à désespérer quand ses mains s'ouvrirent et se fermèrent. Sans rien dire, dans un mouvement parfaitement synchronisé, Seb et Rachel la roulèrent sur le côté et, après une inspiration convulsive, elle cracha de l'eau et se mit à vomir.

Le maître-nageur dut quasiment ceinturer la mère pour l'empêcher de s'approcher et d'entraver leurs mouvements.

Les paupières de la fillette frémirent enfin, puis s'ouvrirent, révélant des yeux d'un bleu plus lumineux que le ciel.

La gamine regarda tour à tour les gens autour d'elle.

— Maman ?

Le maître-nageur libéra alors la femme qui se précipita pour serrer le visage de sa fille entre ses mains et le couvrir de baisers et de larmes.

— Oh ! ma chérie… Dieu soit loué !

— Nous devons l'emmener à l'hôpital, intervint Seb. Comment s'appelle-t-elle ?

— Sharon, répondit la mère dans un sanglot irrépressible. Merci. Un immense merci. À vous tous.

Le visage de Seb se crispa.

— Attendez. Vous nous remercierez quand nous serons sûrs qu'il ne reste pas d'eau dans ses poumons.

Il souleva Sharon comme une plume et la porta jusqu'à la civière qu'avaient apportée deux aides-soignants sur la promenade en planches. Un spectacle qui émut Rachel.

— Maman ! appela la petite en se tortillant pour voir sa mère.

— Je suis là, mon chou.

Rachel s'attarda quelques instants près du maître-nageur, un jeune homme qui n'avait pas encore trente ans.

— Vous lui avez sauvé la vie, dit-elle. Bravo et merci.

— En fait… Pendant quelques minutes, j'ai cru…

Sa voix s'enroua, et il ne termina pas sa phrase.

Rachel connaissait bien ce moment où les nerfs lâchent au fur et à mesure que l'adrénaline se dissipe. Elle lui serra brièvement la main.

— Nous l'avons tous cru. Mais vous n'avez pas renoncé et c'est grâce à vous qu'elle est en vie.

— Rachel ! appela Seb qui s'éloignait avec la civière. Tu pourras rapporter le masque à oxygène, s'il te plaît ?

— OK. J'arrive.

Avec un regard d'excuse au maître-nageur, elle lui lâcha la main et, après l'avoir une nouvelle fois remercié, attrapa l'insufflateur et courut rejoindre le groupe.

— Pourquoi tu pleures ? demanda Sharon à sa mère.

— Parce que je suis heureuse que tu ailles bien, ma puce.

Rachel sentit les larmes monter. Elle se rappelait avec précision les sentiments qui l'avaient envahie quand elle avait compris que Claire était sortie d'affaire. Elle se souvenait de ce soulagement qui coupe les jambes et prive de la parole.

Le jour où elle avait appris que Claire était atteinte d'un cancer avait été le pire de sa vie. Et elle n'avait eu personne sur qui s'appuyer, en dehors de ses parents. Elle avait renoncé à se lancer à la recherche de Roy, son ex, pour le mettre au courant, en se rappelant son rejet catégorique de la paternité et son silence total depuis son départ. Pas une seule fois il n'avait pris contact avec elle, alors qu'elle vivait toujours dans la ville où leur fille – non, *sa* fille à elle – était née. Certes, Roy avait assisté à l'accouchement, mais il avait été complètement désarçonné quand Claire avait poussé son premier cri. Il était devenu distant et irritable. Rachel s'en voulait de ne pas avoir vu la rupture se profiler. Mais elle avait été trop accaparée par le bébé et épuisée par le manque de sommeil pour garder sa lucidité.

— Bon boulot, bravo ! dit Sébastien, la tirant de ses pensées.

Tout en s'efforçant de redescendre sur terre après ce compliment, Rachel le remercia, soulagée de voir s'achever leur travail d'équipe. En effet, la voix ensorceleuse de Sébastien menaçait de l'entraîner sur un terrain dangereux. Elle le savait d'expérience.

Les portes de l'hôpital s'ouvrirent sans bruit devant eux. Seb était toujours perturbé. Devant le corps inerte et les lèvres bleues de Sharon tout à l'heure, il s'était revu debout à côté du corps sans vie de son fils. Layla avait essayé de l'écarter, mais il l'avait repoussée en assurant contre toute évidence qu'il allait bien.

Sa relation avec Layla avait commencé de manière si fulgurante qu'ils avaient brûlé les étapes importantes, celles où l'on apprend à se connaître et à comprendre ce que signifie vraiment un engagement mutuel. Après la mort de leur bébé, rien de solide n'était resté entre eux, et il s'était senti comme une coquille vide. Aussi Layla l'avait-elle quitté rapidement après le drame. Un abandon de plus dans sa vie.

Le personnel des urgences, sur le pied de guerre, prit en charge Sharon pendant que Sébastien s'occupait d'alerter le pneumologue de garde.

— Vous allez la garder ?

Visiblement, Marie, la mère de Sharon, mourait encore d'inquiétude.

— Oui, je préfère qu'elle passe la nuit ici en observation. Il faut surveiller son taux d'oxygène sanguin. Et un spécialiste des poumons doit passer la voir.

Il ne voulait pas l'alarmer, mais il n'avait pas écarté la possibilité d'une noyade à retardement. L'inflammation des poumons persistait parfois, même après que toute l'eau avait été évacuée, et ils se remplissaient alors de sécrétions produites par le corps lui-même.

— Je peux rester avec elle ?

— Je pense qu'on peut arranger ça. On lui fait quelques prises de sang et ensuite on l'installera dans une chambre.

À mon avis, elle va bien dormir après toutes ces émotions, ajouta-t-il avec un sourire forcé.

Au fur et à mesure que Marie se détendait, Sébastien se crispait. L'expérience lui avait appris à rester très prudent quand il parlait aux parents. Sans leur donner de faux espoirs, car rien n'était jamais garanti à 100 %, il ne fallait pas pour autant les inquiéter inutilement. Sébastien avait très mal vécu la froideur et le manque de tact de l'un des médecins de Bleu à qui la vie – ou la mort – de ses patients semblait importer peu. Il avait répondu aux questions du bout des lèvres, sans cacher son agacement, et Seb s'était juré que lui s'intéresserait à ses patients et répondrait à toutes leurs interrogations. Mais cet investissement était parfois usant psychologiquement.

Rachel se tenait en retrait, l'insufflateur serré contre sa poitrine. Elle paraissait extrêmement soucieuse. L'état de Claire s'était-il dégradé ? Il s'excusa auprès de Marie et rejoignit Rachel.

— Ça va ?

— Oui. Mais la vie de Sharon n'a tenu qu'à un fil.

— C'est vrai. Et le maître-nageur ? Comment va-t-il ? Je t'ai vue lui parler.

— Il est choqué. Comme tout le monde après une situation de crise, quand on essaye de récupérer son équilibre.

Et lui-même ? Avait-il retrouvé son équilibre après la mort de Bleu ? Rien de moins sûr, aujourd'hui encore.

Le visage de Rachel s'assombrit. Pensait-elle à Sharon ou à sa propre fille ? À moins qu'elle ne soit victime de cette fatigue nerveuse qui l'affectait lui-même de temps en temps.

— Viens, Rachel, dit-il en voyant son menton se mettre à trembler. Sortons souffler un peu.

— Merci, dit-elle dans une longue expiration. Je ne sais pas ce qui m'arrive.

Il prévint les infirmières qu'il allait dans la cour et leur demanda de l'avertir lorsque le pneumologue serait arrivé.

Dehors, il emmena Rachel jusqu'à un banc en béton à proximité de la promenade en planches, suffisamment près de la mer pour profiter de la brise marine et suffisamment loin pour ne pas être dérangés par les baigneurs.

Il s'assit à côté de Rachel et l'observa. Elle avait les yeux dans le vague et respirait mal.

— Prends le temps de tout évacuer.

— Évacuer quoi ?

Elle faisait semblant de ne pas comprendre, mais ses mains qui s'agitaient sur ses genoux et ses épaules tendues la trahissaient : elle essayait de contenir une émotion. Combien de fois cela lui était-il arrivé à lui aussi ? Combien de fois avait-il feint l'indifférence ? Et lorsque sa compagne l'avait quitté, il avait redoublé d'efforts pour jouer la comédie. Et il continuait encore aujourd'hui.

— Évacuer la tension. Ou le trop-plein d'adrénaline. Nous avons fait tout ce que nous pouvions et nous ne pourrions rien nous reprocher si le pire était arrivé. Tu le sais, n'est-ce pas ?

— Oui, je le sais.

— Comment va Claire, au fait ?

Deux jours s'étaient écoulés depuis qu'il l'avait examinée. Il avait demandé que les derniers résultats d'analyse soient envoyés au Dr Rogan. Rachel aurait-elle reçu de mauvaises nouvelles qui expliqueraient sa nervosité actuelle ?

— Beaucoup mieux. Le Dr Rogan m'a téléphoné. Finalement, c'est une lymphadénopathie.

C'est-à-dire une augmentation de volume des ganglions lymphatiques qui pouvait être causée par tout et n'importe quoi, de la tuberculose à la mononucléose en passant par le cancer.

— Due à quoi ?

— A priori au rhume qu'elle avait attrapé quelques jours plus tôt. Comme c'est viral, il faut attendre que ça passe. Ses ganglions sont déjà nettement moins enflés aujourd'hui.

Sans s'en rendre compte, Sébastien avait retenu sa respiration jusqu'aux mots « moins enflés ». Il expira alors d'un coup.

— Super ! Je sais que tu t'inquiétais.

— Ce n'est pas facile d'être parent, tu sais. Les angoisses font partie du métier.

Sous-entendu : « Si tu avais des enfants, tu comprendrais. »

Aurait-elle dit à voix haute le fond de sa pensée qu'il ne l'aurait pas détrompée. Sa vie privée ne regardait que lui.

— Oui, c'est vrai, se contenta-t-il d'acquiescer. Je le constate tous les jours chez les parents de mes patients. En tout cas, je suis content que Claire aille mieux.

Elle le scruta comme si elle cherchait à découvrir quelque chose sur son visage, et il se mit debout pour échapper à cette inspection.

— Bien. Il est temps que je retourne voir Sharon. Reste donc encore un peu ici pour décompresser.

— Non, ça va, assura-t-elle en se levant à son tour. Si j'avais besoin de décompresser à chaque situation de crise, je devrais changer de métier, tu ne crois pas ? J'ai été déstabilisée parce que Sharon a à peu près le même âge que Claire avait quand j'ai appris qu'elle était gravement malade.

Bleu n'avait pas un an quand Layla et Sébastien s'étaient aperçus qu'il ne suivait plus leurs mouvements des yeux. Il avait suffi d'une simple IRM pour que tombe le diagnostic qu'aucun parent ne voudrait jamais entendre.

— C'est très compréhensible, dit-il avec conviction.

Les bébés présentant des troubles neurologiques le renvoyaient à ces instants. Et l'unique fois jusqu'à présent dans sa carrière où il avait diagnostiqué un cas de tumeur cérébrale maligne chez un de ses petits malades, il avait craqué et dû prendre quelques jours de congé. Mais il n'avait pas tardé à remettre le pied à l'étrier.

Rachel aussi s'en remettrait et elle rentrerait chez elle rejoindre son enfant. Elle pourrait la serrer dans ses bras et lui assurer que tout allait pour le mieux dans le meilleur des mondes.

Ce qui était vrai. Ici et maintenant, en tout cas. Mais rien ne garantissait jamais l'avenir.

— On y va ? demanda-t-elle.

— En route !

3.

Sébastien passa devant la photo de son fils. Comme tous les matins. À la différence près qu'aujourd'hui il ne se contenta pas d'un regard. Il prit le cadre entre ses mains et étudia les boucles châtains, les petites lèvres… À cause de sa rencontre avec Rachel la veille ? Bizarrement, il avait mis du temps à s'endormir cette nuit. Et quand il avait enfin sombré, il avait fait un cauchemar : bravant les vagues, il avait tenté de rattraper Bleu que des courants marins emportaient, sans réussir à l'atteindre. L'accident de Sharon n'y était évidemment pas pour rien.

Aujourd'hui était un autre jour et tant mieux. Il regarda de nouveau le portrait de son fils.

La grossesse de Layla les avait pris tous les deux par surprise. Mais le choc passé, il s'était senti prêt à épouser Layla et à fonder une famille. Jeune et idéaliste comme il l'était à l'époque, il s'était convaincu qu'il l'aimait. Il comprenait à présent qu'il s'était menti à lui-même. D'ailleurs, après la mort de Bleu, n'avait-il pas été presque soulagé du départ de Layla ?

En partie parce qu'il avait eu besoin d'être seul pour pleurer Bleu probablement. Mais aussi l'absence de Layla, même s'il la regrettait quelque part, lui avait confirmé que les gens partaient un beau jour, de gré ou de force.

Par peur de finir par oublier Bleu, quelques semaines après son décès, sur un coup de tête il avait poussé la porte d'un tatoueur et s'était fait graver sur l'épaule gauche le prénom de son fils et son jouet favori, une tortue de mer. Mais si le souvenir de Bleu ne le quittait jamais, le tatouage en revanche lui sortait de l'esprit la plupart du temps. Jusqu'au jour où, sur un autre coup de tête, il avait couché avec Rachel. Et cette nuit-là, alors qu'il était assis sur le bord du lit en train de ramasser ses vêtements, il avait senti des doigts lui toucher doucement l'épaule. Il avait instantanément compris ce que Rachel avait découvert, et l'horreur des jours précédant la mort de Bleu s'était aussitôt ravivée, lui transperçant le cœur comme un coup de poignard et lui rappelant pourquoi il évitait toute relation amoureuse.

Il ne supporterait pas d'avoir un autre enfant et de vivre de nouveau un pareil drame. Aussi, malgré le préservatif, la peur lancinante que Rachel soit tombée enceinte l'avait taraudé après sa nuit avec elle. Quand il l'avait vue à l'hôpital quelques semaines plus tard, elle s'était montrée si distante qu'il n'avait pas osé lui poser de questions et s'était persuadé que, si elle avait attendu un enfant de lui, elle l'en aurait informé.

La seule pensée de cette possibilité lui donnait la chair de poule.

Peut-être le tatouage était-il une bonne chose. Ses quelques conquêtes ayant toutes voulu en connaître la signification, leur curiosité lui avait souvent coupé tous ses moyens et lui avait rappelé son serment de ne plus être père. De l'au-delà Bleu le maintenait sur le droit chemin.

Étrangement, Rachel n'avait rien demandé. Elle avait seulement suivi délicatement, du bout des doigts, le pourtour du dessin. Encore aujourd'hui il sentait cette caresse dès qu'il apercevait Rachel.

Alors qu'il reposait le cadre, son épaule se mit à le lancer. Le moyen pour son fils de communiquer avec lui ? Y avait-il une vie après la mort finalement ?

— Tu me manques, fiston, soupira-t-il en se rendant dans la salle de bains.

Là, il examina son visage dans la glace.

Le temps ne l'avait pas ménagé. À trente-cinq ans, ses cheveux noirs, un peu trop longs, étaient déjà parsemés de fils d'argent. Il espaçait au maximum ses visites chez le coiffeur, pas tant à cause des immenses miroirs accrochés dans les salons que des questions qu'on lui posait systématiquement sur sa vie de famille et ses enfants.

Comment était-il censé répondre ?

Il aurait eu l'impression de mentir en parlant de Bleu au présent. Dire la vérité alors ? Encore plus difficile, et les quelques fois où il s'y était résolu il avait été accueilli par un silence embarrassé suivi d'un rétropédalage et de murmures de compassion. Le tout devant le miroir.

Eh bien, ses cheveux tiendraient encore quelques semaines ! décida-t-il avant de se brosser les dents et de se raser.

Tous les ans à Noël, il continuait à recevoir une carte des grands-parents maternels de Bleu. Ils lui donnaient des nouvelles de leur fille – qui n'était toujours pas mariée et n'avait pas d'autre enfant – comme s'ils lui faisaient un appel du pied pour qu'il prenne contact avec Layla. Mais il n'en avait pas la moindre intention.

Il s'apercevait à présent que Layla et lui seraient passés devant M. le maire pour de mauvaises raisons et que leur couple n'aurait pas été heureux ou n'aurait pas duré.

De toute façon, sa vie à lui n'était plus à Tahiti à présent, mais ici, à Taurati. Les parents de Layla devaient compter sur quelqu'un d'autre s'ils voulaient des petits-enfants. Un mariage ne partait pas sur de bonnes bases quand le rêve et la réalité étaient trop éloignés.

Il en allait de même en amitié d'ailleurs.

Sa conversation de la veille avec Rachel, outre les différences flagrantes dans leurs histoires qu'elle avait mises à jour, lui avait également permis de prendre conscience que Rachel payait la chance que sa fille ait survécu par une peur permanente de la perdre, alors qu'il avait pensé que cette angoisse disparaissait avec le temps.

Il n'était pas sûr de vouloir s'engager dans une relation où chaque jour lui rappellerait qu'un drame pouvait survenir à tout moment et que l'avenir était incertain.

Était-ce de l'égoïsme ? Indiscutablement. Mais l'instinct de survie n'était-il pas égoïste par essence ?

Il n'avait pourtant pas hésité à coucher avec une femme qui avait un enfant. À sa décharge, il n'avait pas su à l'époque pour le cancer de Claire. Sinon, tout se serait probablement terminé différemment cette fameuse nuit. En l'occurrence, ils s'étaient lancés dans une parade nuptiale qui avait ressuscité le plaisir oublié de l'exercice. Rachel venait d'arriver sur l'île, et il lui avait proposé de lui montrer quelques curiosités. Elle-même l'avait invité à visiter son bungalow posé sur l'eau. Là, ils s'étaient jetés sur le lit et c'est le lendemain matin qu'elle avait suivi le tracé de son tatouage. Il frissonna à ce souvenir.

Stop ! Il se détourna du miroir et acheva de s'habiller.

Même lorsqu'il n'était pas d'astreinte, comme aujourd'hui, il se rendait tous les matins à l'hôpital pour remplir la paperasse. Son bureau lui offrait un refuge, un lieu privé, où il se sentait bien.

Une façon de s'isoler du reste du monde ? Une façon de ne pas renouveler une expérience comme celle avec Rachel l'année précédente ?

Sans doute. Mais c'était son choix et ce qui expliquait que, bien qu'installé à Taurati depuis un bon moment, il avait très peu d'amis, essentiellement des collègues de travail dont Neves, le directeur de l'hôpital.

Il grimpa dans un taxi, direction l'Hospitalier.

Au moment précis où il en poussa les portes, son téléphone vibra. Bizarre. Tout le monde ou presque savait que le mardi était son jour de congé. Il regarda l'écran : Neves.

Neves Bouchet était un directeur efficace qui veillait au bon fonctionnement de son établissement et anticipait les problèmes. Accaparé par ses tâches administratives, il n'exerçait plus son activité de spécialiste en médecine interne.

Tu es là ?

C'était l'inconvénient d'être aussi prévisible !

Je viens d'arriver.

Tu peux monter ?

Lui qui s'était fait une joie de passer du temps dans son bureau après ses ruminations du matin ! soupira Sébastien. Mais difficile de refuser.

Je viens.

En sortant de l'ascenseur au quatrième étage, là où se trouvaient les bureaux de Neves et des chefs de service, il s'engagea dans le couloir et franchit la porte en verre de la salle d'attente du directeur. Et là, surprise : Rachel était assise dans un des fauteuils. Seule.

Cette convocation concernait-elle leur aventure de l'année précédente ? s'alarma-t-il aussitôt. À dire vrai, il s'était attendu à ce qu'elle les rattrape un jour ou l'autre. Mais au bout d'un an ?

Arrête la paranoïa, Seb.

Ils avaient convenu de ne souffler mot à personne de leur nuit ensemble. Non que l'hôpital interdise les aventures entre ses employés. Cependant, il les décourageait implicitement afin que de potentiels conflits ne perturbent pas le service. Cela dit, certaines relations fonctionnaient. Au moins une s'était conclue par un mariage.

Rachel n'accorda pas un seul regard à Sébastien. Vêtue d'une jupe blanche vaporeuse et d'un corsage du même bleu que l'océan, elle était aussi délicieuse que les courants chauds de cette mer qu'on apercevait par la fenêtre. Et quand elle croisa les jambes, le lent frôlement d'un mollet glissant sur l'autre lui rappela…

Arrête !

D'autant plus qu'il ne pouvait ignorer son visage crispé et son regard fuyant. Connaissait-elle la raison de cette convocation ? En tout cas, sa présence ici ne pouvait être une coïncidence.

— Savez-vous pourquoi il veut me voir ? demanda-t-il à la secrétaire.

— Hé ! Je suis une simple secrétaire. Je ne suis pas dans le secret des dieux !

Mais elle décrocha son téléphone interne et y chuchota quelques mots avant de se tourner vers Sébastien et Rachel.

— Vous pouvez entrer. Tous les deux, ajouta-t-elle dans un petit sourire comme ni l'un ni l'autre ne bougeaient.

Sébastien attendit que Rachel se lève, puis lui fit signe de le précéder. Autant par galanterie que pour se donner le temps de canaliser ses pensées et de réfléchir à ce qu'il allait répondre si Neves avait entendu des rumeurs sur cette fameuse nuit et voulait en discuter. Avec un peu de chance, il s'agissait de tout autre chose, comme de l'accident sur la plage la veille.

— Bonjour, les accueillit Neves en se levant. Merci de me consacrer un peu de votre temps. Je préférerais que ce dont nous allons parler reste entre ces quatre murs.

Et zut ! pesta Sébastien intérieurement, en français.

Peut-être des bruits couraient-ils vraiment dans l'hôpital.

Rachel le devança.

— Je ne suis pas sûre de comprendre, Neves.

— Asseyez-vous, je vous en prie.

Les deux seuls sièges étant positionnés côte à côte, Sébastien n'eut d'autre choix que de s'installer près de Rachel. Si leur intervention conjointe de la veille avait ressuscité quelques souvenirs inopportuns, la facilité de leur relation professionnelle l'avait surpris. Et là résidait le problème : il ne voulait pas que leurs relations soient faciles. Elles devaient au contraire être pesantes pour l'inciter à garder ses distances comme il le faisait depuis un an.

— Alors Neves, de quoi veux-tu nous parler ?

Le directeur continua à étudier quelques documents sur son bureau avant de lever la tête et de regarder tour à tour ses deux collaborateurs.

— Vous avez écouté les informations ?

— Pas aujourd'hui, avoua Seb en essayant de sourire.

Pourquoi ? L'Hospitalier est frappé par une mesure de confinement ?

Question idiote puisqu'il venait de franchir les portes de l'établissement sans aucun problème.

— Pas encore. Vous n'avez pas entendu les bulletins météo ?

Sébastien avait trouvé que le bon vieux Pacifique méritait son nom ce matin avec un soleil qui brillait de tous ses feux comme quasiment tous les jours.

— Non, dit Rachel. Pourquoi ?

— Il y a une perturbation au large. Elle pourrait devenir préoccupante si elle continue à progresser.

— Vous parlez d'un ouragan ? Je croyais qu'il n'y en avait pas ici.

— Vous avez raison. Les cyclones, comme on les appelle dans cette partie du monde, épargnent en général la Polynésie française. Mais pas toujours.

Le dernier cyclone d'importance qui avait frappé la région avait été baptisé « Wasa-Arthur », se rappela Sébastien. Mais cela remontait à plusieurs dizaines d'années.

— Mais en quoi cela nous concerne-t-il ?

— J'insiste, dit Neves en se penchant vers eux et en baissant la voix. Ce que nous allons dire ne doit pas sortir d'ici. Rachel a vu juste. Un système dépressionnaire est effectivement positionné au large de l'île.

— Un système dépressionnaire, répéta Sébastien dans un froncement de sourcils. Entre novembre et avril, c'est la saison, en effet.

— Pour le moment, je vais privilégier les mesures de prévention.

— Ce qui veut dire, concrètement ? s'enquit Rachel.

— Que j'aimerais que tous les deux vous vérifiiez que tout est en place et à jour dans le protocole de l'hôpital. À cette époque de l'année, je charge normalement Laurence et Britan de cette mission, même en l'absence de tout risque.

Mais ils attendent un heureux événement et je ne veux pas les surmener.

Laurence et Britan étaient le couple de chirurgiens qui s'étaient mariés et auquel Sébastien pensait tout à l'heure.

— Je ne savais pas que Britan était enceinte, dit-il.

— Je l'ai appris le mois dernier. Elle a eu quelques poussées d'hypertension. Rien de grave, mais quand Laurence a entendu parler de l'alerte météo il est venu me voir pour me demander de leur trouver des remplaçants à la commission cyclone.

Une commission ? Cela impliquait donc plusieurs participants.

— Les autres membres de la commission ne peuvent pas prendre le relais ?

— S'il y avait d'autres membres, certainement ! s'esclaffa Neves. Laurence et Britan s'en sortaient très bien à deux. Et puisque tu es là tous les jours, Seb, même quand tu n'es pas censé travailler, j'ai pensé que tu pourrais t'y coller.

Puis il se tourna vers Rachel.

— Comme vous êtes une des dernières arrivées, je me suis dit que cela vous intéresserait de voir de l'intérieur le fonctionnement de l'hôpital dans une situation de crise.

Plusieurs expressions se succédèrent sur le visage de Rachel : de la consternation, de l'angoisse, de la surprise et enfin… du soulagement.

Du soulagement ? s'étonna Sébastien. Peut-être avait-elle cru, comme lui, que le directeur les avait convoqués pour un autre motif.

— Pourquoi pas, finit par répondre Rachel, mais à condition que nous nous réunissions pendant mes heures de service. Je dois m'occuper de ma fille.

— Oui, bien sûr. Et évidemment, priorité aux malades. Vous pourriez vous voir dans les périodes plus creuses.

— Ça ne devrait pas prendre longtemps, dit Sébastien.

— Le temps qu'il faudra à cette dépression pour disparaître d'elle-même ou changer de trajectoire, répliqua Neves en fixant

Sébastien. Mais je ne veux pas qu'un phénomène comme celui de 1991 se reproduise et nous prenne au dépourvu. Le réseau électrique de l'hôpital avait été entièrement détruit, ce qui avait causé la mort de deux patients.

— Je ne vois pas bien comment éviter cela, dit Sébastien.

— Je sais qu'on ne peut rien garantir. On peut quand même vérifier les procédures d'évacuation et superviser leur mise en place. C'est de cela que Laurence et Britan s'occupaient. Alors si vous êtes d'accord tous les deux…

S'il refusait, réfléchit Seb, Neves exigerait une explication… qu'il n'avait aucune envie de lui donner. Et encore moins en présence de Rachel.

— Moi, j'accepte, dit-il avant de se tourner vers Rachel. Et toi ?

— Oui… Oui, bien sûr. Si je peux rendre service. Mais, ma fille d'abord. Elle récupère tout juste d'une infection virale.

— Amenez-la au travail avec vous, si vous voulez.

Certainement pas ! s'affola Sébastien qui s'empressa d'intervenir.

— Je suis sûr que nous pourrons régler tout ça pendant nos heures de service.

Il vit avec soulagement Rachel opiner de la tête.

— Absolument. En outre, si votre dernière tempête tropicale remonte à si loin, celle-là va certainement se volatiliser avant même d'exister. Rien ne va arriver.

Sébastien sentit son sang se glacer. Rachel ne vivait pas ici depuis suffisamment longtemps pour savoir ce que tout autochtone savait depuis sa naissance : on ne provoquait pas les éléments. Sinon, ils se déchaînaient pour se venger.

Un conseil qu'il aurait tout intérêt à s'appliquer à lui-même, songea-t-il.

Quand on s'approchait trop près d'un feu, il ne fallait pas se plaindre d'être asphyxié et brûlé ! Or donc, s'il devait travailler avec Rachel sur une autre base que leur routine quotidienne, une vigilance de tous les instants s'imposait.

Pourquoi le directeur l'avait-il choisie, elle ?

Neves lui avait expliqué qu'elle avait gagné le tirage au sort parce qu'elle était l'une des dernières arrivées dans l'équipe. Pourtant, elle n'avait pas du tout l'impression d'avoir gagné quoi que ce soit ! Surtout lorsqu'elle se remémorait son trouble, la veille, après seulement quelques heures de travail avec Sébastien : ses jambes avaient flageolé et ses nerfs avaient failli craquer une fois que Sharon avait été prise en charge par l'hôpital. Il l'avait remarqué et l'avait invitée à sortir dans la cour pour décompresser. Elle n'avait pas pu refuser. Sinon, autant lui dire ouvertement que sa présence la perturbait.

Voilà qu'elle était censée gérer un cyclone… avec l'homme qui en déclenchait un en elle !

Ils quittèrent ensemble le bureau de Neves.

— Il était vraiment violent, le cyclone de 1991 ? ne put-elle s'empêcher de demander. Celui durant lequel des patients sont morts ?

— Je n'étais pas à Taurati à l'époque. J'étais encore gamin et j'habitais à Tahiti. Mais oui, il a été dévastateur. Nous avons été touchés nous aussi, mais Taurati dispose de moins de moyens humains, matériels et financiers.

— Donc de moins de solutions.

Après une hésitation, elle posa la question qui la taraudait vraiment :

— Comment est-ce que je peux faire évacuer Claire s'il s'avère que la tempête se dirige sur nous ? Ma mère habite aux États-Unis, dans le Wisconsin.

Il la considéra un long moment avant de répondre :

— Allons boire un café dans un endroit à l'abri des oreilles indiscrètes.

Mauvais signe. Il la trouvait d'un égoïsme indécent et voulait la sermonner en privé. À juste titre peut-être.

De toute façon, en cas de panique générale, serait-il possible d'organiser des évacuations ? Vraisemblablement pas.

Elle décida d'appeler sa mère dès qu'elle en aurait fini avec Sébastien. Claire pourrait manquer une semaine ou deux d'école et rejoindre ses grands-parents dans le Wisconsin avant que tout le monde ne cherche à fuir. Une pensée qui redoubla sa culpabilité.

En tout cas, elle-même ne se sauverait pas en catimini avec sa fille. Si elle pouvait aider sur Taurati, elle resterait. Quitte à se séparer quelque temps de Claire. Quitte à travailler avec un homme qui affolait son cœur. Elle espérait seulement qu'elle garderait les pieds sur terre et que, contrairement à Icare, elle ne s'aventurerait pas trop près du soleil…

4.

Comment aurait-il pu reprocher à Rachel de s'inquiéter pour sa fille ? songea Sébastien alors qu'ils s'installaient à une table à l'écart, dans un café à proximité de l'hôpital.

Rachel commanda un expresso, un choix qui correspondait bien à ce qu'il savait d'elle : directe et sans artifice, comme l'avait montré la spontanéité avec laquelle elle lui avait parlé de la maladie de sa fille, alors que lui se refermait comme une huître dès qu'on s'intéressait à sa vie familiale. Une différence de tempérament qui allait certainement compliquer leur collaboration. À sa décharge, il ne cherchait pas à se préserver personnellement. Tout le monde était gêné quand il évoquait son fils.

Il s'aperçut soudain que le serveur attendait, son calepin à la main.

— Pardon. Un café au lait pour moi.

Une fois le serveur parti, Sébastien décida d'aller droit au but.

— Je crois que nous ignorions tous les deux la raison de cette convocation de Neves. Si cela te gêne de travailler avec moi, je peux aller lui parler et essayer de…

— Pourquoi cela me gênerait-il ?

Rachel se pencha vers lui avec un sourire rien moins qu'ironique.

— À cause de cette nuit insensée de l'année dernière ? Eh bien, rassure-toi, elle m'était quasiment sortie de l'esprit.

Elle éclata de rire devant la stupeur de Sébastien et poursuivit :

— Je plaisante ! Bien sûr que c'est embarrassant. Mais si

je devais baisser les bras à chaque difficulté, je ne trouverais de travail nulle part.

— Maintenant que nous nous sommes débarrassés du sujet qui fâche, parlons de ta fille, dit Sébastien soudain plus détendu.

— Pardon ?

— Comment allons-nous l'évacuer si la dépression se transforme en tempête tropicale ?

— Tu trouves certainement scandaleux que je cherche à la faire partir quand tant de personnes ne bénéficient pas de cette option. Tu dois me prendre pour une affreuse privilégiée. Et je suis désolée si…

— Pas de souci, je comprends ce que tu as traversé, l'interrompit-il en posant sa main sur la sienne.

Mais il la retira aussitôt car le serveur arrivait avec leurs consommations. Ils le remercièrent, et l'homme s'éclipsa.

Sébastien but une gorgée de café pour essayer d'effacer les sensations que ce bref contact physique avait suscitées. La peau de Rachel était aussi douce que dans ses souvenirs, et des images de leur longue nuit d'amour défilèrent dans sa tête.

Une nuit d'amour ? De sexe plutôt.

Mais qu'importe le terme ? Une chose était sûre : l'expérience l'avait ébranlé.

Se forçant à revenir à leur conversation, il répondit :

— À ta place, je ferais la même chose. Et puis ce n'est pas uniquement la sécurité de Claire qui est en jeu. Nous allons devoir nous consacrer à 100 % à la gestion de la situation. Sa présence t'en empêcherait. Il faut éliminer toute source de distraction.

Comme les contacts innocents qui entraînaient des réactions beaucoup moins innocentes ?

— C'est aussi le raisonnement que j'ai tenu. Mais n'est-ce pas un moyen de me donner bonne conscience ?

— Écoute, tu as raison de vouloir évacuer ta fille s'il se confirme que le système dépressionnaire se dirige sur

Taurati. Heureusement, les cyclones changent en général de trajectoire avant de trop s'approcher.

— Alors, selon toi, à partir de quand dois-je m'inquiéter ?

— Je te préviendrai suffisamment tôt pour que tu puisses prendre tes dispositions. Et avant que la panique ne gagne la population.

— Merci.

Cette fois, c'est elle qui lui serra les doigts. Et de nouveau, il fut tenté de prolonger le plus longtemps possible ce contact. Hélas, elle se recula presque aussitôt et s'adossa à sa chaise.

— Bien. Alors, par quoi commençons-nous ?

— Dans un premier temps, je propose que nous nous réunissions dans mon bureau pour examiner ce que Laurence et Britan avaient préparé, répondit-il après un instant de réflexion.

— Nous devrions les rencontrer, à ton avis ?

— Ce serait bien. Mais comme la grossesse de Britan ne se passe pas très bien, je préfère les laisser tranquilles. Cela dit, nous aurons peut-être besoin d'informations qui ne se trouvent pas dans les dossiers. Je vais tâter le terrain auprès de Laurence.

— Très bien. Tu as des créneaux de libres dans ton emploi du temps ?

— En fait, je ne travaille pas aujourd'hui en principe. Je suis venu parce que ici je trouve plus facile…

De quoi ? De ne pas penser à Bleu ? D'oublier que des gens continuaient à rire… et à aimer ?

— De m'occuper de la paperasse quand je n'ai pas de patients.

— Et des ouragans ? plaisanta-t-elle, sa tasse devant sa bouche.

Et lorsqu'elle but, à la vue de ses lèvres contre la porcelaine blanche, Sébastien sentit sa bouche s'assécher. Un ouragan d'un genre très différent se déchaîna en lui. Un ouragan qui ne représentait pas une menace lointaine au large, mais un risque très réel de balayer toute prudence.

Il s'efforça de résister à la violence des bourrasques qui le secouaient en espérant que ses mains ne l'entraîneraient pas à avoir des gestes qu'il regretterait.

Comme l'année précédente ? Lorsqu'ils n'avaient pu se rassasier l'un de l'autre ? Oui. Exactement.

Une seule solution : se concentrer là et maintenant sur la mission qu'on leur avait confiée.

— OK. Au boulot !

Rachel avait eu peur d'arriver trop tard pour dire au revoir à Sharon mais, quand elle entra dans la chambre, la fillette était toujours assise sur son lit, avec sa mère à côté d'elle qui la tenait dans ses bras.

L'entretien au café avec Sébastien s'était prolongé plus que strictement nécessaire. C'était Sébastien qui avait finalement pris l'initiative d'y mettre un terme... au bout de deux heures. Il s'était étiré en se levant, et le bas de sa chemise était sorti de sa ceinture, dévoilant un croissant de peau bronzée. Rachel s'était aussitôt sauvée, comme si elle avait eu le diable aux trousses.

— Comment va notre petite Sharon ?

— Plutôt en forme, contrairement à sa mère, s'esclaffa Marie du rire de quelqu'un sur le point de craquer nerveusement.

— Je comprends ce que vous ressentez, vous savez. J'ai eu moi-même très peur pour ma fille il y a quelques années. Et je me demandais si j'allais tenir le coup.

— Votre fille a failli se noyer, elle aussi ?

— Non. Elle a eu un cancer, et j'ai cru un moment qu'elle ne s'en sortirait pas. À tort, heureusement. Elle a douze ans aujourd'hui et se porte comme un charme. Je suis sûre qu'il en ira de même pour Sharon.

— Moi aussi, confirma une voix masculine derrière Rachel, qui se retourna d'un coup.

— Je... je ne savais pas que tu devais passer.

Son regard descendit malgré elle vers la ceinture de

Sébastien à l'endroit que sa chemise avait découvert tout à l'heure, mais plus rien n'était visible.

— Moi non plus, je ne savais pas que tu devais passer, répliqua-t-il dans un petit sourire.

Comme Marie les regardait bizarrement, Rachel s'empressa d'expliquer :

— Nous sortons d'une réunion.

— En tout cas, je suis contente que vous soyez venus. Je peux faire une photo de vous deux avec Sharon ?

« Vous deux »... Comme s'ils étaient ensemble, songea Rachel Mais il était difficile de refuser d'être prise en photo avec lui. Marie se poserait des questions.

— Bien sûr, répondit Sébastien sans hésitation. Avec plaisir. N'est-ce pas, Rachel ?

— Oui.

Marie descendit du lit et sortit son téléphone pendant que Sébastien et Rachel prenaient place chacun d'un côté de Sharon, un bras autour de ses épaules. Rachel frissonna lorsque Sébastien l'effleura. Accidentellement certes, mais l'effet produit fut le même que si le contact avait été délibéré.

Ça ne va pas, la tête ? Ressaisis-toi, ma cocotte !

— Prêts ? Je compte jusqu'à trois.

Par un effort de volonté, Rachel afficha un sourire, probablement sinistre hélas.

— Voilà. Merci.

Rachel s'écarta si brusquement qu'elle perdit l'équilibre et dut se rattraper au lit.

Tu files un mauvais coton, ma vieille.

Pour dissimuler son trouble, elle se tourna vers la gamine.

— Veille sur ta maman, d'accord ? dit-elle dans son français approximatif. Tu lui as fait sacrément peur.

Là-dessus, elle prit rapidement congé pour retourner travailler et surtout pour s'éloigner de Seb avant de se ridiculiser davantage.

Malheureusement, il la suivit.

— J'ai appelé Laurence tout à l'heure. Il est d'accord pour

nous expliquer leur travail, mais il préfère nous rencontrer seul et laisser Britan se reposer.

« *Nous* expliquer… *Nous* rencontrer… »

Sébastien donnait l'impression qu'ils étaient des partenaires…

Ce qui était le cas finalement. Mais sur le plan professionnel uniquement. Elle ne devait rien lire d'autre dans ce « nous ».

— Il t'a donné une heure ?

— Ce soir après le travail. Il ne faut pas perdre de temps. Nous ne savons pas comment la situation va évoluer.

— Le soir, j'ai Claire…

— Je sais. Crois-tu que cela la perturberait de nous entendre parler de cette dépression ?

— Non, je ne pense pas, puisque tout est encore très hypothétique. Nous pourrions commander à manger et faire ça dans ton bureau.

« Faire ça dans son bureau » ! Pourquoi tout ce qu'elle disait donnait lieu à une double interprétation ?

— Je veux dire, nous pourrions tenir la réunion dans ton bureau, s'empressa-t-elle de reformuler.

— J'avais compris, répondit-il avec de nouveau ce petit sourire en coin. Bien. Affaire conclue. J'apporte le dîner. Y a-t-il quelque chose que tu n'aimes pas ?

— Non, je suis partante pour tout.

Encore ! Non, mais franchement pourquoi choisissait-elle aussi mal ses mots ?

Cette fois, Seb laissa descendre son regard vers ses lèvres et s'y attarda. Apparemment, elle n'était pas la seule à voir des sous-entendus partout.

— Je ferai pour le mieux. 19 heures ? Tu auras le temps d'aller chercher Claire et de l'amener ici ?

— Oui. À tout à l'heure, alors.

Leurs chemins se séparèrent enfin, au grand soulagement de Rachel qui avait craint de ne plus pouvoir se contrôler encore très longtemps.

Sébastien regretta d'avoir oublié ce que Rachel avait mangé l'année précédente dans ce restaurant où il avait accepté sans réfléchir de partager sa table avec un autre client. Mais il avait été trop occupé à ne pas se laisser ensorceler par sa beauté, par l'élégance de son cou lorsqu'elle rejetait la tête en arrière en éclatant de rire à quelque bêtise qu'il venait de proférer.

Il arriva dans son bureau avec les sacs de nourriture au moment où Rachel et Claire sortaient de l'ascenseur. Il les fit entrer.

Il regarda le cou de Claire et n'y décela rien d'anormal. *Ouf!*

— Tu m'as l'air en forme, Claire, dit-il.

— Oui, je vais bien. Tu sais que j'adore le prénom Sébastien. Je le trouve agréable à prononcer.

— Merci. Maintenant, si j'apportais ceci sur la terrasse ? proposa-t-il en levant les sacs qui lui encombraient les deux mains.

— J'ai l'impression que nous n'allons pas mourir de faim, observa Rachel.

— J'ai pris un assortiment parce que je ne savais pas ce que vous aimiez, répondit-il dans un haussement d'épaules en commençant à disposer le contenu des sachets sur la table.

Alors qu'il ouvrait le récipient le plus gros, il entendit une exclamation de surprise derrière lui.

— Du *poisson cru* ! Génial !

Un cri de joie de Claire, constata-t-il en se retournant.

— Tu en as déjà mangé ?

— Oui, quelqu'un en a apporté à l'école pour un déjeuner d'anniversaire, un jour. On avait le choix entre ça et des hot-dogs, précisa-t-elle avec une moue dégoûtée sur le dernier mot.

Il la comprenait très bien. Lui-même n'aurait pas hésité une seconde entre les deux.

Présenté dans une demi-noix de coco évidée, le mélange de thon cru, de citron vert, de lait de coco, de tomates et de concombre était le plat national en Polynésie française.

— Tu connais le nom tahitien de cette recette ?

— *Ota* quelque chose, non ? réfléchit Claire.

— Pas loin. *E'ia ota.*

Claire répéta en s'appliquant.

— Nous apprenons un peu de tahitien à l'école, en plus du français. Mais c'est vraiment dur.

— Moi, c'est l'anglais que je trouve difficile, dit Sébastien dont le tahitien était la langue maternelle.

— Tu le parles drôlement bien, pourtant.

— Si tu as des problèmes en tahitien ou en français, je peux t'aider, tu sais. N'hésite pas à me demander. D'accord ?

— Je suis sûre que tu as mieux à faire de ton temps, Seb, s'empressa d'intervenir Rachel. Bien. Toutes ces bonnes odeurs m'ont ouvert l'appétit. On peut se mettre à table, peut-être ?

C'est ce qu'on appelait se faire remettre poliment à sa place ! Rachel lui signifiait clairement qu'elle ne voulait pas qu'il s'immisce dans la vie de sa fille. Et tant mieux qu'elle ait tiré la sonnette d'alarme. Il avait proposé son aide beaucoup trop impulsivement. Il aurait dû réfléchir un peu plus.

Comme avant de coucher avec sa mère.

Il ne devait à aucun prix s'attacher à Rachel ou à sa fille.

— Ne vois aucune agressivité dans mes propos, murmura Rachel à Sébastien tandis qu'elle tendait à chacun une assiette et des couverts. Simplement, je ne veux pas que tu te sentes obligé de t'occuper de Claire. Tu as suffisamment de travail sans en rajouter.

Sébastien sentit ses muscles se relâcher d'un coup. Rachel avait compris qu'il n'essayait pas à toute force de s'immiscer dans leurs vies. Un soulagement car le serment qu'il s'était fait après la mort de Bleu tenait toujours : il ne serait plus jamais père.

Tous trois se servirent, puis Claire resta sur la terrasse tandis que Rachel et Seb se dirigèrent vers la causeuse. Là, plutôt que de s'asseoir à côté de Rachel, Sébastien prit un des deux fauteuils en face d'elle de l'autre côté de la table basse.

— Quoi ? demanda-t-il en voyant l'étrange petit sourire de Rachel.

— Rien. C'est juste que c'est un peu bizarre de travailler ensemble.

— C'est vrai, un peu. Mais il n'y a rien d'insurmontable.

— C'est drôlement bon ! leur parvint la voix de Claire. Et comment as-tu deviné que la mangue est mon fruit préféré ?

— C'est le cas pour tout le monde, je crois, répondit-il en souriant.

La suite du repas se déroula dans un silence paisible, uniquement entrecoupé par les questions de Claire qui voulait connaître la traduction en tahitien de certains mots.

À la fin du repas, Rachel dit à sa fille :

— Va donc faire tes devoirs pendant que je travaille avec Seb, OK ?

— Vous allez rendre visite à des patients ?

— Non, nous devons seulement vérifier que le règlement de l'hôpital est à jour, répondit-elle, préférant esquiver le véritable objet de la réunion.

En effet, elle avait eu beau assurer que cela ne perturberait pas Claire de savoir qu'une dépression tropicale stationnait quelque part au large, elle ne voulait pas que sa fille assiste à leur discussion.

Seb approuvait, mais pour d'autres raisons. Il préférait côtoyer Claire le moins possible de peur que la gamine se mette à voir en lui une figure paternelle. Cela n'aboutirait qu'à une catastrophe affective. Il ignorait tout du père biologique de Claire. Et tant mieux. Moins il en savait, moins il risquait de se laisser aller à commettre quelque bêtise.

S'attacher, par exemple…

Il ne s'était attaché qu'à un seul enfant dans sa vie. Et le prénom de cet enfant était gravé sur son épaule.

Laurence ayant annulé sa venue à la dernière minute, Rachel alluma son ordinateur portable. Dans une fenêtre s'affichèrent les derniers bulletins météo et la trajectoire prévue de la dépression ; dans une autre, le protocole de l'hôpital.

— Bien. Par où commençons-nous ? demanda-t-elle.

— Par le dispositif prévu pour l'évacuation.

Elle fit défiler les différentes mesures de sécurité fixées par l'hôpital et s'arrêta quand elle arriva au document concernant les cyclones. Il avait été mis à jour l'année précédente. Les scénarios, détaillés étape par étape, étaient classés par niveaux de gravité croissants du phénomène. Du bon travail.

— Voici le plan d'évacuation, dit-elle en désignant une zone de l'écran avec son stylo.

Il existait quatre centres médicaux sur l'île. Ils allaient d'un simple dispensaire dédié à la prévention, ouvert seulement une fois par semaine, à l'Hospitalier, le plus gros établissement de santé à Taurati.

C'était donc à l'Hospitalier que revenait essentiellement la responsabilité d'organiser le confinement de toutes les structures de soins et de vérifier qu'elles avaient répertorié les dossiers de leurs patients. Il devait être tenu un compte rigoureux de tous les malades avant et après une tempête.

La tâche était gigantesque, et Seb comprenait que Laurence ait voulu s'en dispenser cette année.

— Voyons les prévisions pour la tempête.

Rachel ouvrit l'autre fenêtre.

— *Et zut !* pesta Seb en français. Elle est en train de se renforcer.

— Oui, je vois.

— Qui est en train de se renforcer ?

Seb et Rachel levèrent la tête d'un coup. Claire se tenait à côté d'eux, un manuel scolaire ouvert à la main. Elle s'approcha de l'écran.

— C'est une tempête tropicale ?

Son livre se ferma avec un claquement, et elle baissa la voix :

— Elle va venir sur Taurati ?

5.

— Ce sont les signes annonciateurs d'une tempête tropicale mais dont personne ne connaît encore la trajectoire ni la force, expliqua Sébastien. Pour le moment, il n'y a pas lieu de s'inquiéter.

Rachel regrettait d'avoir accepté la présence de Claire à la réunion. Le *poisson cru* dont elle s'était délectée une demi-heure plus tôt lui restait à présent sur l'estomac.

Mais sa fille avait connu bien pire qu'une tempête qui s'essoufflerait probablement d'ici une semaine.

— Alors pourquoi vous continuez à lire des articles là-dessus ? C'est pour ça que vous êtes venus ici ?

— Tu trouves qu'un dîner tous les trois n'est pas une raison suffisante pour se réunir dans mon bureau ? répliqua-t-il avec un sourire.

Claire le dévisagea pendant un moment, puis son visage s'éclaira.

— Si, c'était sympa.

Rachel la prit dans ses bras.

— Si cette dépression devient vraiment préoccupante, je te le dirai, OK ? Mamie m'a appelée. Elle viendra te chercher pour te ramener aux États-Unis si l'île doit être touchée de plein fouet.

— Et toi ?

Ce point-là posait davantage problème. Rachel se voyait mal prendre l'avion avant de savoir comment la situation allait évoluer.

— Je devrai rester pour participer aux éventuelles opérations d'évacuation de l'hôpital. Je te rejoindrai après. Je n'aurai pas l'esprit tranquille si je te sais seule à la maison alors que les éléments se déchaînent autour de toi. Cela dit, nous espérons que tout va rentrer dans l'ordre dans les prochains jours.

De moins en moins probable quand la tempête venait de passer de simple perturbation à dépression tropicale…

— Et tu me préviendras avant de demander à mamie de venir me chercher ?

— Oui. Mais pour le moment, il faut que tu nous laisses travailler. Et toi-même, tu n'as sans doute pas terminé tes devoirs, si ?

— Non, mais…

— Mais rien.

Dans un soupir théâtral, Claire regagna sa table de travail.

Sébastien et Rachel passèrent les deux heures suivantes à étudier en détail le dispositif existant sans y trouver de failles. Les malades les plus gravement atteints seraient transportés par les airs à l'abri du cyclone, et les cas moins sévères seraient hébergés par la famille, sur l'île ou ailleurs. Une équipe réduite resterait à l'hôpital pour gérer les séquelles de la tempête et soigner les éventuels blessés.

— Laurence et Britan, ainsi que leurs prédécesseurs, ont fait un sacré bon boulot, observa Sébastien.

— Combien de malades sont hospitalisés actuellement ? demanda Rachel.

— Heureusement, ils sont moins nombreux qu'il y a quelques années. Seule la moitié des lits est occupée, et encore. Mais si les gens commencent à céder à la panique, ils vont se lancer dans des travaux pour préparer l'arrivée du cyclone. Ils vont sortir leurs outils autoportatifs. Alors, bonjour les blessés…

— Houlà !

Rachel avait vu plus que sa part de doigts sectionnés par des scies circulaires.

— Si la tempête est requalifiée en dépression tropicale, nous distribuerons des prospectus dont une partie sera consacrée aux précautions à prendre avec ces machines et à la conduite à tenir en cas d'accident.

— Et tu as une idée du nombre de blessés qui pourraient débarquer ?

— Non. Mais des statistiques doivent exister.

— Claire ! Que fais-tu ? s'écria Rachel en voyant sa fille, qu'elle croyait absorbée dans ses devoirs, tapoter sur son téléphone.

— J'envoie un texto à des copines pour savoir si elles ont entendu la nouvelle.

— Non, Claire ! Surtout pas !

Il ne manquerait plus que Claire déclenche une panique générale !

Par un gros effort de volonté, elle arrêta de crier.

— À combien de gens as-tu envoyé un message ?

— Juste à ma meilleure amie. Elle m'a répondu qu'elle n'était pas au courant.

Comme s'il devinait les craintes de Rachel, Seb posa sa main sur la sienne.

— Ce n'est pas grave, murmura-t-il. Les gens auront déjà appris la nouvelle.

Sa voix rauque… La chaleur de sa peau… Rachel frissonna délicieusement.

— Je suis désolée, maman.

— C'est ma faute. J'aurais dû te dire de ne pas en parler. Mais Sébastien a raison. Tout le monde est vraisemblablement au courant à l'heure qu'il est. Malgré tout, laissons les parents en informer leurs enfants au moment qui leur semblera le plus opportun, d'accord ?

— D'accord. Mais si quelqu'un m'envoie un texto à propos de la tempête, j'ai le droit de dire quelque chose ?

— Pas sur ce que tu entends ici, en tout cas, car nous envisageons des scénarios catastrophes qui ont peu de chances de se produire. Alors, mieux vaut ne pas affoler inutilement la population. Mais tu peux en parler avec tes amies à condition d'en rester à des généralités.

— Leur dire si j'ai peur et des trucs comme ça ?

— Oui, c'est ça.

Sentant Rachel rassérénée, Sébastien lui lâcha la main, et elle prit alors conscience de combien sa présence l'apaisait. Comme son calme et son optimisme lui auraient été utiles pendant la maladie de Claire ! Mais il n'avait pas été là, et elle s'était prouvé à elle-même qu'elle n'avait besoin de personne. Pas même de lui. En fait, elle lui en voulait de s'immiscer dans le monde qu'elle avait construit avec Claire. Un monde exclusivement féminin.

Contrairement à sa mère, Claire n'était ni armée contre les hommes ni désabusée par eux. Il serait donc très facile de la blesser, ce que Sébastien ne chercherait bien sûr pas délibérément à faire. Mais Rachel préférait ne pas prendre le risque que Claire s'attache à lui et soit ensuite ravagée de douleur quand il disparaîtrait des radars sans prévenir, comme son père.

Elle allait donc veiller à ce que ces deux-là se côtoient le moins possible. Quitte à envoyer Claire aux États-Unis plus tôt que prévu. Elle appellerait sa mère dans le Wisconsin ce soir et lui demanderait de se renseigner sur les vols pour Tahiti dans les prochains jours et, si possible, de venir la chercher.

Elle pourrait alors travailler avec Sébastien sans craindre de mettre en danger le cœur de sa fille.

Et le sien, à elle ?

Le sien ne courait aucun risque. Dans la mesure où leur nuit ensemble n'avait pas eu de séquelles, il devrait être à l'abri. Du moins l'espérait-elle.

Et si elle se trompait ?

Dans ce cas, elle devrait trouver un moyen de garder au maximum ses distances avec Sébastien. Ou bien se résigner à prendre une décision plus radicale.

Les brochures furent imprimées le lendemain. Sébastien s'apprêtait à les distribuer dans les différents services. Mais, se rappelant au préalable qu'il n'avait pas inclus Rachel dans l'opération, il lui envoya un texto pour lui demander de passer dans son bureau.

Étonnamment, le repas avec Rachel et Claire l'avait libéré, ce qui l'avait surpris et alarmé à la fois, et c'était tout naturellement – peut-être trop ? – qu'au lieu de laisser Rachel s'en occuper il avait pris sur lui pour dissiper les angoisses de la petite par une plaisanterie. Comme un père l'aurait fait ?

N'importe quoi ! Pourtant, tout au fond de lui, il ne pouvait s'empêcher de se poser la question. Il avait agi comme n'importe quel ami de la famille l'aurait fait, arguait-il. Seulement voilà, il n'était pas l'ami de Rachel, malgré la nuit qu'il avait passée avec elle.

On frappa à la porte, et il se crispa. Il savait qui était là sans même lever la tête.

— Entrez !

Rachel s'approcha du bureau et, avant qu'il n'ait le temps de dire quoi que ce soit, elle prit une brochure et l'examina.

— Tout va bien ? demanda-t-il.

— Non, pas vraiment.

— Claire ? s'alarma-t-il.

— Non. Toi. C'est quoi, ça ?

— Nos brochures, répondit-il sans comprendre. C'est pour te les montrer que je t'ai envoyé un SMS.

— Je croyais que nous étions censés y travailler ensemble.

Elle avait parlé avec une douceur… menaçante.

— C'est bien ce que nous avons fait.

— Ah oui ? rétorqua-t-elle, sourcils levés. Je ne me rappelle pas avoir participé à leur mise en pages.

— C'est vrai. J'aurais dû t'attendre. Mais nous nous étions mis d'accord sur le contenu et tu avais prévenu que tu ne pouvais pas rester en dehors de tes heures de service. Moi… personne ne m'attend à la maison.

Zut ! pesta-t-il intérieurement en français. Quelle excuse pathétique ! Pourtant, c'était la vérité.

Le visage de Rachel s'adoucit.

— Excuse-moi. Tu as raison. Et ces brochures sont très bien. Simplement, je ne veux pas que tu te croies obligé de tout prendre sur tes épaules. Ce n'est pas parce que j'ai un enfant et toi non que je ne peux pas assumer la même quantité de travail que toi.

« Ce n'est pas parce que j'ai un enfant et toi non… »

Il reçut les mots de Rachel comme un coup de poignard.

Que ne donnerait-il pour être à sa place ! Pour s'inquiéter des angoisses qu'un cyclone susciterait chez son fils ! Pour blaguer avec lui et l'envoyer continuer ses devoirs afin de faire diversion !

Si seulement Rachel se rendait compte de la chance qu'elle avait !

En fait, elle s'en rendait certainement compte.

Il voulut rétablir la vérité et se ravisa en se rappelant la réaction des coiffeurs quand il parlait de Bleu.

Il ne voulait ni de la pitié de Rachel ni de sa compassion. De toute façon, ce n'était pas le sujet. Elle était contrariée qu'il ait pris une initiative sans la consulter. Et elle avait raison.

— Excuse-moi, Rachel. Je n'aurais pas dû les imprimer sans te les avoir montrées d'abord. Merci pour la leçon.

— Je ne cherchais pas à te faire la leçon, répliqua-t-elle en allant s'asseoir dans un des fauteuils devant le bureau. Pas vraiment. C'est au sujet des brochures que tu souhaitais me voir ?

— Oui. Tu veux en lire une en entier ?

— Je te fais confiance. De surcroît… vu la piètre qualité de mon français, *dixit* Claire, j'aurais du mal à te donner un avis utile.

— Ton français n'est pas si mauvais que ça d'après ce que j'ai entendu.

— On fait mieux comme compliment, plaisanta-t-elle. Mais peu importe. Il y a autre chose dont je veux absolument te parler.

— Ah oui ?

— J'ai appelé ma mère hier soir pour qu'elle regarde les

horaires des vols. Juste au cas où la situation s'envenimerait. Apparemment, elle a trouvé des billets bon marché et les a achetés. Sans m'en parler.

— Encore quelqu'un qui prend une décision sans te demander ton avis. Je comprends que tu sois énervée. Je suis désolé, Rachel. Sincèrement désolé.

— Ce n'est pas grave. Simplement, tous ces événements me mettent à cran.

— C'est normal. Quand ta mère arrive-t-elle ?

— Demain matin.

— Eh bien ! Elle n'a pas perdu de temps ! C'est peut-être mieux, après tout.

— Elle n'a pas encore réservé le vol du retour. Elle va rester ici avec Claire quelques jours et aviser en fonction de l'évolution de la situation. Si la tempête s'éloigne, elle aura passé du temps avec sa petite-fille.

— Ça me paraît un bon plan.

— De cette façon, tu pourras me réveiller au milieu de la nuit en cas de besoin, ajouta-t-elle avec un sourire.

Comme lors de cette fameuse soirée dans la paillote, se remémora Sébastien. Rachel avait été si douce, si sexy avec ses cheveux étalés sur l'oreiller… Il s'était levé en pleine nuit pour partir et s'en était révélé incapable. Il s'était donc recouché et avait réveillé Rachel. Et quand elle avait ouvert ses grands yeux marron…

— Euh… pardon. Tu peux répéter, s'il te plaît ?

— Je te demandais si le nombre de blessés avait augmenté, parce que sur Internet je suis tombée sur des tutos qui expliquaient comment consolider les maisons au cas où l'île serait touchée.

— Non, pas encore. Mais ça ne saurait tarder. Claire est à l'école aujourd'hui ?

— Oui. J'ai prévenu sa professeure qu'elle allait probablement partir dans le Wisconsin voir sa grand-mère. Elle va lui préparer du travail à emporter. Personne ne semble particulièrement inquiet pour le moment.

La peur se manifesterait plus tard. C'était très différent d'être frappé par un ouragan dans un pays très étendu comme les États-Unis, où on pouvait se réfugier dans une région épargnée, et sur une île comme Taurati qui offrait peu d'échappatoires. Ceux qui, par chance, avaient de la famille ailleurs pouvaient partir. Les autres n'avaient guère d'autre choix que de faire le dos rond et de toucher du bois.

— Et toi, quand pars-tu ? demanda Sébastien.

— Pas avant que nous ayons terminé ce qu'il y a à faire à l'hôpital.

Sans qu'il sache pourquoi, l'idée ne plaisait pas à Sébastien.

— Et s'il est trop tard pour évacuer d'ici là ?

— Chaque chose en son temps, répondit-elle dans un haussement d'épaules.

— Tu as une fille à prendre en compte, quand même.

— Je sais. Mais je ne peux pas abandonner mes malades ou laisser l'hôpital en sous-effectif.

— Une équipe de traumatologie demandée aux urgences, annonça le haut-parleur. Je répète, une équipe de traumatologie demandée aux urgences.

— Quand as-tu vu ces tutos ? demanda Seb avec une grimace.

— Ce matin. Alors, ça ne peut pas...

— On ne sait jamais. Je vais voir si je peux donner un coup de main.

— Moi aussi.

— OK. Allons-y !

Parvenus au rez-de-chaussée, ils débarquèrent dans une scène d'apocalypse. Plusieurs ambulances étaient stationnées devant l'entrée, et une mare de sang s'agrandissait au pied d'une civière sur laquelle un homme était étendu, la tête bandée.

— Qu'est-ce qui s'est passé ? demanda Seb au premier urgentiste qu'il croisa.

— Un groupe d'amis voulaient abattre un arbre planté trop près de la maison à leur goût. Une tronçonneuse, des cordes, de longues branches qui se balancent… Vous imaginez la suite. Plusieurs fractures et la tronçonneuse qui heurte la tête d'un homme. Il est en vie, mais…

Sébastien croisa le regard de Rachel avant de se jeter dans la mêlée pour aider le premier blessé qu'il trouva.

La bataille avait commencé.

Rachel se trouva affectée dans un des blocs opératoires pour aider à stabiliser une fracture ouverte. Une adolescente avait voulu dévier avec son bras une énorme branche qui tombait sur elle. La manœuvre avait fonctionné : la branche avait évité sa tête. En revanche, elle lui avait cassé le bras en deux, avec une telle force que l'os avait percé la peau.

La victime était à peine plus vieille que Claire.

Aucun parent ne s'attendait jamais au pire pour son enfant, songea Rachel. Tous pensaient que sa vie se déroulerait paisiblement. Et pourtant…

Elle ne faisait pas exception à la règle, elle qui n'avait pas imaginé que le père de Claire les abandonnerait. Ou que Claire serait atteinte d'un cancer quelques années plus tard. Rien n'était jamais garanti dans la vie. Même son histoire avec Seb, qui n'aurait dû être qu'une brève aventure de quelques heures vite oubliée, s'était compliquée.

L'orthopédiste qui avait pris en charge l'adolescente – Monica – tira Rachel de ses réflexions en lui demandant de maintenir le membre en traction le temps qu'il réduise la fracture. C'était la troisième tentative. Heureusement, Monica était sous anesthésie générale. Mais des traces de larmes étaient encore visibles sur son visage. Elle avait dû souffrir le martyre pendant son transfert jusqu'à l'hôpital et pendant le tri aux urgences.

En outre, son père était grièvement blessé à la tête, et son frère avait une clavicule cassée. Que de malheurs pour une seule famille ! La mère se rongeait les sangs dans la salle d'attente après avoir vu son mari et ses deux enfants emmenés sur une civière, chacun dans des directions différentes.

— C'est bon, je crois que ça y est cette fois, annonça l'orthopédiste. Relâchez progressivement la traction pour voir si l'os reste bien en place.

Tout le monde retint sa respiration…

— Parfait ! Maintenant, il faut radiographier le bras et croiser les doigts pour que le sang ait continué à circuler dans l'os.

Sinon, la portion d'os non irriguée se nécroserait et la fracture ne pourrait pas se calcifier, ce qui nécessiterait une greffe osseuse.

Comme l'avait espéré le chirurgien, la radiographie montra que les deux parties de l'os s'emboîtaient normalement et tenaient pour le moment.

— Quand j'aurai aseptisé la zone une nouvelle fois, nous poserons un plâtre provisoire. Je veux une nouvelle radiographie avant de la plâtrer définitivement, demain. J'espère qu'il ne sera pas nécessaire de poser des broches.

On rinça méticuleusement le bras de Monica et on lui administra des antidouleurs par intraveineuse avant de la réveiller.

Il y eut quelques minutes de suspense avant qu'elle ne bouge enfin la tête et essaye d'ouvrir les paupières.

— Tu m'entends, Monica ? demanda le chirurgien en se penchant au-dessus d'elle.

Elle hocha lentement la tête tout en cherchant des yeux le visage du médecin. Rachel sentit alors ses muscles tendus à bloc jusque-là se relâcher d'un coup et elle fit tourner ses épaules pour en évacuer les dernières tensions.

Son téléphone vibra. Si Claire avait un problème, elle rappellerait tout de suite, selon le code dont elles avaient convenu.

Rachel attendit en retenant son souffle, mais le téléphone demeura silencieux. Elle patienterait donc, le temps que Monica soit emmenée en salle de réveil, pour regarder qui essayait de la joindre. Elle se rendrait ensuite aux urgences pour proposer ses services.

Et pour voir si elle apercevait Seb dont elle avait perdu la trace dans la confusion générale ?

Non, voyons ! Elle voulait seulement savoir si elle pouvait être utile !

— Bien. Tout laisse à penser que tu vas retrouver l'usage normal de ton bras, dit le chirurgien à Monica. Nous allons te garder cette nuit pour te donner des antibiotiques en perfusion. Et demain, nouveau plâtre et maison !

Le regard de Monica était encore vague, mais elle sembla comprendre ce que lui disait le médecin car elle hocha de nouveau la tête.

— Merci à tout le monde, conclut le chirurgien à l'adresse de ses assistants. Beau travail.

Rachel entreprit alors de retirer son masque et ses gants. Elle voulait appeler sa mère qui devait atterrir à l'aéroport international de Tahiti et, de là, prendre un petit avion pour Taurati. Mais elle n'avait pas encore réservé de place sur celui-là. Or il deviendrait de plus en plus difficile de trouver un vol avec la tempête qui se renforçait. Elle décida donc de prendre le temps d'acheter un billet aller et deux billets retour entre Tahiti et Taurati si on n'avait plus besoin d'elle aux urgences.

— Je ne vous avais jamais vue au bloc, l'arrêta le chirurgien avec un sourire.

Elle n'avait jamais parlé au Dr Chauvre auparavant car, malgré la taille relativement réduite de l'hôpital, les contacts entre les différents services étaient très limités.

— C'est normal, je ne suis pas infirmière de bloc. Je travaille en pédiatrie. Simplement, on manquait de bras ici.

— Eh bien ! Vous m'avez impressionné. Puis-je espérer vous attirer vers le côté obscur… je veux dire en orthopédie ?

Son sourire révéla des dents blanches bien alignées et une fossette sur la joue droite.

— Ce ne sont pas des paroles en l'air, insista-t-il. Je suis sérieux.

Jamais un médecin n'avait essayé de la débaucher ! Elle était vraiment flattée. Si elle acceptait, elle verrait désormais Seb aussi souvent qu'elle avait vu le Dr Chauvre jusque-là, c'est-à-dire presque jamais. N'était-ce pas ce qu'elle souhaitait ?

Mais elle se plaisait en pédiatrie, une spécialité qu'elle avait choisie après le cancer de Claire.

— À quel point obscur ? plaisanta-t-elle avec un sourire forcé. Laissez-moi y réfléchir. Je ne suis même pas certaine que l'hôpital autoriserait ce transfert.

— Oh si ! Pas de problème.

Avait-il l'oreille de l'administration ?

— Ah ! très bien. Je vais étudier votre proposition et je reviendrai vers vous si je décide d'y donner suite.

— Parfait. Si vous êtes intéressée, montez au quatrième étage et nous en discuterons.

— Entendu. Encore merci.

Elle fila, rouge de plaisir. Il était indiscutablement gratifiant d'être désirée.

Non que la pédiatrie ne veuille pas d'elle. Mais elle n'avait pas été très à l'aise ces deux derniers jours. En fait, depuis que Neves l'avait embarquée sur le même bateau que Sébastien.

Seb semblait beaucoup moins gêné qu'elle. À moins qu'il ne soit bon comédien ?

En fait, peut-être serait-il soulagé qu'elle quitte la pédiatrie. Une pensée qui la fit un peu descendre de son nuage. L'offre du Dr Chauvre la séduisait-elle parce que Sébastien ne semblait pas être attiré par elle ?

Quel imbroglio ! Elle s'était juré de ne pas s'engager avec un homme avant que Claire ne soit adulte et n'ait quitté le nid. Elle voulait que sa fille profite pleinement de son enfance sans être obligée de trouver sa place dans une relation amoureuse qu'entretiendrait sa mère. Pourquoi les six années qui restaient jusqu'à la majorité de Claire lui paraissaient-elles soudain très longues ? Que lui arrivait-il ?

Elle devait profiter à fond de sa fille. Impossible si elle se souciait en permanence de Sébastien Deslaurier.

Elle ne demanderait pourtant pas sa mutation, du moins tant que la menace du cyclone persisterait. Elle attendrait donc la fin de l'alerte pour réfléchir sérieusement à l'avenir.

6.

— Comment s'appelle le Dr Chauvre ? Son prénom, je veux dire.

— Pardon ?

Le retour de Rachel aux urgences avait pris Seb par surprise. Il avait en effet supposé qu'elle était repartie en pédiatrie après avoir donné un coup de main.

Lui-même avait soigné la fracture à la jambe du garçonnet et avait aidé à la prise en charge du père blessé à la tête par une tronçonneuse. Le drame avait été évité de justesse : la lame avait ricoché sur le crâne suffisamment violemment pour y faire un trou, mais heureusement sans toucher le cerveau. Demeurait cependant la possibilité d'un hématome sous la boîte crânienne. L'homme n'était donc pas encore hors de danger.

Rachel esquivait obstinément le regard de Sébastien.

— Je l'ai assisté au bloc et je viens de m'apercevoir que je ne connais pas son prénom.

— Il s'appelle Philippe.

Drôle de question, quand même, songea Sébastien. Sans compter qu'elle continuait à fuir son regard.

— Comment ça s'est passé au bloc ?

— Bien. Nous avons réussi à réduire la fracture du bras de Monica, et elle est réveillée à présent. On lui mettra un plâtre définitif demain si aucun problème ne survient d'ici là.

— Bonne nouvelle.

— Et les autres victimes ? Elles vont comment ?

— Plutôt bien. Même le père est stabilisé pour le moment. Au total, cette famille a eu de la chance.

— C'est drôle comme la notion de chance est relative, observa Rachel en levant enfin les yeux vers lui.

Elle avait raison. Lui-même n'avait-il pas jugé que, malgré le cancer dont Claire avait été atteinte, Rachel avait de la chance d'avoir encore sa fille ?

Et Rachel pensait probablement la même chose des parents dont l'enfant souffrait d'une maladie ou d'une blessure sans gravité.

— C'est vrai.

Puis, changeant de sujet, il demanda :

— Ta mère t'a donné des détails sur son arrivée ?

— Mince ! Mon téléphone a vibré pendant l'opération, et ensuite le Dr Chauvre a voulu me voir. Du coup, j'ai complètement oublié de la rappeler.

Le Dr Chauvre avait voulu voir Rachel ?

— Ah non ! C'est Claire qui m'a laissé un message, dit-elle après avoir consulté son téléphone. Excuse-moi, je dois la joindre.

Sébastien voulut partir, par discrétion, mais décida de rester. Rachel était certainement venue pour discuter avec lui.

— Bonjour, ma chérie. Tout va bien ?

Un silence… Puis il la vit avec soulagement expirer lentement l'air qu'elle avait retenu.

— Ah bon ? Et à quelle heure arrive-t-elle à Taurati ?

Rachel écouta la réponse sans rien dire pendant au moins une minute.

— Comme je te l'ai expliqué hier, c'était l'idée de mamie. Je ne lui ai pas demandé de venir te chercher aussi tôt. Même si la tempête ne présente pas de danger immédiat et n'en présentera peut-être jamais d'ailleurs, dans la mesure où mamie vient te chercher, autant aller passer quelques jours de vacances chez elle. Tu lui as manqué, tu sais.

Seb vit les yeux de Rachel se tourner brusquement vers lui.

— Euh… non. Je ne connais pas l'emploi du temps de Sébastien, ma chérie.

Pourquoi Claire voudrait-elle connaître son emploi du temps ? s'interrogea-t-il.

— D'accord, soupira Rachel. Je vais lui demander. Mais je ne te promets rien.

— Me demander quoi ?

Avec un regard de biche prise dans la lumière des phares d'une voiture, elle posa la main sur le micro de son téléphone.

— Elle voudrait passer te voir à l'hôpital demain avec ma mère, avant de quitter l'île.

Le cœur de Sébastien se serra.

— Pas de souci ! Dis-moi seulement à quelle heure et, si je ne suis pas appelé sur une urgence, je la rencontrerai avec plaisir.

Rachel lui adressa un sourire du bout des lèvres et articula silencieusement un « merci ».

— Il essayera de se libérer. Nous verrons l'heure avec mamie, ce soir, d'accord ? J'apporte à manger.

Nouveau silence avant que Rachel ne réponde :

— Je suis sûre qu'il a d'autres plans pour ce soir. À tout à l'heure. Désolée, dit-elle en raccrochant. Je croyais qu'il y avait un problème urgent, sinon je ne t'aurais pas imposé ça.

Imposé quoi ? Sa partie de la conversation ? Ou la demande de Claire de passer le voir ? S'il ne s'était pas trouvé là par hasard, elle ne la lui aurait probablement jamais transmise.

Aucune importance. Il s'étonnait d'ailleurs d'avoir accepté avec autant d'empressement la requête de Claire. C'était bien sûr en partie, mais en partie seulement, pour ne pas avoir de regrets au cas où les éléments obligeraient Rachel et Claire à quitter l'île à jamais.

Son cœur se serra un peu plus à cette pensée.

De toute évidence, Claire avait voulu l'inviter à dîner chez elles, et Rachel s'était empressée d'y mettre le holà. Et à juste titre. S'immiscer entre Rachel, Claire et sa grand-mère alors qu'elles se feraient leurs adieux ? Hors de question. Il était difficile de quitter les gens lorsqu'on n'était pas sûr de les revoir un jour.

Peut-être était-ce parce qu'ils ne s'étaient jamais vraiment dit au revoir avec Layla et ses parents que ces derniers continuaient à lui envoyer une carte à Noël. Layla était partie de la maison sans le prévenir qu'elle ne reviendrait pas, et de son côté il n'avait pas cherché à reprendre contact avec elle. Depuis, leur histoire inachevée planait au-dessus d'eux, un peu comme la tempête.

Le moment était sans doute venu d'écrire à Layla et à ses parents pour couper les derniers fils qui les reliaient et leur souhaiter bonne chance. Bleu avait été le seul lien entre eux. Un lien tellement ténu à présent qu'il romprait d'un coup si on tirait un tant soit peu dessus.

— Aucun problème, Rach. Tu n'as pas à t'excuser de quoi que ce soit.

Elle cligna des yeux et fixa le bout de ses chaussures pendant un instant.

— Je… euh… merci, c'est gentil. Et si tu préfères que Claire ne passe pas, je comprendrai. Ne te sens surtout pas obligé de la voir si tu n'en as pas envie.

— Mais j'en ai envie ! Je sais trop ce que c'est de ne pas terminer une histoire.

Elle le considéra un instant, tête inclinée sur le côté, avant de soupirer.

— Oui. Moi aussi. Quels sont tes horaires demain ?

— Je commence à 8 heures et je serai là toute la journée. Elles peuvent venir quand elles veulent.

— Parfait.

Ce n'était pas parfait pour lui, mais il ne le lui avouerait certainement pas. Il allait plutôt s'atteler à clore des chapitres de sa vie. À commencer par celui concernant Claire et Rachel, même si celui-là avait à peine été ouvert.

Son portable vibra. Il y jeta un coup d'œil et jura tout bas.

— Qu'est-ce qu'il y a ?

Il s'approcha de Rachel en tenant son téléphone de façon à leur permettre à tous deux de lire le message d'alerte qui défilait à l'écran, avant de se rappeler que, vu son niveau de français, Rachel ne pouvait pas comprendre. Il lui résuma donc la situation.

— La tempête a forci plus vite que prévu. Il faut déclencher le dispositif d'évacuation.

— Elle se trouve à quelle distance ?

— Elle se dirige toujours vers nous, mais sa trajectoire s'est un peu infléchie vers le nord. Il est encore impossible de savoir avec certitude quelle terre elle touchera en premier. Quelque part dans les îles Sous-le-Vent semble le plus probable cependant.

Ce qui serait une bonne nouvelle pour Taurati, mais une beaucoup moins bonne pour certaines des îles à l'ouest.

Quand les cheveux de Rachel effleurèrent accidentellement le menton de Sébastien alors qu'elle se penchait pour regarder de plus près l'image sur le téléphone, un parfum de noix de coco et de vanille le submergea. Il avala sa salive et s'efforça de demeurer concentré.

— Alors, que faisons-nous ? demanda Rachel.

— J'ai cru comprendre que vous dîniez toutes les trois chez toi. Crois-tu que Claire et ta mère pourraient venir ici plutôt ? Il n'est pas impossible que nous devions travailler toute la nuit. Si tu ne peux pas…

— Pour cette nuit, ma mère gardera Claire. Et je l'appelle pour lui dire de venir manger ici.

— Préviens-la aussi qu'il est possible qu'elle doive ramener Claire aux États-Unis en catastrophe.

Elle se mordit la lèvre et s'écarta.

— Entendu.

Rachel attendait à l'hôpital l'arrivée de sa mère, Marion, et de Claire. Elle était anormalement nerveuse. Pour une raison qu'elle ne s'expliquait pas vraiment, elle n'avait pas envie que Marion rencontre Sébastien. Peut-être était-ce à cause de la tension créée par la tempête. Peut-être aussi parce qu'elle préférait que Sébastien en sache le moins possible sur elle, surtout depuis que Claire insistait pour rester en contact avec lui. Et comment aurait-elle pu l'en dissuader quand Sébastien avait réussi à la rassurer aussi bien quand elle était malade que lorsqu'elle avait compris qu'un cyclone se préparait ?

Rachel, qui avait l'habitude de ne s'appuyer sur personne en dehors de ses parents, avait apprécié de laisser la main. Trop apprécié en fait, car il serait tellement facile de s'y accoutumer ! Or Sébastien sortirait nécessairement de leur vie un jour ou l'autre.

Elle devait donc veiller à ce que sa fille ne se berce pas d'illusions. Elle-même devait se rappeler que Sébastien était un collègue de travail, rien de plus. Et qu'il ne serait jamais rien de plus.

Sébastien, parti chercher de quoi manger dans un restaurant de plats à emporter, revint avant l'arrivée de Claire et de Marion avec deux gros sacs de victuailles.

— Il y en a pour un régiment, on dirait ! s'exclama Rachel.

— Non. J'ai juste décidé de prendre des spécialités américaines. Du poulet frit…

— Claire va adorer, sourit Rachel. Merci.

— Ils n'avaient plus de salade de pommes de terre, malheureusement.

— Ce n'est pas grave. Elle n'en raffole pas, de toute façon. Et la nourriture tahitienne lui plaît beaucoup.

Elle entendit alors une voix familière dans le couloir, et presque aussitôt Claire, suivie de sa grand-mère, apparut et se précipita pour l'embrasser.

— D'après mamie, nous partons demain et tu ne nous accompagnes pas. Pourquoi ?

— J'ai pensé que ce n'était pas mon rôle de lui expliquer, s'excusa Marion.

— Il n'y a pas de problème. De toute façon, elle est au courant de ce qui se passe en gros.

Tout en parlant, Rachel remarqua le large sourire avec lequel Sébastien accueillit Claire et le visage radieux de cette dernière en retour. Contrairement à la dentition parfaitement alignée du Dr Chauvre, celle de Sébastien l'était un peu moins : sa canine gauche était plantée un peu de travers. Une petite imperfection qui le rendait unique et ajoutait à son charme. Un charme assez irrésistible…

— Ta maman, je suppose ? demanda Sébastien, interrompant le cours de ses pensées.

Décidément, cet homme lui brouillait tellement l'esprit qu'elle en oubliait ses bonnes manières !

— Oui, pardon. Je te présente Marion Palmer. Maman, voici le Dr Deslaurier. Je prépare l'hôpital à l'arrivée du cyclone avec lui.

— Oui, c'est ce que tu m'as dit au téléphone. Enchantée, ajouta-t-elle en serrant la main de Sébastien et en le regardant droit dans les yeux. J'espère que vous la convaincrez de quitter l'île si cela s'avère nécessaire.

— Maman ! la rappela à l'ordre Rachel plus sèchement qu'elle ne l'aurait voulu. J'obéirai aux instructions.

Si Sébastien avait été surpris par la requête de Mme Palmer, il n'en montra rien.

— Votre fille a la tête sur les épaules. Je lui fais confiance pour prendre la bonne décision.

Vraiment ? Cela voulait-il dire que, si elle optait pour l'orthopédie, il la soutiendrait ? Mais ce n'était pas le sujet dans l'immédiat.

— Pourquoi devons-nous partir, alors ? attaqua soudain Claire en se tournant vers sa mère.

— La tempête a forci et se déplace de plus en plus vite, répondit cette dernière en choisissant ses mots avec précaution. Il semble qu'elle pourrait frapper les petites îles à l'ouest d'ici, mais nous ne savons pas encore lesquelles car elle a déjà changé plusieurs fois de trajectoire. Nous espérons qu'elle ne touchera pas les zones habitées. Quoi qu'il en soit, je ne veux pas avoir à m'inquiéter pour toi. Je vais devoir dès aujourd'hui travailler toute la nuit.

— Je comprends. Mais vous allez rester ensemble tous les deux, hein ?

— Quoi ?

— J'ai peur que tu te trouves coincée quelque part toute seule et que…

Les yeux de Claire s'étaient embués de larmes, et elle n'acheva pas sa phrase.

— Ne t'inquiète pas, je veillerai sur ta maman, intervint Sébastien de cette voix grave et rauque qui donnait immanquablement des frissons à Rachel.

Depuis combien de temps n'avait-elle pas entendu quelqu'un faire une pareille promesse ? Habituellement, c'était elle qui prenait en charge la sécurité des autres, parce que l'expérience lui avait appris que personne ne le ferait à sa place. Roy l'avait laissée quasiment tout assumer seule et, lorsqu'il avait compris que la présence d'un bébé allait changer sa vie, il n'avait plus levé le petit doigt. Rachel s'était alors juré de ne plus jamais compter sur personne.

Quel bonheur pourtant de savoir qu'elle n'était pas seule !

Elle dut avaler sa salive plusieurs fois et calmer les battements de son cœur. Pour dissimuler son émotion, elle serra sa fille dans ses bras.

— Nous veillerons tous les uns sur les autres, réussit-elle enfin à dire. Alors, essaye de ne pas t'inquiéter, d'accord ?

Elle ne voulait pas rejeter ouvertement l'offre de Sébastien, mais jugeait trop dangereux d'y donner suite. Pour Claire. Car ce soutien ne durerait pas éternellement. Mieux valait donc ne pas en bénéficier du tout que d'en être brutalement privée. Elle devait se donner les moyens de se sauver par elle-même plutôt que d'attendre que quelqu'un vienne à son secours. Ne serait-ce que psychologiquement.

Lorsqu'elle osa jeter un coup d'œil à l'homme à côté d'elle, elle vit qu'il fronçait les sourcils. Mais il changea de sujet.

— Nous ferions bien de manger avant de nous remettre au travail.

— On peut dîner sur la plage ? demanda Claire en s'écartant de sa mère. Je n'y suis pas allée depuis un moment.

Le visage de Seb se détendit.

— J'allais le proposer ! J'ai une couverture dans mon placard. Nous pourrons nous asseoir dessus.

Bonne idée ! songea Rachel. La brise marine lui éclaircirait les idées.

Elle prit un des sacs, Claire l'autre et Sébastien la couverture. C'était la deuxième fois qu'ils dîneraient ensemble. Presque comme s'ils formaient…

Arrête ! Nous ne formons pas une famille.

Ils quittèrent l'hôpital et empruntèrent la promenade en planches. Dans le ciel, aucun signe du cyclone qui menaçait de mettre à mal le cadre idyllique de l'île.

— C'est magnifique, dit Mme Palmer.

Oui, c'était très beau, et Rachel se promit de ne jamais prendre cette beauté pour acquise. Ni de prendre la vie pour acquise.

— On se plaît bien ici, n'est-ce pas, ma puce ? dit-elle en entourant les épaules de sa fille de son bras.

— Oh oui ! J'aimerais bien que mamie et papy viennent vivre ici avec nous.

— Tu ne convaincras jamais papy de quitter le Wisconsin ! s'esclaffa Rachel.

Elle imaginait mal son père, qui avait grandi sur l'exploitation où ils habitaient actuellement, lézarder sur la plage en maillot de bain !

— Où veux-tu t'installer ? demanda-t-elle à Seb.

— Un peu plus loin. Entre ici et les cabines sur pilotis là-bas.

Heureusement, il n'avait pas proposé de manger à l'intérieur de l'une d'elles ! Parce qu'il y ferait chaud à cette heure-là, mais surtout parce qu'elle n'aurait pu empêcher son esprit de s'égarer vers une autre cabine, plus luxueuse, qui avait abrité des ébats très sensuels.

Quand ils arrivèrent à l'endroit choisi, Sébastien étendit la couverture sur le sable et y disposa le dîner.

— Oh ! s'exclama Claire en se servant. Je n'ai pas mangé de poulet frit depuis que nous avons quitté le Wisconsin.

— Bon choix ! dit en souriant Rachel à Seb.

Pendant le repas, Sébastien les divertit avec des anecdotes de son enfance. Claire était suspendue à ses lèvres, comme envoûtée par chacun de ses mots. Rachel aussi, d'ailleurs. Elle ignorait qu'il avait été un casse-cou, lui qui paraissait si posé à présent. Peut-être parce qu'il avait vécu une enfance normale, une enfance heureuse.

Mais elle se rappela les rumeurs qui circulaient sur un drame qu'il aurait vécu. Durant sa jeunesse ? Plus récemment ?

Il n'avait pas parlé de son adolescence ou de ses années de jeune adulte. Oubli délibéré ou simple hasard ?

Un léger mouvement au bord de l'eau attira son attention. Elle se crispa.

— Il y a quelque chose là-bas. Sur la droite, à vingt ou trente mètres.

Seb scruta l'endroit indiqué par Rachel et finit par repérer une forme qui se traînait sur le sable en s'appuyant sur des nageoires. Une tortue de mer qui venait pondre ! Sébastien signala au petit groupe de ne faire aucun bruit.

Tous les quatre restèrent donc assis en silence sur le sable chaud et observèrent la majestueuse créature qui, obéissant à son instinct, remontait pas à pas la plage, à l'instar de ses ancêtres depuis la nuit des temps.

Sébastien nota mentalement de marquer le lieu de ponte afin que l'un des groupes de protection de la faune de l'île vienne le baliser… en espérant que le cyclone tropical Koji ne les en empêcherait pas ou ne détruirait pas le nid.

Petit à petit, la tortue progressait vers son but. Il se dégageait de la scène une atmosphère quasiment sacrée, et un lien se tissait inévitablement entre les observateurs.

La tortue les dépassa et continua encore quelques mètres avant de s'arrêter, sans un regard pour les êtres humains à proximité.

Après être restée là pendant plusieurs minutes dans une immobilité totale, vraisemblablement pour récupérer, elle se mit à creuser le sable avec ses nageoires, avec une efficacité surprenante pour une créature qui s'aventurait rarement sur la terre. Sébastien n'osait pas bouger de peur de la déranger.

Après ce qui parut une éternité, elle s'arrêta : elle commençait à pondre.

Tout le monde se taisait devant ce miracle. Claire posa la tête sur l'épaule de Rachel qui prit la main de Marion.

Une onde de jalousie parcourut Sébastien. Non par romantisme mais parce qu'il avait l'impression de ne pas être inclus dans une expérience d'une profonde intimité, dont il prenait seulement maintenant conscience qu'elle lui manquait.

La tortue venait de lui apprendre qu'on n'accédait au beau qu'après beaucoup d'efforts.

Beau comme une famille ? Celle qu'il s'était juré de ne plus jamais fonder ?

Ce n'est pas le moment pour ce genre de questions, alors que tu es fatigué et que tu dois affronter une situation qui pourrait semer la mort.

La tortue ne semblait pas se soucier du danger qui planait. Ni du sort qui serait réservé à sa progéniture. Seul comptait ce qu'elle maîtrisait : trouver l'endroit le plus sûr pour y déposer ses œufs. Quant à ce qu'elle ne pouvait maîtriser ?

Eh bien, elle s'en remettait au destin.

Le même destin qui essayait de lui transmettre un message à lui ?

Il n'en avait pas la moindre idée. Il savait en revanche qu'il n'était pas une tortue. Il ne pouvait pas se fier uniquement à l'instinct pour agir sans se soucier de ce qui adviendrait.

Il réfléchirait à la leçon que lui avait donnée la tortue plus tard. En attendant, il allait vivre une vie de famille par procuration.

Comme devinant le cours de ses pensées, une voix à côté de lui murmura à son oreille :

— Elle est tellement belle !

Rachel avait raison. Et la tortue n'était pas la seule à l'être.

Il se pencha involontairement vers Rachel et dut se retenir de toutes ses forces pour ne pas la toucher.

— Oui, très belle, Rach.

Elle lui adressa alors un sourire qui le transperça de bonheur. Comme il serait facile de s'autoriser à croire qu'il avait sa place dans ce cercle ! Que le sourire de Rachel contenait un message ! Que cette famille était la sienne !

Le temps sembla s'immobiliser et, pour une fois, Sébastien ne s'en plaignit pas.

Puis la tortue se remit à brasser du sable pour en recouvrir ses œufs, cette fois. Petit à petit. Coup de nageoire après coup de nageoire. Une fois sa besogne achevée, elle reprit laborieusement le chemin de l'eau, chaque pas représentant un effort herculéen. Mais elle ne se posait pas de questions. Pour elle, le jeu semblait en valoir la chandelle.

Une pensée chatouilla Sébastien dans un coin de son cerveau. Il la chassa pour reporter son attention sur la tortue qui atteignit bientôt le bas de la plage où, emportée par les vagues, elle disparut.

Le plus discrètement possible pour ne pas déranger ses compagnons, Sébastien sortit son téléphone et prit quelques photos de l'endroit à l'intention des protecteurs de l'environnement.

— Je n'arrive pas à croire que nous avons assisté à cet événement, chuchota Rachel.

— Moi non plus. C'est une première pour moi.

— C'est vrai ? s'étonna Claire. Tu es d'ici, pourtant.

— Oui, mais il est très difficile de prévoir le moment précis où une ponte aura lieu. En tout cas, je suis content que notre présence ne l'ait pas gênée.

S'apercevant qu'il était toujours penché contre Rachel, il se redressa avec vivacité et vit que Mme Palmer, le regard apparemment perdu vers l'océan, souriait. D'un sourire qui n'avait rien à voir avec la tortue, jugea-t-il.

Avec quoi alors ? Le fait qu'il avait été quasiment collé contre sa fille ?

Auquel cas, il devait rester vigilant. Il ne voulait pas donner de fausses idées à la maman de Rachel. Ou, pire, donner de fausses idées à Rachel.

Vigilance donc à partir de maintenant. Dans son propre intérêt et dans l'intérêt de tout le monde.

Le jour de dire au revoir à Sébastien était venu pour Claire.

Rachel et Seb avaient travaillé toute la nuit pour réserver des lits à leurs malades les plus graves. La tâche n'avait pas été aisée. Taurati n'était pas la seule île à avoir déclenché l'alerte cyclone, et un climat de tension et d'incertitude prédominait. L'Hospitalier avait accepté d'accueillir des malades de Bora-Bora, entre autres îles, si la tempête changeait une nouvelle fois sa course et épargnait Taurati.

Rachel, à présent relativement confiante sur l'état de préparation de l'hôpital, était rentrée chez elle dormir un peu avant le départ de sa mère et de Claire. Si la perspective d'être séparée de sa fille l'attristait profondément, elle était également émue par l'esprit de camaraderie qui avait régné entre Seb et elle tout au long de la nuit, probablement dû à la fatigue et à la scène magique sur la plage, la veille. Peu importe la cause, elle devait oublier son trouble rapidement !

Elle déposa sa mère et Claire devant l'entrée de l'hôpital et alla se garer. Puis elle les rejoignit, et bras dessus bras dessous toutes trois entrèrent dans l'établissement. Claire était vêtue d'un gros chandail et d'un pantalon long, une tenue ridicule ici mais indispensable pour affronter l'hiver du Wisconsin à la descente de l'avion le lendemain. Avec un peu de chance, songea Rachel, d'ici là la tempête se serait calmée et tout aurait repris son cours normal.

Normal comme lorsque Sébastien l'avait appelée « Rach » ? Certes, elle-même ne lui donnait que du « Seb », mais comme tout le monde. Son petit nom à elle évoquait une intimité à laquelle elle n'était plus habituée.

Et elle n'était pas sûre de vouloir reprendre cette habitude. Son ex l'avait appelée « Rach ». Aussi trouvait-elle bizarre de l'entendre dans la bouche d'un autre homme, même si la voix de Sébastien possédait une certaine magie, inconnue dans celle de Roy.

Elle aperçut Seb qui venait à leur rencontre dans le hall. Elle en fut surprise et troublée, car elle avait pensé qu'il les attendrait dans son bureau. Elle ne s'était donc pas préparée à le revoir aussi vite.

D'un geste à la fois impatient et sensuel, il rejeta une mèche de cheveux qui lui barrait le front. Sa chemise blanche faisait ressortir son bronzage et la musculature de son cou. Rachel fut prise de vertiges en imaginant le tissu glisser sur l'épaule de Seb et dévoiler le tatouage de la tortue de mer…

Ce n'est pas le moment, Rachel !

— Tu n'étais pas obligé de descendre pour nous accueillir, dit-elle.

— Ah ! mais cela me fait plaisir.

Puis, tournant la tête vers Claire, il ajouta :

— Alors, Claire, tu tiens le coup ?

— Je croyais que le cyclone ne devait pas arriver ici, répondit-elle d'une voix sur le point de se briser. Vous aviez dit tous les deux qu'il se dirigerait ailleurs.

Avait-elle raison d'envoyer Claire aux États-Unis ? s'interrogea Rachel devant ses yeux rougis par les larmes.

Oui, sans l'ombre d'une hésitation. Elle n'avait pas terminé son travail avec Sébastien et elle préférait avoir l'esprit libre en sachant Claire hors de danger.

— Je sais, et il peut encore se dérouter, dit Sébastien. Mais nous ne pouvons pas rester là les bras ballants à dépendre de ses caprices.

Le respect que Rachel ressentait déjà pour Sébastien ne fit que croître et embellir quand elle l'entendit expliquer la situation à Claire plutôt que de la rassurer à tout prix.

— Je comprends bien, mais je n'ai pas envie de partir.

— Ta mère et ta grand-mère veulent s'assurer que tu sois en lieu sûr, entourée par les gens que tu aimes. Et puis nous allons être très occupés pendant les jours à venir.

Claire croisa les bras sur sa poitrine. Visiblement, son départ ne lui semblait toujours pas justifié.

— Mais ici aussi il y a des gens que j'aime.

Rachel faillit s'étrangler. Pour Claire, Sébastien semblait faire partie de ce cercle de gens qu'elle aimait. Pour la plus grande fierté de sa mère, elle avait toujours eu un grand cœur débordant de compassion et d'empathie. Mais Rachel craignait qu'un jour sa fille n'y laisse entrer quelqu'un qui la blesserait. Roy n'était pas resté assez longtemps pour que son départ la traumatise. Aux quelques questions qu'elle avait posées sur lui depuis, Rachel avait répondu aussi honnêtement que possible, expliquant qu'ils avaient été très jeunes tous les deux et que Roy n'avait pas été prêt à se consacrer pleinement à sa fille. Mais elle avait passé sous silence son refus catégorique de la paternité. Un jour ou l'autre cependant, Claire voudrait probablement en savoir davantage sur lui, voire le retrouver. Que se passerait-il si Roy la rejetait ? Pendant combien de temps encore Rachel pourrait-elle la protéger d'une situation qui ne répondrait pas nécessairement à ses attentes ?

Elle ne le pouvait pas. En revanche, elle pouvait essayer de l'empêcher de trop s'attacher à Sébastien.

— Je sais bien, ma chérie. Mais tu ne pars pas définitivement. Tu reviendras dès que la menace aura disparu.

Quelle menace ? Celle que représentait Sébastien ?

Arrête, Rachel ! Ne confonds pas tout !

— Ce n'est pas un kidnapping, ma chérie, plaisanta Marion en embrassant sa petite-fille. Tu m'as manqué, tu sais. Viens passer une semaine à la maison, et ensuite je te ramènerai moi-même. Tu t'es toujours bien amusée chez nous. Papy serait très triste si je revenais sans toi.

— Vous aussi, vous m'avez manqué. C'est simplement que ça va faire bizarre d'être si loin de maman et… euh… de mes amis.

— Tu as un téléphone. Tu pourras l'appeler tous les jours. Tu verras, la semaine va passer à toute allure.

Claire regarda de nouveau Seb.

— Tu vas veiller sur maman ? S'il te plaît ?

— Je suis une grande fille, Claire, s'empressa d'intervenir Rachel, horrifiée à l'idée que sa fille puisse penser qu'elle avait besoin qu'on veille sur elle. Je peux me prendre en charge. Sébastien a sa propre famille dont il doit s'occuper.

Pure supposition. Elle ignorait même si les parents de Seb étaient toujours de ce monde.

Elle vit la mâchoire de Seb se crisper. Sans doute en réaction à la requête de Claire. Mais en dehors de cela, il ne montra aucun signe d'irritation.

— Nous allons travailler ensemble tous les jours. Alors, si je vois quelque chose d'anormal, je t'appelle, d'accord ?

Rachel tourna la tête vers lui avec vivacité.

« Ne pousse pas le bouchon trop loin », sembla-t-elle lui dire du regard.

— Tu veux bien ? répondit Claire.

— Rien ne va arriver à ta maman, Claire, assura Marion. Bien ! Allons-y, ma chérie. C'est l'heure.

— OK, dit Claire en serrant très fort sa mère dans ses bras. Tu me manques déjà.

Retenant ses larmes, Rachel répondit :

— Tu vas me manquer encore plus. Sois sage.

— Je t'appelle quand on arrive à Tahiti.

— Ça marche.

Elle embrassa sa fille sur le sommet du crâne et la libéra enfin.

À sa surprise, elle la vit alors aller enlacer Seb à son tour. Ce dernier hésita une seconde avant de lui rendre son étreinte. Par-dessus la tête de la petite, il croisa le regard de Rachel avec une expression étrange qui ressemblait à… de la tristesse. Une boule se forma dans la gorge de Rachel qu'elle ne parvint pas à déloger malgré tous ses efforts.

— Sois sage, répéta Seb en s'écartant. On se voit dans une semaine.

Il avait parlé comme un père. Le père que Claire n'avait jamais eu. Comme il serait facile de le laisser jouer ce rôle !

Et s'exposer à un désastre pour toutes les parties concernées ? Non merci.

Mais pourquoi une réaction aussi excessive alors qu'il n'avait rien dit de mal, que n'importe quel ami aurait pu prononcer les mêmes mots sans qu'elle en fasse une montagne ?

Probablement parce qu'elle avait couché avec cet homme.

Mais aussi parce que sa fille partait à des milliers de kilomètres d'elle.

Cela dit, elle ne regrettait pas d'avoir émigré à Taurati. Ici, si les relations avec Sébastien devenaient ingérables ou si elle s'éprenait de lui, elle pourrait tout bonnement déménager. Avec Roy, le fait qu'ils avaient tous les deux habité dans la même ville du Wisconsin où ils étaient nés avait compliqué les choses. Quelques mois s'étaient écoulés avant que Roy ne parte enfin dans une ville plus importante un peu plus au nord.

Était cependant demeurée la crainte qu'il décide de revenir dans sa ville natale. Qu'il décide de revendiquer des droits sur Claire ou de nouer une relation avec elle… et que Claire accepte.

Bien qu'improbable dans l'état actuel des choses, cette possibilité angoissait Rachel. À la majorité de Claire, elle n'aurait plus son mot à dire sur la question. Pour le moment, elle devait protéger Claire au mieux.

Et plus seulement contre son père biologique. Elle prenait de plus en plus conscience que Claire aspirait à ce dont elle avait été privée bébé : deux parents qui s'aimaient comme dans les contes de fées.

Rachel ne voulait pas être celle qui briserait son rêve.

Sébastien rompit le silence.

— J'ai quelque chose pour toi dans mon bureau, Claire. Tu as le temps de monter ?

— Une minute, pas plus, prévint Mme Palmer devant le regard suppliant de sa petite-fille.

Sébastien n'avait parlé de rien à Rachel dont la nervosité augmenta à chaque étage dans l'ascenseur.

Seb fit entrer les trois femmes dans son bureau, puis alla

ouvrir un tiroir de sa table de travail. Il en sortit un petit objet en plastique.

— C'est une tortue marine, pour t'aider à ne pas oublier Taurati, dit-il avec un accent français plus prononcé qu'habituellement.

— Merci ! Exactement comme celle que nous avons vue sur la plage ! J'ai toujours aimé les tortues marines.

— Comme m…

Sébastien laissa sa phrase en suspens pendant quelques secondes avant de la terminer :

— Comme moi.

— Je vais la mettre dans mon porte-monnaie. Je te la rendrai à mon retour.

— Non, elle est pour toi.

— Tu es sûr ?

— Oui, répondit-il en souriant.

— Merci. Je l'adore. Je la poserai sur une étagère dans ma chambre.

Les craintes de Rachel montèrent encore d'un cran. Heureusement, il ne lui avait pas offert un objet de valeur. Il s'agissait probablement d'un colifichet oublié par un patient, et il l'avait donné à Claire pour la consoler.

Pour couper court à toute éventuelle effusion, Rachel intervint.

— Il faut y aller, les filles, maintenant. Appelez-moi à chacune de vos escales, d'accord ?

— Ne t'inquiète pas, nous n'y manquerons pas, répondit Marion en l'embrassant avant de serrer la main de Seb. Merci. Pour tout. Je comprends pourquoi vous êtes pédiatre. Vous savez vous y prendre avec les enfants.

— C'est grâce à la formation que j'ai reçue.

De nouveau, quelque chose dans sa voix interpella Rachel. Comme lorsqu'il l'avait regardée pendant qu'il serrait Claire dans ses bras.

— Je n'y crois pas une seule seconde, répliqua Marion.

Rachel non plus n'y croyait pas. Elle l'avait vu avec ses petits malades. Il était doux, psychologue et savait les apaiser.

— Je vous accompagne dehors, dit-elle.

— Non, répondit Marion. Il vaut mieux que nous nous quittions ici. Nous te téléphonerons quand nous aurons atterri, alors ne t'en fais pas. Et prends soin de toi.

Rachel embrassa une dernière fois sa fille et sa mère, et les regarda sortir. Elle resta là un long moment avant de s'apercevoir que ses joues ruisselaient de larmes.

Une main saisit la sienne et lui serra les doigts.

— Tout va bien se passer, Rach, je te le promets.

Des mots qui déclenchèrent une déferlante d'émotions en elle. Elle fit volte-face.

— Tu n'en sais rien. Alors, ne fais pas des promesses que tu ne peux pas tenir.

Il la scruta un long moment avant de répondre :

— Tu as raison. Excuse-moi. C'est idiot, surtout de ma part. Je sais en effet d'expérience que les vœux même les plus fervents ne sont pas toujours exaucés.

7.

Qu'est-ce qui t'a pris de lui promettre que tout irait bien ?

Peu importe. Il était trop tard pour revenir en arrière. Et de toute façon, il ne devait rien regretter car il avait seulement cherché à soulager l'angoisse qu'il avait lue sur le visage de Rachel.

Et quand elle s'était tournée si brutalement vers lui, elle ne lui avait pas lâché la main. Elle l'avait même étreinte avec une force farouche, comme si elle avait eu besoin de se raccrocher à quelque chose, y compris à une fausse promesse. Pourtant, elle, au moins, ne se séparait pas de sa fille à jamais.

— Tu as dit que tu savais d'expérience. C'est-à-dire ?

Il pourrait prétendre qu'il pensait à l'un de ses patients. Mais, sans se l'expliquer, il avait l'impression que Rachel ne se comporterait pas comme tous ces coiffeurs sans visage qui, de gêne, changeaient immédiatement de sujet de conversation en entendant la réponse.

— J'ai eu un fils. Il est mort.

Un silence s'abattit, pendant lequel elle le scruta, se donnant ainsi le temps de digérer la nouvelle.

— Oh ! mon Dieu ! J'aurais dû deviner.

Ses doigts se resserrèrent encore autour de ceux de Sébastien, et elle inclina la tête.

— Cette tortue de mer. C'est comme celle sur ton épaule. Elle n'appartenait pas à un de tes malades, n'est-ce pas ?

— Non.

— Oh ! Seb ! Je suis désolée. Je ne savais pas.

Et soudain, une moue navrée déforma ses lèvres.

— Je me rappelle t'avoir lancé que seuls les gens qui ont

des enfants peuvent comprendre combien on s'inquiète pour eux. Mais toi, tu comprenais justement.

Il se souvenait de ce moment avec une netteté douloureuse.

— Ce n'est pas ta faute. Je parle rarement de lui.

Un nouveau silence s'installa, que Rachel finit par briser.

— Tu peux m'expliquer ce qui s'est passé ? Tu n'es pas obligé. Je comprendrais parfaitement que tu ne veuilles pas.

Il avait toujours refusé. Jusqu'à maintenant. Aujourd'hui, c'était Rachel qui le lui demandait. Rachel qui avait craint pour la vie de sa fille. Alors, si quelqu'un pouvait comprendre, c'était elle.

— Il est mort d'une tumeur maligne au cerveau à l'âge de un an.

Un millier d'émotions se succédèrent dans les yeux de Rachel. Et il avait vu juste. Elle savait très exactement ce qu'on ressentait quand on entendait la phrase terrible : « Votre enfant a un cancer. »

Elle s'approcha d'un pas de Sébastien.

— Raconte-moi.

Et il s'exécuta. Il lui expliqua comment son bébé avait cessé de le regarder. Comment il avait cessé de progresser et même régressé. Comment il était devenu de plus en plus difficile à consoler. Et enfin l'IRM qui avait asséné le dernier coup.

Ce récit fut à la fois terrible et cathartique pour Sébastien. Il parla jusqu'à avoir épuisé tous les mots qu'il retenait depuis des années.

— Je n'aurais jamais deviné. Tu as toujours paru si… optimiste. Même à propos de cette tempête.

— Quelle autre solution avais-je ? Me laisser déborder par le chagrin et n'aider personne ? Mais crois-moi, pas un jour ne passe sans que je pense à lui.

— Oh ! Seb !

Elle lui prit l'autre main.

— Comment s'appelait-il ?

— Bleu Zacharie Deslaurier.

— Bleu… Mais évidemment ! dit-elle dans un souffle,

avec une révérence qui surprit Sébastien. Je me rappelle avoir suivi les lettres avec mon doigt cette nuit, dans la paillote.

Sébastien sentit son ventre se nouer.

— Moi aussi, je m'en souviens.

Il se rappelait qu'en dessinant lettre après lettre avec son index le prénom de son fils elle avait créé la même intimité que si elle l'avait prononcé tout haut. Un moment hypnotique. Et tellement érotique !

Ce jour-là, comme aujourd'hui.

— Je suis vraiment contente que tu m'aies raconté.

Et c'était vrai. Il le lisait sur son visage.

Impulsivement, il repoussa les deux mains de Rachel dans le creux de ses reins et s'approcha d'un pas. Elle renversa la tête en arrière pour le regarder, et ce fut la perte de Sébastien. Ni surprise ni rejet dans les yeux de Rachel. Seulement une chaleur qui l'attira vers elle jusqu'à ce que leurs deux corps se touchent. Alors lentement, très lentement, il baissa la tête vers elle, et leurs bouches se réunirent.

Un contact d'une douceur paradisiaque.

En un instant, son cerveau se vida pour ne laisser place qu'à ce qu'il ressentait. Physiquement bien sûr, mais pas seulement. Un lien émotionnel plus fort que ce qu'il avait jamais connu, même avec Layla, venait de se tisser entre eux.

D'un geste tendre, il l'attira encore un peu plus près de lui, et elle émit contre sa bouche un son, moitié gémissement moitié ronronnement, qui déclencha un torrent de feu dans les veines de Sébastien.

Les lèvres de Rachel s'ouvrirent, et il se sentit presque aspiré. Comme par son regard tout à l'heure. Il plongea la langue dans sa bouche, et la chaleur humide qui l'accueillit annihila toute pensée. Il la désirait, comme il n'avait jamais désiré une femme auparavant.

Comme la dernière fois lorsqu'ils…

Zut !

Il lui avait promis que tout se passerait bien. Alors, il devait s'arrêter car ils n'étaient pas les seuls à prendre en compte. Elle avait une fille qu'il ne voulait pas entraîner dans leur histoire.

Il lâcha les mains de Rachel et recula. D'un pas. Puis d'un autre. Leurs lèvres mirent une seconde à se séparer et, quand elles le firent, il le regretta aussitôt.

Elle porta la main à sa bouche. Elle paraissait totalement perdue. Davantage encore que lorsqu'elle avait dit au revoir à sa mère et à sa fille. Sébastien serra les poings contre ses cuisses pour s'empêcher de la prendre dans ses bras.

— Rach…

— Non, le stoppa-t-elle en se dirigeant lentement vers la porte. Ne dis rien. Je dois y aller. J'ai du travail. Je suis déjà en retard. Terriblement en retard.

Là-dessus elle fila, et il resta là, les yeux rivés sur la porte, en se demandant s'il ne venait pas de commettre l'acte le plus égoïste de sa vie en noyant son chagrin dans ce baiser. Sur le coup, il avait en effet totalement oublié et le cyclone et l'angoisse de Rachel qui venait de se séparer de son unique fille.

À moins que ce ne soit justement ce qui l'avait poussé à l'embrasser ? Parce qu'il savait exactement ce que cela représentait d'envoyer son enfant dans l'inconnu. Il savait exactement quel crève-cœur c'était de lui dire au revoir et quel sentiment d'impuissance on éprouvait. Mais quelle que soit la raison de son geste de folie, il devait mettre les choses au clair et tourner la page.

Plus facile à dire qu'à faire…

Rachel semblait avoir oublié ce que dormir voulait dire. Allongée à plat dos sur son lit dans son appartement vide, elle regardait le plafond, encore sidérée par l'attitude de Sébastien. Elle avait vraiment cru qu'il l'entraînerait sur son canapé et effacerait par des baisers les angoisses qui la rongeaient.

Des angoisses qui n'auraient été effacées que temporairement avant de reprendre de plus belle. Alors finalement, il lui avait rendu service en n'allant pas plus loin.

Elle n'aurait su dire exactement comment ce baiser avait commencé. Simplement, lorsqu'elle avait compris qu'il avait offert à Claire la tortue de son fils, le jouet qui avait dû servir de modèle à son tatouage, quelque chose avait craqué en elle, et elle lui aurait alors tout donné. Absolument tout ! Jusqu'à son cœur, peut-être.

Elle avait évité la catastrophe de justesse. Elle devait absolument reprendre ses esprits. Ce cadeau était un geste impulsif qui ne signifiait rien de particulier. Nul doute qu'il gardait chez lui un tas de jouets et de souvenirs.

Il n'empêche que le seul qui soit gravé sur son corps était une tortue marine.

Elle ne lui avait posé aucune question sur la mère de Bleu. Elle n'y avait pas pensé. Mais elle était certaine que, si cette femme faisait encore partie de sa vie, jamais il ne se serait laissé aller à en embrasser une autre. Comment le savait-elle ? Mystère, mais elle le savait.

Avec une certitude qui lui procura à la fois soulagement et tristesse.

Car qui avait tenu Seb dans ses bras pendant les moments douloureux, qui continuaient manifestement d'ailleurs à le faire souffrir ? La pensée de Sébastien seul chez lui avec le sourire de son bébé dans la tête…

Elle roula sur le côté en martelant son oreiller de coups de poing avant de consulter son réveil. 2 heures du matin. Génial !

Comment allait-elle accueillir Sébastien quand elle le verrait à l'hôpital aujourd'hui ? Qu'allait-elle lui dire ?

Au moins Claire était-elle en sécurité. Elle était arrivée sans encombre à Tahiti avec sa grand-mère et allait embarquer pour un vol de nuit de onze heures jusque dans le Wisconsin, durant lequel elle pourrait dormir.

Elle ferait bien d'essayer elle aussi si elle voulait pouvoir travailler correctement le lendemain, se dit Rachel.

— Eureka, trouve-moi des bruits de forêt tropicale, ordonna-t-elle à son assistant virtuel.

D'habitude, elle aimait s'endormir au son de la pluie

et du tonnerre. Mais ce soir, elle préférait ne pas narguer Koji – comme avait été baptisé le cyclone – qui, d'après la météo, allait se renforcer encore pendant la nuit.

Elle allait devoir se concentrer sur son travail. Des vies dépendaient d'elle. Elle ne pouvait se permettre de s'écouter et de s'apitoyer sur son sort. Elle aurait le temps après.

Sur cette dernière pensée, elle se força à fermer les yeux et pria pour que le sommeil la gagne enfin, sans rêves du baiser de tout à l'heure. Ou de quoi que ce soit d'autre impliquant Sébastien.

Elle se réveilla en sursaut et resta un instant dans le noir. Elle venait de rêver qu'elle courait de toutes ses forces, non pas pour fuir mais pour rejoindre Sébastien qu'elle avait vu au loin. Elle allait le toucher quand…

Quand quoi ?

Le bruit se produisit de nouveau, et elle comprit alors qu'il venait de son téléphone. Il était 5 heures du matin. Ce devait être Claire !

Elle se redressa d'un coup et attrapa son portable. C'était Seb et non Claire comme elle l'avait craint.

Il voulait sans aucun doute la dispenser de venir travailler aujourd'hui. Non, cela ne lui ressemblait pas. Quoi qu'il se soit passé entre eux, il demeurerait professionnel.

— Allô ? dit-elle d'une voix pâteuse.

— Désolé de t'appeler aussi tôt, mais j'ai reçu des informations sur le cyclone et ça ne se présente pas bien.

— Il va frapper Taurati ?

— Apparemment, non. C'est Mauhali qui va essuyer le plus gros. D'ici deux heures.

Elle cligna des yeux pour essayer de s'éclaircir les idées.

— Il s'est dérouté vers le nord, poursuivait Sébastien. Mauhali est une des îles les plus pauvres de l'archipel. La population y est concentrée dans les terres basses, et les services de santé sont très insuffisants pour faire face à une catastrophe de cette ampleur.

— Je m'habille et j'arrive.
— Merci. Et Rachel, je…
— Quoi ?
— Rien. À tout de suite.

Seb était à bout de forces.

Plusieurs personnes l'avaient déjà appelé de Mauhali pour s'informer du dispositif prévu. Comme s'il en avait la moindre idée ! Avec Rachel, ils avaient envisagé la possibilité d'accueillir des patients à Taurati avant l'arrivée du cyclone. Mais personne n'avait imaginé que Mauhali serait touchée de plein fouet, et il était trop tard pour procéder à des évacuations en raison des vents violents qui avaient déjà commencé à souffler. L'œil du cyclone devait se situer entre Taurati et Mauhali.

Et zut !

C'était à contrecœur qu'il avait appelé Rachel à la rescousse. Pas uniquement à cause de leur baiser mais parce qu'il soupçonnait que le départ de sa fille lui avait occasionné une insomnie. Mais après tout, s'était-il raisonné, ce n'était plus qu'une affaire de quelques jours. Il fallait tenir jusqu'à ce que Koji s'en aille, et chacun repartirait de son côté et reprendrait son poste habituel.

Y était-il prêt ?

Pas sûr. D'ailleurs, la véritable question était probablement de savoir si cela améliorerait la situation.

La réponse était malheureusement affirmative, malgré la sérénité qu'il avait éprouvée après avoir raconté à Rachel les circonstances de la mort de Bleu. Comme s'il avait enfin été capable de faire son deuil. Aussi étrange que cela puisse paraître, au départ le baiser était né de son immense soulagement d'avoir enfin réussi à partager avec quelqu'un ce qu'il avait enduré durant la maladie et à la mort de Bleu. Il en avait été incapable avec Layla, alors qu'ils étaient censés devenir mari et femme. Un mariage, il est vrai, davantage induit par la grossesse de Layla que par l'amour. Il le comprenait aujourd'hui. Cela dit, si Bleu avait vécu, lui, Sébastien, aurait tout mis en œuvre pour que leur couple réussisse.

Il se leva, s'étira, puis décida d'aller chercher un café avant l'arrivée de Rachel.

Près de l'ascenseur, il s'arrêta net. Rachel était en grande conversation avec Philippe Chauvre qui, un grand sourire aux lèvres, lui avait posé une main sur le bras. Elle lui rendait son sourire. Seb se crispa.

Philippe était-il en train de la draguer ?

Et alors ? Cela ne le regardait pas.

Mon œil !

Quand, en tournant la tête, Rachel le découvrit, elle cessa de sourire et le regarda d'un air coupable.

Il approcha, salua Philippe d'un signe de tête et se tourna vers Rachel.

— Je vais prendre un café. Je te rapporte quelque chose ?

— Je… J'ai croisé Philippe par hasard en me rendant à ton bureau.

Pourquoi éprouvait-elle le besoin de se justifier ? Il connaissait suffisamment Philippe pour savoir qu'il était quasiment impossible de le croiser sans s'arrêter pour bavarder avec lui.

Sébastien devait se rendre à l'évidence : cette complicité naissante entre Rachel et l'orthopédiste lui déplaisait. Mais pourquoi ? Rachel était une belle femme. Pourquoi aurait-il été le seul à le remarquer ?

En tout cas, il ne les interromprait pas. Il irait chercher son café et les laisserait terminer leur conversation en paix.

Et si Philippe essayait de sortir avec elle ?

Encore une fois, cela ne le regardait pas.

— J'ai été pris la main dans le sac ! lui lança l'orthopédiste en souriant.

— Pardon ?

— Je suis venu ici pour te voler Rachel.

Rachel avait-elle insinué qu'il s'intéressait à elle ?

Ce qui n'était évidemment pas le cas, quoi qu'ait pu laisser penser son baiser. Il avait simplement cédé à une impulsion stupide.

Rachel prit une inspiration exagérément lente avant de préciser :

— Il veut dire me voler à la pédiatrie.

Ah ! nom d'un chien ! Son imagination allait lui faire perdre la raison, pesta intérieurement Sébastien. Rachel n'avait bien évidemment aucune raison de raconter ce qui s'était passé la veille entre elle et lui.

— Un poste vient de se libérer dans mon service et…

Sébastien ne voulait pas en apprendre davantage.

— Écoute, Philippe, il y a un cyclone qui arrive. Le reste peut attendre, non ?

— Oui, bien sûr.

Rachel envisageait-elle sérieusement de changer de spécialité ? Et alors ? Ne venait-il pas de se féliciter à l'idée que leur collaboration s'arrêterait bientôt ? Cette mutation comblerait donc ses vœux.

Peut-être, mais elle ne lui plaisait pas. Pas plus que la façon de faire de Philippe. Lui, Sébastien, n'avait jamais essayé de « voler » quiconque à un autre chef de service.

Il décida d'en rester là. Pour le moment du moins. Le cyclone primait réellement sur les magouilles.

— Alors, un café ? demanda-t-il à Rachel avec un sourire forcé.

— Compris, dit Philippe. Je retourne dans mes quartiers. Réfléchissez-y, quand même, d'accord ? ajouta-t-il en posant une nouvelle fois sa main sur le bras de Rachel.

Rachel n'eut pas le temps de répondre. Philippe avait déjà tourné les talons et disparu dans l'ascenseur.

— Tu ne te plais pas en pédiatrie ?

— Si, beaucoup. Mais le Dr Chauvre m'avait parlé de cette possibilité de transfert lorsque je l'ai aidé au bloc lors de l'accident de tronçonneuse. Et puis, nous nous sommes rencontrés par hasard dans l'ascenseur tout à l'heure. Il n'est pas venu me chercher.

Philippe était connu pour son esprit de compétition. Il proclamait partout que son équipe était la meilleure. Normal donc qu'ayant remarqué les qualités de Rachel il essaye de la recruter.

Allait-elle réfléchir à la proposition et l'accepter ?

Trop fier pour lui poser la question, il décida plutôt de revenir à la charge sur la précédente :

— Tu prends ton café noir si je me souviens bien ?

— Oui. Quelle mémoire ! J'en ai vraiment besoin. J'ai sauté dans mes vêtements. Et j'ai accouru ici sans prendre le temps d'avaler quoi que ce soit.

Elle s'était habillée en toute hâte ? Pourtant ses cheveux étaient sagement retenus par une pince, et toute trace de désordre avait disparu. Il n'en était pas allé de même après leur nuit d'amour l'année précédente. Ses cheveux avaient été alors si joliment – et érotiquement – ébouriffés qu'il avait eu toutes les peines du monde à partir.

— Je vais te chercher un expresso. Va dans mon bureau, je reviens tout de suite.

— Parfait. Merci.

Tandis qu'elle faisait les cent pas dans le bureau de Sébastien en attendant son retour, Rachel réfléchit à son rêve de la nuit, celui que Seb avait interrompu au moment où elle tendait le bras pour lui attraper la main.

Son subconscient cherchait-il à la mettre en garde, en suggérant par exemple que ce après quoi elle courait risquait d'avoir des répercussions fâcheuses pour Claire et pour elle-même ?

Et à travers la proposition de Philippe, le destin lui soufflait-il de tout arrêter avec Sébastien avant d'être empêtrée dans une situation dans laquelle elle perdrait son cœur ?

Peut-être, mais elle n'accepterait pas ce poste pour fuir.

Elle l'accepterait uniquement si elle estimait qu'elle pourrait y faire reconnaître ses compétences et y trouverait des gratifications.

Sébastien revint avant qu'elle n'ait le temps d'approfondir la question. Il portait deux cafés, l'un dans un gobelet en carton, l'autre dans une tasse en porcelaine.

— Tu aurais pu aussi me servir le mien dans un gobelet jetable, observa-t-elle, la tête inclinée sur le côté.

— Il me semble t'avoir entendue dire que tu n'aimais pas le goût que le carton donne aux boissons.

Il se rappelait ce détail ? Un délicieux frisson de gratitude la parcourut, et elle se souvint alors de son rêve.

Attention ! Danger !

— C'est gentil, mais j'ai bu des litres de café dans des gobelets en carton et je n'en suis pas morte, lui répondit-elle avec un sourire en prenant la tasse qu'il lui tendait. En outre, je m'étonne qu'ils t'aient laissé sortir leur vaisselle de la cafétéria.

— Philippe n'est pas le seul à pouvoir se montrer persuasif, répondit-il avec une petite moue ironique.

Elle décida de ne pas mordre à l'hameçon et dit simplement :

— Merci pour le café, en tout cas.

— De rien. Prête à te mettre au travail ?

Elle opina de la tête, et il afficha alors une carte sur l'écran de son ordinateur.

— C'est l'état actuel de la situation.

Elle examina le triangle rouge qui sortait en éventail du cyclone. Koji s'était déjà dangereusement rapproché des côtes, et les vents soufflaient à 160 km par heure.

— La situation a sacrément évolué depuis que je suis allée me coucher hier soir.

— Effectivement. Neves veut d'ailleurs nous voir pour discuter de la façon d'exploiter au mieux notre travail au profit des autres îles. Apparemment, l'œil du cyclone va passer sur Mauhali et, à sa périphérie, sur Bora-Bora, avant de reprendre le large.

Les yeux rivés sur l'écran, il poursuivit :

— Bora-Bora possède de bonnes infrastructures. Mauhali, non. Elle est connue pour ses exportations de mangues. Les ouvriers agricoles sont vraisemblablement en train de se dépêcher de cueillir le maximum de fruits avant que la tempête n'anéantisse la récolte. Ils ont donc dû refuser d'être évacués.

— Et le nombre d'habitants ?

— Autour d'un millier.

— Ce qui fait beaucoup de patients potentiels.

— Oui. Un autre problème est que l'héliport ne se trouve pas à proximité du dispensaire à cause du relief de l'île.

— Nous sommes donc devant une tâche qui pourrait très bien se révéler…

— Impossible. Sauf si nous parvenons à coordonner les opérations d'évacuation sanitaire par air entre les îles et à planifier les atterrissages. D'après Neves, Mauhali demande que l'Hospitalier envoie une équipe dès que les vents faibliront un peu. Il faut donc mettre ça sur pied aussi.

Elle remarqua alors les cernes sous les yeux de Sébastien. De toute évidence, elle n'était pas la seule à avoir mal dormi.

— Quand Neves veut-il nous voir ?

— Le plus tôt possible. Je vais vérifier qu'il est arrivé.

Sébastien prit son téléphone et tapa le numéro du directeur.

— Bonjour. Tu es à l'hôpital ? Oui, elle est là. Tu es prêt à nous recevoir ? Très bien, nous arrivons.

Avec Neves, ils discutèrent de l'aide qu'ils pourraient apporter à Mauhali et de la composition de l'équipe qu'ils y enverraient. Ils décidèrent de ne dépêcher que quatre personnes, puisque les installations ne permettaient que des actes médicaux simples et excluaient toute opération chirurgicale. À Rachel et à Sébastien s'ajouteraient le Dr Monchamp, un urgentiste avec une formation militaire, et Kayla Courrier, une infirmière qui aiderait à trier les patients. Le Dr Monchamp et Kayla resteraient sur l'île pour coordonner les évacuations par air.

Sébastien et Rachel, eux, feraient la navette avec l'hélicoptère qui transférerait les malades à l'Hospitalier.

Rachel craignait de ne pas se montrer à la hauteur, mais elle se donna du cœur au ventre. Neves ne les aurait pas choisis s'il n'avait pas confiance en leurs compétences. De plus, ce n'était pas sa première expérience. À la fin de ses études d'infirmière, avant de s'orienter vers la pédiatrie, elle avait participé à des missions de sauvetage.

— Prévenez-moi quand vous êtes prêts à partir, dit Neves. J'imagine que vous allez devoir encore attendre un bout de temps avant que les vents ne se calment suffisamment pour prendre l'air.

Sébastien et Rachel mirent à profit les heures suivantes pour expliquer leurs plans aux différents hôpitaux, qui tous ne demandaient qu'à aider.

Alors que Rachel terminait un appel, son téléphone portable sonna.

— C'est Claire, dit-elle comme Seb levait la tête. Bonjour, ma chérie. Alors, vous êtes bien arrivées ?

— Oui. Nous sommes chez mamie et papy.

Rachel leva le pouce vers Sébastien tout en répondant à sa fille :

— Ah ! super !

— Il paraît que Taurati ne va pas être touchée ?

— Oui, mais c'est une autre île, Mauhali, qui va l'être. Nous essayons d'organiser les secours. Et nous nous rendrons nous-mêmes sur place dès que le cyclone se sera un peu éloigné.

— Bravo ! Tu me manques, maman.

— Toi aussi, ma chérie.

— Dis à Sébastien qu'il me manque, lui aussi.

— Je lui transmettrai le message, dit Rachel du bout des lèvres.

— Et dis-lui aussi que sa petite tortue a passé la douane sans problème.

Rachel couvrit le micro quand elle vit à l'inclinaison de sa tête que Seb avait compris qu'elles parlaient de lui.

— La tortue n'a pas été confisquée à la douane.

Elle passa le reste sous silence…

— Tant mieux !

— Dis à mamie que nous vous appellerons quand nous serons dans l'hélicoptère pour Mauhali.

— D'accord, maman. Nous suivrons les événements à la télé.

— Je t'embrasse, ma chérie. Et embrasse tes grands-parents pour moi.

— D'accord. Au revoir.

— Elles vont bien, apparemment, dit Sébastien quand Rachel eut raccroché.

— Mieux que nous, répondit-elle en souriant. Je suis vraiment contente que Claire soit rentrée avec ma mère. J'ai l'esprit plus libre. Bien. Maintenant, je vais passer d'autres coups de fil pour essayer d'impliquer d'autres établissements.

— Moi aussi.

8.

— Il faut que nous dormions un peu. Nous risquons de nous lever tôt. Tu as tout ce qu'il te faut avec toi ?

Il était 23 heures passées, et ils n'avaient pas arrêté de la journée.

Koji avait atteint les côtes de Mauhali, et les vents dans ses bandes spirales périphériques avaient commencé à causer des dégâts sur la minuscule île.

— J'ai pris un fourre-tout avec moi, par précaution.

— Très bien. Le canapé est convertible.

— Ça fait une seule place, et nous sommes deux, observa-t-elle avec un froncement de sourcils.

— Ne t'inquiète pas, répondit Sébastien en riant. Je ne compte pas le partager avec toi. Je serai très bien dans un des fauteuils.

— Même un fauteuil me conviendrait, dans mon état de fatigue, dit-elle en se levant et en s'étirant.

Des mèches de cheveux échappées de sa pince ondulaient autour de son visage. Elle était belle. À plus d'un égard. Et la collaboration avec elle aujourd'hui s'était avérée facile. Étonnant après leur baiser… qui paraissait si loin aujourd'hui.

— Va donc dans la salle de bains pendant que je prépare ton lit, proposa Sébastien.

— D'accord, dit-elle en prenant son sac. Je ne serai pas longue.

Sébastien venait tout juste de déplier la couverture sur le lit quand Rachel réapparut, les cheveux mouillés, enveloppée du parfum de vanille et de noix de coco qu'il en était venu à associer avec elle. Elle était vêtue d'un pantalon de survêtement et d'un grand T-shirt, mais il ne pouvait s'empêcher de l'imaginer nue dans la petite douche. Une image tenace, difficile à chasser.

— La place est libre, annonça-t-elle en jetant son sac sur le lit.

Là-dessus, il se rendit dans le cabinet de toilette en espérant qu'il parviendrait à trouver le sommeil cette nuit avec Rachel si près.

Mais leur mission avant tout, se rappela-t-il à l'ordre. Dans l'intérêt de tout le monde.

Il faisait encore nuit quand Rachel se réveilla. Son téléphone indiquait 5 heures du matin. Elle distinguait vaguement Sébastien à quelques enjambées d'elle, allongé à plat ventre par terre sur une couverture qu'il avait finalement préférée au fauteuil, les bras au-dessus de la tête, le gauche un peu replié. Il portait un pantalon de jogging et un T-shirt qui cachait ce tatouage dont elle se souvenait avec précision.

Un tatouage en mémoire de son fils. C'était à la fois bouleversant et complètement craquant.

Elle se força à détourner le regard et inspecta le bureau à la lumière que laissait passer la petite vitre de la porte. Les emballages du dîner avaient tous disparu. Sébastien avait dû débarrasser la table après sa douche. Elle avait voulu s'en charger mais, à la seconde où elle s'était assise sur le lit, la fatigue l'avait terrassée et elle avait remis la tâche au lendemain matin.

Il l'avait devancée.

La lumière de son téléphone, qu'elle avait allumé pour regarder les informations, avait dû déranger Seb car elle entendit soudain sa voix dans le silence.

— Tu es réveillée depuis longtemps ?

— Non. J'essaye de savoir où en est la tempête.

Quelques minutes plus tard, ils étaient tous les deux assis devant l'ordinateur de Sébastien. Le cyclone était en train de quitter Mauhali et il avait été rétrogradé en cyclone de catégorie 1.

Ouf ! Mais aucune information n'était encore parvenue sur l'étendue des dégâts.

— Je vais prévenir le Dr Monchamp et Kayla qu'ils se tiennent prêts afin que nous partions là-bas dès que les vents permettront de voler.

Une heure plus tard, ils étaient dans les airs, le Dr Félix Monchamp et Kayla Courrier assis derrière eux. Un petit espace médical était aménagé à l'arrière pour accueillir un blessé grave ou deux plus légers.

Le maire de Mauhali avait instauré l'état d'urgence. Aucun décès n'avait été signalé jusque-là, mais presque toutes les routes étaient coupées par des arbres, des toitures, bref par tout ce que les vents avaient arraché sur leur passage.

Soudain, un trou d'air chahuta l'hélicoptère qui tomba en chute libre pendant quelques secondes avant de reprendre sa route. Rachel se retint comme elle put pour ne pas s'effondrer sur les genoux de Seb.

Derrière elle, elle entendit Kayla se plaindre de nausées. Elle compatit. Elle-même avait hâte d'atterrir ! Avec un peu de chance, le retour se passerait plus tranquillement, se dit-elle.

Une main couvrit la sienne.

— Ça va ?

Elle hocha la tête en souriant.

— J'ai déjà participé à des opérations de sauvetage mais jamais par un tel vent. On est encore loin ?

— Un quart d'heure encore.

Quand il lui lâcha la main pour se retourner et parler à leurs deux collègues, Rachel ressentit aussitôt un vide.

Le stress sans aucun doute. Rien à voir avec le fait qu'il avait eu l'air si accessible quand il dormait par terre ce matin. Ou le fait qu'ils travaillaient côte à côte depuis près d'une semaine. Une semaine seulement ? Elle avait l'impression que cela faisait un mois au moins. Et en fait, ils avaient probablement passé davantage d'heures ensemble en une semaine qu'en un mois. Et ils n'auraient pas eu l'occasion de manger ensemble aussi souvent ni d'observer la tortue de mer comme s'ils…

Comme s'ils avaient formé une famille.

Arrête avec ça. Il ne fait pas partie de ta famille et n'en fera jamais partie.

Pendant le quart d'heure qui suivit, elle se força à se concentrer sur les mouvements de l'hélicoptère et à imaginer ce qui les attendait à l'atterrissage. Tout plutôt que de gamberger sur des développements qui ne semblaient pas seulement impossibles mais l'étaient réellement.

La première chose que vit Rachel quand ils se posèrent à l'héliport fut le tapis de mangues qui couvrait le tarmac. À la seconde où la porte de l'appareil s'ouvrit, une odeur nauséabonde, mélange douceâtre et écœurant de fruits, d'algues et de poissons morts, lui assaillit les narines. Elle en comprit bientôt l'origine en découvrant un peu plus loin un énorme poisson, visiblement jeté là par la tempête, qui gisait au milieu des fruits.

— Purée ! murmura-t-elle devant le reste du spectacle qui s'offrait à elle.

Des arbres et toutes sortes de débris avaient été projetés un peu partout. Pas très loin, un bâtiment au toit arraché et dont un mur s'était écroulé vers l'intérieur semblait recroquevillé de douleur. Tous les petits désagréments du voyage en hélicoptère ou ses interrogations au sujet de Seb s'envolèrent d'un coup devant ce paysage de désolation.

Un homme accourut vers eux, les cheveux agités autant par les rotors de l'hélicoptère que par le vent. Il dit quelque chose en tahitien.

— Il nous demande de venir au dispensaire, traduisit Sébastien pour Rachel. Il y a des blessés dont il faut s'occuper rapidement. Le directeur fait partie des victimes. L'établissement n'a pas été complètement détruit, mais n'a plus d'électricité.

Le fait que l'homme soit à pied laissait supposer que la circulation automobile était difficile, voire impossible. Ils devaient s'estimer heureux d'avoir pu atterrir.

— Prenons notre matériel et deux brancards, dit Seb à l'équipe.

Ce ne fut qu'après qu'ils se furent mis en route que l'homme se présenta : Ari'i Teriyong, maire de Mauhali.

Rachel ruisselait de sueur, et ses cheveux étaient collés sur ses tempes et ses joues. Leur progression dans le chaos créé par Koji était difficile, et les brancards les ralentissaient encore.

À la sortie d'un bosquet, ils débouchèrent devant le dispensaire. Deux des fenêtres avaient explosé sous les assauts de la tempête, et des morceaux de verre jonchaient le sol. Heureusement, la structure semblait intacte. Les gens étaient assis sur des chaises ou allongés sur des couvertures à l'extérieur du bâtiment, et des cris de douleur emplissaient l'air.

L'équipe se mit au travail, ses membres passant rapidement de patient en patient pour évaluer l'état de chacun. Rachel ne s'éloigna pas de Seb à cause de son niveau pitoyable en français et en tahitien. Un problème qu'elle allait devoir prendre à bras-le-corps si elle décidait de rester à Taurati.

Étrange qu'elle ne s'y soit pas encore attelée. Peut-être gardait-elle inconsciemment au moins un pied aux États-Unis.

Sébastien se dirigea vers une fillette en larmes qui se tortillait dans les bras de sa mère.

— *Aidez-nous ! Aidez-nous !* suppliait la femme en français.

Rachel comprit qu'elle appelait au secours.

La gamine, âgée de cinq ans tout au plus, avait la respiration sifflante, et son visage était un masque de pure panique. Chaque expiration lui arrachait des pleurs.

Seb questionna la mère : la porte d'entrée de leur maison avait été dégondée par le vent et avait percuté Lara en pleine poitrine. La mère avait porté son enfant pendant près de deux kilomètres jusqu'à la clinique, où elles étaient arrivées une heure auparavant. Se rappelant ce qu'elle avait elle-même vécu pendant la maladie de Claire, Rachel compatissait avec cette femme dont la terreur était audible dans la voix.

Elle sentit son cœur se serrer en voyant les larmes couler sur les joues de la mère tandis qu'elle murmurait des mots doux à sa fille tout en la berçant. Elle posa une main sur l'épaule de la femme pour qu'elle arrête son mouvement, de peur qu'il n'aggrave l'état de la petite.

Seb expliqua d'une voix posée à la mère que, pendant qu'il examinerait sa fille, elle devait rester le plus immobile possible.

— Où as-tu mal ? demanda-t-il à Lara en lui touchant la main.

Sans cesser de crier, Lara montra du doigt ses côtes, du côté droit.

— Et ton dos ? Tu as mal ?

— *Non*, répondit-elle en français avant de hurler quand elle dut respirer.

Un gros hématome sur sa joue témoignait de la violence du coup qu'elle avait reçu.

— Je pense qu'elle n'a rien au dos. Nous pouvons la mettre sur un brancard. Il faut la transporter à l'hôpital le plus rapidement possible.

— Lara, nous allons t'allonger sur le brancard, d'accord ? dit Sébastien.

— *Non ! Non !* hurla de nouveau la gamine.

— Je sais que tu as mal, et nous allons faire aussi doucement que possible, mais nous devons examiner ta poitrine.

Lara secoua de nouveau la tête et se mit à geindre.

Une telle douleur signifiait certainement des côtes cassées. Mais Sébastien ne pouvait administrer un antidouleur tant qu'un diagnostic n'avait pas été posé, car ce type de produit ralentit le fonctionnement de l'appareil respiratoire, voire l'arrête carrément.

Seb regarda la mère qui parut comprendre sa question muette. Elle hocha la tête, au milieu de sanglots qu'elle tentait d'étouffer.

— À trois, on y va. Rach, prends-lui les jambes, moi je prends le torse. Essayons de la garder bien droite.

Il pensait donc lui aussi à des côtes cassées.

— *Un, deux, trois…*, compta-t-il en français.

Un cri glaçant déchira l'air quand ils transférèrent Lara, avec précaution pourtant, des bras de sa mère au brancard. Un silence total suivit.

Rachel souleva le T-shirt de Lara, dévoilant sur le côté droit du thorax un hématome violet foncé encore plus vilain que celui de sa joue. Quand Lara inspira, une partie de sa cage thoracique s'enfonça tandis que le reste de sa poitrine se gonflait. Lorsqu'elle expira, l'inverse se produisit. Respiration paradoxale. Mauvais signe.

— Volet costal, murmura Rachel, la gorge nouée.

— Oui. Il faut la transporter par hélicoptère de toute urgence.

Puis, se tournant vers la mère, il demanda :

— Vous pouvez aller chercher un oreiller et un bandage dans la clinique, s'il vous plaît ?

La femme s'exécuta et revint une minute plus tard avec le matériel demandé.

— C'est bien ça qu'il vous faut ?

— Oui, répondit Seb. C'est parfait. Merci.

— Tu vas essayer de stabiliser le traumatisme ? demanda Rachel.

— Oui. Elle risque d'être secouée pendant le trajet jusqu'à l'hélicoptère, et il ne faudrait pas que les côtes cassées endommagent le poumon.

Il glissa alors la longue bande de gaze entre le dos de Lara et la toile du brancard.

— Tu sais ce qu'il faut faire, Rachel ?

— Oui.

Elle posa l'oreiller sur le côté droit de Lara, sans appuyer pour le moment. Malgré tout, la petite gémit de douleur.

— Je sais que ça fait mal, dit doucement Seb en posant sa

main sur la tête de Lara. Mais tu peux prendre une profonde respiration et retenir l'air, s'il te plaît ?

À travers ses larmes, Lara obéit, et Rachel plaqua l'oreiller sur la zone qu'elle savait enfoncée. Aussitôt, la fillette poussa un nouveau hurlement, lâchant tout l'air qu'elle avait pris. Exactement ce qu'ils recherchaient. La pression de l'oreiller empêcherait les côtes enfoncées de pousser vers le haut quand le reste du thorax se comprimerait.

Seb enroula la gaze autour de l'oreiller pour le maintenir suffisamment serré sans pour autant gêner le passage de l'air.

— Voilà, annonça-t-il. Terminé.

La fillette inspira avec précaution.

— Tu devrais avoir un peu moins mal maintenant, dit Sébastien. Allez ! En route vers l'hélicoptère.

— *Maman...*

— Ta maman va t'accompagner, dit-il avant de s'assurer auprès de la mère qu'elle n'avait pas d'autres enfants dont elle devait s'occuper.

— Non, je n'ai que Lara. Alors, bien sûr je viens.

— Très bien.

Sébastien prit quelques instants pour aller expliquer la situation au Dr Monchamp, puis ils se mirent en route. La marche était épuisante et stressante, car chaque mouvement causait une douleur atroce à la fillette.

Ils finirent cependant par atteindre leur but. Là, pendant que le pilote démarrait l'appareil, Rachel mit Lara sous oxygène et Seb arrima le brancard.

Quand ils décollèrent, Rachel et Seb échangèrent un regard.

— Bravo, bon travail, dit-il.

— *Idem* pour toi, répondit Rachel dans un demi-sourire.

La mère de Lara était penchée au-dessus de sa fille et lui caressait les cheveux en lui parlant à voix basse.

Rachel s'autorisa à se détendre.

— Et Kayla et le Dr Monchamp, comment s'en sortent-ils ? demanda-t-elle.

— Ils ont une urgence eux aussi, mais un hélicoptère

arrive de Bora-Bora avec une équipe médicale. Ils vont lui confier leur blessé et s'occuper des autres.

— Sais-tu combien d'îles participent aux opérations de sauvetage ?

— Quatre d'après Ari'i.

— Ah ! ouf ! J'avais peur que nous soyons les seuls.

— Moi aussi. En tout cas, je suis content que nous ayons été là, dit-il en regardant Lara et sa mère.

— Moi aussi.

Un message silencieux sembla passer entre eux, et Rachel se sentit fondre sous la douceur du regard de Seb. Un moment fugitif avant qu'ils ne se remettent au travail et appellent l'Hospitalier pour prévenir de leur arrivée.

Ils atterrirent une heure plus tard, et quatre infirmiers se précipitèrent vers eux avec une civière. Il ne leur fallut que quelques minutes pour descendre Lara de l'appareil et l'emmener.

— Il te reste suffisamment d'essence pour faire un autre voyage ? demanda Seb au pilote.

— Oui. Mais un seul. Après, il faudra faire le plein.

— Tu te sens d'attaque pour retourner à Mauhali, Rachel ?

— Absolument.

— J'espérais cette réponse, lui dit-il en souriant.

9.

Après encore deux allers-retours en hélicoptère et grâce à l'aide d'autres îles qui avaient évacué les malades les plus graves, les alentours du dispensaire étaient vides. Le Dr Monchamp et Kayla s'étaient portés volontaires pour rester sur place quelques jours supplémentaires afin de s'occuper des blessés plus légers et de superviser le rétablissement de l'électricité.

Quand la dernière personne dont ils s'occupaient fut prise en charge à l'Hospitalier, Sébastien poussa un profond soupir et remercia le pilote. La journée avait été longue mais, à sa connaissance, aucun décès n'était à déplorer parmi leurs patients et aucun n'avait été signalé à Mauhali. Les autres îles qui avaient essuyé les vents les plus violents s'en étaient plutôt bien sorties, elles aussi.

Il se tourna vers Rachel.

Ses cheveux étaient dans un désordre des plus charmants. Sa pince avait depuis longtemps disparu, et des mèches ondulaient librement autour de son visage. Elle était belle, et la collaboration avec elle sur l'île avait été… la meilleure expérience qu'il ait jamais vécue. Rachel était une femme forte et compétente que rien n'avait effrayée. Pas étonnant que Philippe Chauvre cherche à la recruter. Mais lui, Seb, ne voulait pas la perdre.

Et il ne parlait pas uniquement professionnellement.

Allons ! C'était certainement la fatigue qui lui jouait des tours.

— Merci, Rach. Merci pour tout. Un café ? proposa-t-il pour la retenir.

— Ah ! volontiers !

— La cafétéria est fermée, mais on a le droit de se servir soi-même en dehors des heures de service.

— J'appelle Claire et je te rejoins.

— OK. À tout de suite.

Au moment où il pénétrait dans l'ascenseur, il entendit Rachel dire :

— Bonjour, ma chérie. Comment vas-tu aujourd'hui ?

Quelqu'un l'accueillerait-il ainsi un jour ? s'interrogea-t-il, une boule dans la gorge.

Sa relation avec Layla avait été passionnée mais, en y réfléchissant aujourd'hui, il voyait bien que leur jeune amour avait été essentiellement une affaire d'hormones et d'orgueil. Dans ces conditions, il n'était guère étonnant que leur couple n'ait pas survécu une fois que Bleu, son seul ciment, avait disparu.

À la cafétéria, il trouva une verseuse qui contenait encore du café, mais Rachel préférait les expressos. Alors qu'il examinait avec perplexité les boutons et les manettes du percolateur, une voix amusée lança derrière lui :

— Je peux t'aider ?

Rachel évidemment !

— Vous n'avez pas parlé longtemps, dit-il en se retournant.

— Je voulais seulement la rassurer. Je la rappellerai plus longuement demain quand j'aurai eu le temps de décompresser. Avant tout, il me faut un café.

— J'allais m'atteler à sa fabrication, dit-il en indiquant le percolateur.

— Occupe-toi du tien et moi je m'occupe du mien.

Il la regarda se servir avec dextérité de la machine d'où s'écoula bientôt un liquide noir et odorant.

— Tu vois ? Ce n'est pas si compliqué que ça.

— Pour toi peut-être, dit-il en riant. Désolé, mais ils n'ont pas laissé de vraies tasses.

— Ce n'est pas grave. Je survivrai.

— Pour moi, la manœuvre est plus simple, observa-t-il en remplissant un gobelet avec la verseuse.

— Oui, mais ton café est-il aussi bon que mon expresso ?

Les meilleures choses réclament souvent des efforts. Et le jeu en vaut en général la chandelle.

Il arrivait aussi que les efforts ne soient pas récompensés, songea Sébastien. La preuve : son fils et sa relation avec Layla.

Mais avait-il réellement fourni des efforts avec Layla après la mort de Bleu ? Honnêtement, non. Il avait été affectivement inaccessible. Il ne pouvait donc lui reprocher d'être partie. Il n'avait pas été là pour elle à un moment où elle en avait certainement eu besoin. À force de s'isoler et de se recroqueviller sur lui-même, il n'était plus capable d'entretenir des relations sociales. Ou plus exactement n'en avait plus été capable. Car avec Rachel il avait travaillé en parfaite harmonie. Il n'en revenait toujours pas. Sans même devoir parler, ils avaient anticipé la décision de l'autre. Mais peut-être était-ce dû aux circonstances et à l'urgence de la situation. En tout cas, leurs efforts avec les patients de Mauhali avaient valu la peine. Pour les relations humaines, la question restait posée.

— Moi, ma solution du moindre effort me convient très bien, dit-il en commençant à boire son café.

Ne se contentait-il pas plutôt de ce qui lui coûtait le moins ? Comme il avait fait presque toute sa vie ? Depuis la mort de son fils, il s'était très rarement aventuré hors de sa zone de confort.

Pourquoi ?

Mauhali ne s'était pas trouvée dans sa zone de confort, et pourtant il ne regrettait pas d'y être allé, au contraire. L'efficacité des mesures de prévention mises au point avec Rachel lui avait procuré une réelle satisfaction.

— Tu es sûr que tu ne veux pas goûter l'expresso ? Je suis même prête à t'apprendre à te servir de la machine.

Il décida de saisir l'occasion de sortir de sa routine. Comme il venait de le faire professionnellement.

Sans un mot, il posa son gobelet.

— OK. Montre-moi. Mais je ne peux pas promettre que j'aimerai.

— Aucune promesse n'est exigée.

Elle le guida donc à travers le processus, le corrigeant quand il ne tassa pas suffisamment la mouture dans la coupelle et, une minute plus tard, la vapeur sifflait et le gobelet se remplissait.

Après avoir sucré et remué le breuvage, il en prit une gorgée, s'attendant à ce qu'il ait un goût d'huile de moteur usagée vu sa couleur. Mais il fut agréablement surpris. Ce café était incontestablement plus puissant et savoureux que celui qu'il buvait habituellement.

— Alors ? C'est bon ?

Il prit une autre gorgée et réfléchit un moment avant de répondre :

— Finalement, oui.

— Et les efforts en valaient la peine ?

— Le jury est encore en train de délibérer sur ce point.

Et pas uniquement sur ce point…

Rachel vida son gobelet, qu'elle écrasa avant de le jeter. Sébastien l'imita puis reprit son premier gobelet.

— En tout cas, mon café dure beaucoup plus longtemps. Et c'est peut-être là qu'il est supérieur au tien. On en profite davantage.

Elle fit mine de réfléchir avant de répliquer :

— Oui, mais peut-être qu'avec un goût de revenez-y en bouche on attend la prochaine fois avec plus d'impatience.

Sébastien s'immobilisa. Parlaient-ils toujours de café ?

Elle l'avait laissé avec un goût de revenez-y l'année précédente…

Il ressentait le besoin de profiter d'un moment de calme et de paix après le bruit et la fureur des derniers jours. Et il n'avait pas envie d'être seul avec ses pensées.

— Allons nous asseoir sur la plage pour souffler. À moins que tu ne préfères rentrer chez toi te reposer vraiment ?

— Je suis trop sur les nerfs pour dormir. Et l'idée d'être bercée par le bruit de la mer me plaît bien.

Seb vida d'un coup son gobelet, et ils sortirent. De l'air chaud leur frappa le visage. Une chaleur familière et pourtant étrange quand on pensait qu'un cyclone avait semé la désolation sur une île voisine.

— C'est incroyable comme les étoiles brillent ce soir, observa Rachel.

Le spectacle était en effet éblouissant et rappelait que, quoi qu'il arrive, certaines choses ne disparaîtraient jamais.

Le sable avait retenu la chaleur du soleil, et Rachel y enfouit ses orteils. Les grains étincelaient sous les rayons de la lune, ajoutant du mystère à cette nuit si différente de la journée qu'ils venaient de vivre.

Rien ne bougeait. Tout était silencieux, paisible.

Ils descendirent vers l'eau, et Rachel, remontant sa jupe jusqu'à ses genoux, se mouilla les pieds.

— Figure-toi qu'avant de venir à Taurati je n'aimais pas beaucoup la plage. Le sable… Le sel… Je trouvais ça trop compliqué.

— N'as-tu pas dit tout à l'heure que les meilleures choses demandent souvent des efforts ?

— Touché ! dit-elle en riant et en l'éclaboussant pour se venger.

Puis, le regard perdu au loin, elle ajouta :

— Je n'arrive pas à imaginer qu'un cyclone pourrait emporter les paillotes là-bas.

— Moi non plus. Celles-ci sont essentiellement utilisées pour la pêche ou comme lieux de séjour. C'est l'hôpital qui paye pour leur entretien. Elles sont basiques mais pleines de charme.

— Je ne savais pas qu'elles appartenaient à l'hôpital. Je croyais qu'elles faisaient partie d'un village vacances, comme celle que j'avais louée quand…

Inutile d'achever. Sébastien avait compris à quoi elle faisait allusion.

— En fait, l'hôpital les a installées pour les familles des malades et pour le personnel. Plusieurs mariages s'y sont même tenus. Viens. Je vais t'en faire visiter une.

Ils marchèrent une centaine de mètres, Rachel dans l'eau et Sébastien sur le sable.

La façon dont la lune jouait avec la chevelure noire de Rachel donnait envie à Sébastien d'y glisser les doigts. Il se rappelait exactement sa douceur, sa texture, tandis que la vue des cabines faisait surgir un flot d'autres souvenirs.

Nul doute qu'il commettait une folie avec son invitation. Eh bien… tant pis !

— N'est-ce pas là-bas que nous avons vu la tortue ? demanda-t-elle en le rejoignant sur le sable et en lui prenant la main.

Il tourna la tête dans la direction qu'elle indiquait.

Un drapeau était planté dans le sable à côté d'un panneau où était inscrit en français et en grosses lettres : « Ne pas déranger ».

— Si, je crois.

Elle s'appuya sur lui et murmura dans la nuit :

— Je suis contente que ce n'ait pas été détruit.

Elle était étonnante. Après la journée qu'ils avaient passée, elle était capable de se montrer reconnaissante pour un événement aussi minime… et pourtant si important.

Il la fit pivoter vers lui et la regarda droit dans les yeux. Sans réfléchir, il chuchota, submergé de désir :

— Je crois que j'ai envie de t'embrasser là, maintenant, Rach.

Elle esquissa un sourire.

— Je crois que moi aussi.

Il n'en fallut pas plus. Il pencha la tête et s'empara de ses lèvres avec une ardeur qui le surprit lui-même. La lune le rendait-elle fou ou ressentait-il encore la pression de la journée ?

À moins que la seule explication ne soit tout simplement Rachel elle-même et le souvenir de leur nuit ensemble qui ne le quittait quasiment jamais. Combien de fois n'avait-il voulu la revivre ! Le destin lui en donnait-il la permission ce soir ?

Probablement pas. Mais après tout, leur nuit d'amour ne

les avait pas détruits et ne les avait pas empêchés d'avancer dans leur vie respective…

Son cœur et son cerveau semblaient pour une fois sur la même longueur d'onde. Il approfondit son baiser en se laissant guider par le langage corporel de Rachel. Puis il promena ses lèvres sur sa joue, savourant la façon dont elle inclinait la tête pour lui donner accès aux zones sensibles qu'il savait qu'elle aimait.

Elle lâcha ses chaussures pour lui enlacer le cou.

La paillote la plus proche semblait tendre les bras à Sébastien et lui murmurer de venir. Ils devaient faire un choix : aller plus loin ou s'arrêter tout de suite.

— Rachel…

— Mmm ?

Elle leva vers lui des yeux pleins du même feu qui coulait dans ses propres veines.

Il indiqua la paillote de la tête.

— Oui, souffla-t-elle.

Il la souleva de terre.

— Mes chaussures…

— Tu les retrouveras tout à l'heure.

Elle ne protesta pas, et il continua à la porter jusqu'à la cabine. Il n'y avait personne sur la plage à cette heure, et il discernait à peine l'hôpital au loin. Il entra, posa Rachel par terre, ferma la porte, s'y adossa et attira Rachel vers lui.

De précipité et fiévreux leur baiser devint langoureux. Sébastien voulait ralentir les choses. Prendre son temps comme l'avait suggéré Rachel à propos de l'expresso. Le résultat n'en serait que meilleur.

Il l'embrassa donc par petites touches sur la bouche, les paupières, la base du cou, tandis que ses mains se glissaient sous son chemisier et massaient son dos à la peau si chaude. Toujours aussi soyeuse, aussi lisse.

Les cabines ne possédaient pas de lit. Aucune importance. Ils ne demandaient rien d'autre que ce qui se passait là et maintenant, dans cet espace de pénombre et de silence. Les volets étant fermés, aucune étoile ne pouvait leur indiquer la voie à suivre. Mais Sébastien se fiait à son instinct. À tort ou à raison, il l'ignorait… et s'en moquait.

Il lui enleva son chemisier et le tint à la main quelques secondes, ne sachant quoi en faire. Elle le lui prit et le lança contre le mur.

— Il survivra, déclara-t-elle avant de se hisser sur la pointe des pieds, ses lèvres tendues vers celles de Sébastien.

Le chemisier survivrait peut-être, mais lui ? s'interrogea Sébastien.

Suivant l'exemple de Sébastien, Rachel lui déboutonna sa chemise et la fit glisser le long de ses bras jusqu'à ce qu'elle atterrisse par terre. Elle laissa alors ses doigts descendre sur son torse vers la ceinture de son jean. Il frissonna et lui saisit la main.

— Tu es absolument certaine, Rach ?

— Je donne l'impression de ne pas l'être ? répondit-elle dans un petit rire.

Fort de ce feu vert, il alla s'asseoir sur une des deux chaises en bois et prit Rachel par la taille pour l'attirer vers lui.

Elle lui saisit la tête entre les mains pour l'embrasser puis, comme il l'avait espéré, elle s'assit à califourchon sur ses genoux en se plaquant contre lui. Il releva sa jupe et entreprit de la lui ôter en la passant par la tête. Ce faisant, il effleura délibérément ses seins sur lesquels il s'attarda un moment avant de poursuivre son chemin jusqu'à ce que la jupe ait disparu. Ne resta à cheval sur ses genoux qu'une femme en sous-vêtements et pleine d'ardeur dont il s'empressa de dégrafer le soutien-gorge.

— Non, pas si vite, murmura-t-il contre la bouche de Rachel quand elle se mit à se tortiller contre lui.

Il lui enserra la taille et se pencha pour respirer son parfum, de son cou vers son épaule, qu'il lécha au passage. Il la bascula ensuite doucement vers l'arrière. Elle était d'une impudeur incroyablement érotique avec ses cheveux qui tombaient en cascade derrière elle et ses seins offerts.

Acceptant l'offrande, il se mit à la sucer.

Dans un hoquet de plaisir, elle lui maintint la tête contre sa poitrine. Inutilement car, loin de s'arrêter, il se mit à la mordiller tout en excitant son téton avec sa langue. Jusqu'à n'y plus tenir.

La respiration difficile, il se redressa alors pour prendre dans son portefeuille le préservatif qu'il y gardait en permanence.

Sentant l'impatience de Sébastien – et peut-être la sienne propre –, Rachel recula pour ouvrir la braguette de Sébastien et le libérer. Elle enroula alors ses doigts autour de son sexe et ne bougea plus, ses yeux plantés dans les siens, sa lèvre inférieure entre les dents. Puis, sans crier gare, elle entama un lent mouvement de haut en bas.

— Tu veux ma mort ! souffla-t-il.

— Non. Juste t'amener au bord de l'orgasme.

Des paroles aussi excitantes que le mouvement de sa main…

Il lui saisit le poignet pour l'immobiliser et compta jusqu'à dix dans sa tête.

Quand il rouvrit les yeux, il vit son sourire malicieux et envoûtant. Elle était visiblement contente d'elle de l'avoir amené si près de l'explosion.

— Tu vas me le payer, murmura-t-il.

Là-dessus, il déroula le préservatif sur sa verge et, après avoir débarrassé Rachel de sa culotte, il la souleva et l'abaissa sur son membre bandé. Une chaleur moite et veloutée l'enveloppa, et il dut arrêter tout mouvement pour ne pas céder au désir de s'y perdre. Il voulait que ce moment se prolonge. Non, il avait besoin qu'il se prolonge.

Quand sa respiration reprit un rythme plus régulier, il saisit une mèche des cheveux de Rachel entre ses doigts, laissant les boucles soyeuses lui caresser le poignet, et se pencha sur elle jusqu'à l'allonger sur ses cuisses. Toujours plongé en elle, il se laissa glisser de sa chaise et s'agenouilla sur le plancher ciré.

— Ça va ? demanda-t-il, sans la quitter des yeux.

— *Oui, c'est fantastique*, répondit-elle en français.

Amusé par sa tentative linguistique, il débita un discours en français dans lequel il lui disait qu'il attendait ce moment depuis très longtemps, lui expliquait ce qu'il voulait lui faire et autant de fois qu'il y avait d'étoiles dans le ciel de tout à l'heure, le tout en entamant à son tour un va-et-vient régulier et profond.

Rachel plaqua ses pieds sur le sol pour devancer légèrement son mouvement et l'obliger à accélérer. Comme si elle ne pouvait pas être rassasiée. À chaque coup de butoir, elle montait ses hanches un peu plus haut, l'incitant à la pénétrer plus avant. Elle l'entraînait vers un endroit où il ne voulait pas aller. Où la vague de désir devenait de plus en plus difficile à repousser. À neutraliser.

— Seb… Seb…

Avec un cri rauque, elle enfonça ses ongles dans le dos de Sébastien, se cambra contre lui et força le rythme jusqu'au moment où elle ferma les yeux et se raidit.

Secoué de spasmes, Sébastien tenta néanmoins de rester ancré dans la réalité. En vain. Les contractions orgasmiques du sexe de Rachel l'amenèrent à la jouissance comme il plongeait en elle encore et encore.

Puis tout fut fini. Submergé par une sensation de bien-être et de plaisir assouvi, il prit une inspiration et se libéra de tout le stress accumulé les jours précédents.

Il roula sur le côté et attira Rachel contre lui. Il ne voulait penser à rien pour le moment. Ni à ce qu'ils venaient de faire ni aux conséquences de cet acte sur leur relation future. Il voulait seulement dormir un peu. À côté d'elle. En elle.

Et ensuite, beaucoup plus tard, il pourrait s'occuper du reste.

10.

— Bleu…

La voix réveilla Rachel. L'obscurité était totale, et elle mit plusieurs minutes à reprendre ses esprits et à s'apercevoir qu'elle était allongée contre quelque chose.

Non. Contre quelqu'un. Contre Seb.

Il tourna la tête sur le côté en marmonnant dans son sommeil des mots inintelligibles mais d'où émanait une profonde souffrance. Le cœur de Rachel se serra. Il rêvait de son fils.

Une pensée terrible la pétrifia : lui avait-il fait l'amour uniquement pour fuir son chagrin ? Si c'était le cas, elle préférait ne pas le savoir, parce que…

Parce que… Oui ! Elle l'aimait !

Sans faire de bruit, elle se mit debout, furieuse contre elle-même de s'être abandonnée dans ses bras. Elle se hâta de s'habiller tout en jetant des coups d'œil inquiets à Seb qui, heureusement, ne bougea pas, même lorsqu'elle donna accidentellement un coup de pied dans son téléphone et que l'écran s'alluma.

Il était 3 heures du matin. Elle avait le temps de rentrer chez elle, de se doucher et de se rendre normalement au travail, comme si de rien n'était.

Quelle imposture alors qu'elle était en vrac intérieurement, empêtrée dans un chaos de peurs et d'émotions contradictoires !

Peut-être croyait-il qu'elle espérait fonder une famille avec lui ?

N'était-ce pas justement ce qu'elle souhaitait ? Si, de toute son âme. Mais pas à n'importe quel prix. Elle ne voulait pas servir à combler un vide, notamment. Et elle ne devait pas se précipiter. Elle avait commis cette erreur avec Roy et elle l'avait payée cher.

Seb et elle n'avaient commencé à apprendre à se connaître réellement qu'au cours de la semaine écoulée. Bien trop insuffisant pour qu'elle se sente prête à s'engager avec quelqu'un en toute confiance. Même deux ans n'y suffiraient probablement pas. Et puis, il y avait Claire.

Elle ferma les yeux. Elle ne pouvait pas courir ce risque. Pas encore.

Elle sortit de la paillote tout aussi silencieusement et commença à marcher. Brusquement, elle s'arrêta, prise de remords. Elle l'avait laissé là, tout nu. Un pêcheur pouvait le découvrir avant qu'il ne se réveille.

Elle l'appellerait sur son téléphone dès qu'elle se serait suffisamment éloignée pour qu'il ne la voie pas et ne puisse la rattraper.

Forte de cette décision, elle avança d'un bon pas le long de la plage à la lumière de la lune et des étoiles.

Continue à dormir, Seb, je t'en supplie. Laisse-moi le temps de m'en aller.

Elle voulait rentrer chez elle pour analyser au calme la situation et réfléchir à la marche à suivre. Une chose était d'ores et déjà sûre : elle devait arrêter tout rapport sexuel avec lui si elle voulait maintenir un semblant de professionnalisme. Elle l'aimait et ne voulait pas qu'il le sache. Pas maintenant. Ni jamais peut-être.

La dernière fois qu'ils avaient couché ensemble, c'était lui qui, à peine réveillé, avait pris la poudre d'escampette. Elle ne voulait pas revivre la même expérience. Ni avec lui ni avec personne. C'était pour cette raison qu'elle était partie sans le réveiller. Pour ne pas voir son regard hostile quand il ouvrirait les yeux et la verrait.

Ah ! si seulement, comme c'était le cas pour beaucoup d'hommes, une relation pouvait se limiter au sexe pour elle ! Hélas, dès sa première nuit avec Seb, elle avait eu l'étrange impression d'avoir trouvé l'homme qui lui était destiné.

Et elle ne voulait pas qu'il soit cet homme-là. Pas avec leur passé respectif.

Arrivée sur la promenade en bois, alors qu'elle courait vers sa voiture, elle se rappela que ses chaussures étaient restées sur la plage.

Tant pis. Hors de question de retourner les chercher maintenant. Elle irait demain, en plein jour, quand Seb ne serait plus dans la cabine pour la rejeter.

Elle craignait par-dessus tout que, comme Roy, il lui tourne le dos et s'en aille.

Comme elle en ce moment ?

Non, elle, c'était différent. Elle fuyait pour ne pas souffrir de nouveau. Pour que Claire ne souffre pas. Et peu importe ce que cela lui coûterait affectivement, elle veillerait à ce que sa fille ne paye pas les pots cassés de ses propres errements.

Une fois dans sa voiture, elle respira profondément et essaya de se calmer avant de composer le numéro de Seb. Elle attendit un long moment avant qu'il ne décroche enfin et réponde d'une voix ensommeillée et tellement sexy qu'elle eut envie de courir le rejoindre. Mais elle résista et expliqua posément qu'elle avait été obligée de partir. Elle raccrocha aussitôt et démarra.

Sébastien n'avait retrouvé que les chaussures de Rachel. Comme dans *Cendrillon*. À la différence près que ce n'était pas un conte de fées mais la vie réelle.

Il avait été tiré d'un profond sommeil à 3 h 30 du matin par la sonnerie de son téléphone. La voix de Rachel l'informant sans plus d'explications qu'elle avait été obligée de partir avait achevé de le réveiller.

Tout lui était revenu d'un coup.

Rachel et lui avaient passé la nuit dans la paillote. Lui, du moins. Quand était-elle partie ? Juste après ? Avait-elle eu honte ?

Le temps qu'il s'habille et sorte, une colère inexplicable l'avait gagné.

Dehors, il avança péniblement sur le sable et repéra une paire de chaussures blanches. Celles de Rachel.

Même si elle regrettait ce qui s'était passé, ce qu'il pouvait comprendre, elle n'avait pas à filer comme une voleuse !

Et lui, qu'avait-il fait d'autre il y a un an ?

Il n'avait eu qu'une idée en tête quand elle s'était réveillée ce jour-là : s'enfuir, parce qu'elle avait découvert son tatouage et en avait suivi le contour de son doigt. Cette fois, il ne lui en avait pas laissé la possibilité. Il avait veillé à ne jamais lui tourner le dos. Même pendant leur sommeil.

Par instinct de survie ? Peut-être. Ou bien pour contrôler le degré d'intimité entre eux et empêcher la situation de prendre une tournure trop sentimentale. Un scénario plus probable et qui, avec le recul, lui apparut égoïste et froid. Cette femme s'était donnée entièrement, aussi bien professionnellement à Mauhali que pendant leurs étreintes. Il avait cru qu'il en était allé de même pour lui. Mais il s'était menti à lui-même. En réalité, il y avait eu de sa part à lui une dose de calcul pour se limiter au physique en barrant la route à l'affectif.

L'avait-elle senti ?

Il se glissa dans l'hôpital et dans l'ascenseur sans attirer l'attention, aidé par l'activité réduite à cette heure matinale. Il entra dans son bureau, posa les chaussures de Rachel sur sa table de travail et se laissa choir sur le canapé. Il voulait mettre un peu d'ordre dans ses idées.

Sa colère était retombée pendant sa marche sur la plage. Rien de tout ce qui était arrivé n'était la faute de Rachel.

Elle devait dormir à poings fermés dans son lit à cette heure. Avec un peu de chance, ils pourraient tourner la page et poursuivre leur collaboration sans problème. Sans complications.

Sans…

Une peur surgit de nulle part, comme l'année précédente.

Avec Layla aussi, il avait utilisé un préservatif. Défectueux à l'évidence, puisqu'elle était tombée enceinte.

À l'époque, il avait sauté de joie à la perspective de réaliser son rêve d'être père et il avait aussitôt demandé sa main à Layla. Mais elle avait préféré attendre la naissance et avoir repris sa silhouette normale pour célébrer le mariage.

Et puis la maladie de leur bébé les avait rattrapés, et aujourd'hui Sébastien était terrorisé à l'idée que le même drame se reproduise. Une possibilité à considérer sérieusement si un défaut dans son propre ADN avait été responsable du cancer de Bleu. À l'époque, l'oncologue l'avait catégoriquement exclu. Mais que savaient exactement les scientifiques du code génétique ?

Et puis, il y avait aussi Rachel à prendre en compte à présent. Rachel qui avait déjà traversé l'épreuve effroyable du lymphome de sa fille. Pouvait-il courir le risque de la plonger de nouveau dans l'horreur, uniquement parce qu'il était incapable de dominer ses pulsions ?

Et s'il était déjà trop tard ?

Certes, il était très peu probable de tomber deux fois sur un préservatif défectueux. Mais à présent que cette idée s'était insinuée dans sa tête, il ne parvenait plus à la chasser.

Il se leva du canapé, attrapa quelques vêtements et se rendit dans la petite salle de bains attenante à son bureau. Il entra dans la douche et ouvrit à fond le robinet d'eau froide. Se flagellait-il pour ce qu'il ne pouvait réparer ?

Il demeura là jusqu'à ne plus tenir. Il se lava alors rapidement et sortit de la cabine.

Après avoir enfilé des vêtements propres, il retourna dans son bureau et ouvrit son ordinateur portable. Un gros titre apparut à l'écran :

Le cyclone tropical Koji : de l'histoire ancienne

Pas vraiment ancienne, car il avait modifié le présent de Sébastien de manière imprévisible Parmi toutes ces mangues et ces arbres à terre, quelque chose d'autre était tombé : son cœur.

Il ne comprenait pas comment les choses en étaient arrivées là. Comment il avait pu les laisser en arriver là.

Il s'allongea sur son canapé et, contre toute attente, s'endormit. Une ou deux heures plus tard, des coups frappés à la porte le réveillèrent. Il se mit debout et s'efforça de reprendre ses esprits. Ce devait être Rachel, et il ne savait pas du tout comment la recevoir.

Avant de s'asseoir dans son fauteuil, il cacha sous son bureau les chaussures de Rachel. Pour le cas où ce ne serait pas elle.

Mon œil ! Il ne voulait tout simplement pas laisser une trace de la nuit précédente. Cela dit, la façon dont elle était partie signifiait peut-être qu'elle ne désirait pas plus que lui entamer une relation.

Certes, il l'aimait, mais l'amour n'a jamais été une raison suffisante pour vivre avec quiconque.

— Entrez, dit-il en plaquant sur son visage un masque d'impassibilité.

La porte s'ouvrit non pas sur Rachel mais sur une femme qui lui disait vaguement quelque chose et, à moitié cachée derrière elle, une petite fille.

La petite qui s'était noyée et sa mère ! Comme cet accident lui paraissait loin !

Il se leva d'un bond et les invita à entrer.

— Sharon tenait à passer vous voir, expliqua Marie en souriant. Allez ! Vas-y ! Donne-lui !

La petite tendit à Sébastien une des deux enveloppes qu'elle serrait contre elle.

— Tiens ! C'est pour toi.

Il s'accroupit devant la fillette en lui souriant et prit le pli qu'il décacheta.

Il continua à sourire, mais sa gorge se noua lorsqu'il découvrit la photo que Marie avait prise de Sharon, de Rachel et de lui. Tous trois étaient radieux. Heureux de l'issue miraculeuse de la noyade. Rachel et lui étaient alors loin d'imaginer ce qui se passerait dans une paillote moins d'une semaine plus tard.

Sans issue miraculeuse en vue aujourd'hui.

— Merci, Sharon. Ça me fait très plaisir.

Sharon leva vers lui un visage rayonnant où manquait une dent de devant.

— Tu pourrais donner celle-ci à la dame qui était avec toi ? On nous a dit qu'elle n'était pas encore arrivée, et j'ai école.

Il n'avait vraiment aucune envie de remettre à Rachel une photo d'eux, même avec Sharon qui les séparait. En fait, la présence d'un enfant aggravait les choses car elle lui rappelait ce qu'il ne pourrait plus jamais avoir.

— Ne t'inquiète pas. Je veillerai à ce qu'elle l'ait.

Quitte à la mettre dans son casier.

— Merci à toutes les deux. Et je suis vraiment ravi de voir que Sharon est en pleine forme.

Mère et fille prirent alors congé.

Après s'être mis à quatre pattes pour récupérer les chaussures de Rachel sous son bureau, il posa le cadeau pour Rachel sur une des tables basses. Quant à sa propre photo, il la rangea dans l'enveloppe… avant de la ressortir. Pour le cas où Sharon reviendrait un jour, il la punaisa sur le panneau où il affichait celles de ses petits malades envoyées par leurs parents, en résistant à la tentation, qu'il jugea puérile et lâche, de cacher Rachel derrière un autre cliché.

Puérile et lâche comme son hésitation à lui remettre son enveloppe.

Décidément, que cela lui plaise ou non, il devait lui parler en tête à tête. Pour établir clairement que leur aventure était sans lendemain et pour s'assurer que Rachel n'accepterait pas la proposition du Dr Chauvre à cause de lui.

À point nommé, Rachel passa la tête par la porte.

— Tu peux venir voir un petit patient, s'il te plaît ?

Elle paraissait parfaitement calme, parfaitement détendue et ne montrait aucun signe de contrariété. Ce qui n'était pas une raison pour esquiver la discussion.

— Oui, bien sûr. C'est une urgence ?

— Pas vraiment, mais il a un hameçon planté dans la main et n'a pas laissé les urgentistes l'approcher.

La mise au point attendrait donc.

— Allons-y.

— Euh… En fait, Stella est avec lui. C'est toi qu'ils attendent. J'espère que ça ne pose pas de problème.

En d'autres termes, il allait travailler avec une autre infirmière.

— Non, aucun.

Un mensonge bien sûr, mais que pouvait-il dire d'autre ?

Se guidant aux gémissements plaintifs, il frappa à la porte d'une chambre avant d'entrer et découvrit Jacque, un garçonnet qu'il connaissait bien, assis sur la table d'examen, un gros hameçon fiché dans la paume de sa main. Sans doute rassuré par la vue d'un visage familier, le gamin cessa de pleurnicher.

— On dirait que tu t'es pris pour un poisson, Jacque.

— En fait, c'est en partie de ma faute, dit le père qui était assis dans un des fauteuils. J'ai lancé ma ligne sans voir qu'il sortait une boisson de la glacière derrière moi.

— Nous allons arranger ça et te libérer, Jacque.

Une heure après, Jacque et son père repartaient.

Les patients se succédèrent tout au long de la journée sans que Sébastien travaille une seule fois avec Rachel. Il ne pouvait croire à une simple coïncidence. Malgré le calme qu'elle avait affiché ce matin, ce qui s'était passé l'aurait donc contrariée au point qu'elle ne supportait même pas de rester dans la même pièce que lui ?

Impossible d'en rester là. Par simple charité mais aussi pour ne pas mettre la puce à l'oreille des autres infirmières, qui ne manqueraient pas alors de se poser des questions… et d'y répondre.

Il prit son téléphone et tapa le numéro de Rachel.

— Allô ? dit-elle au moment où il croyait qu'il allait être dirigé sur sa boîte vocale.

— Bonjour, Rach. On peut se voir quelque part pour parler ?
— Parler de quoi ?
— Tu dois en avoir une petite idée, non ?
— Je finis dans une heure. On se voit dans la cour ?
— D'accord.

Une heure plus tard, il se dirigea vers le lieu du rendez-vous, les chaussures de Rachel dans un sac. Elle était déjà là, sur un banc à l'écart. Elle se redressa en apercevant Sébastien et serra les mains sur ses genoux.

Il posa le sac à côté d'elle et regretta de ne pas lui avoir apporté un café.

— Oh ! mes chaussures ! s'exclama-t-elle en jetant un coup d'œil dans le sac. Merci de me les avoir rapportées.

— De rien.

Après un moment d'hésitation, il reprit, le reproche perçant dans sa voix :

— Pourquoi ne m'as-tu pas réveillé au lieu de filer à l'anglaise et de me téléphoner ensuite ?

— Je n'ai pas filé… Enfin si, peut-être, rectifia-t-elle d'un air penaud, mais je ne savais pas quoi te dire. Je crois que ni l'un ni l'autre nous n'avons voulu ce qui s'est passé. Et je dois penser à Claire. Nous vivons seules toutes les deux depuis si longtemps.

— Et son père ?

— Disparu de la circulation depuis qu'elle est bébé. Un jour, il a décidé qu'il n'était pas fait pour la paternité. Et voilà.

Précisément ce qu'il avait décrété lui aussi, songea Sébastien, la mâchoire crispée. Certes, mais lui n'aurait jamais abandonné Bleu. Pour rien au monde.

— Je suis désolé, Rachel. Je ne savais pas.

— Tu comprends maintenant pourquoi je ne veux pas m'engager dans une relation pour le moment. Même pour…

Elle n'acheva pas, mais il supposa qu'elle voulait parler du sexe.

Il était venu ici prêt à trancher dans le vif et à lui dire qu'ils devaient briser net cette aventure, mais elle l'avait devancé… et lui avait retiré une épine du pied.

Il tenait cependant à se montrer franc avec elle, quoi qu'il lui en coûte.

— Je suis désolé pour toi, Rachel, répéta-t-il. Bleu a beau avoir été un accident, je l'aimais plus que tout au monde. À sa mort, j'ai décidé que je ne supporterais plus d'être père de nouveau. Et j'ai beau savoir qu'il est peu probable que je tombe encore sur un préservatif défectueux… je ne peux pas m'empêcher d'y penser. Donc, ne t'inquiète pas, ce qui s'est passé la nuit dernière n'arrivera plus.

— Crois-tu qu'il va être trop pénible de travailler ensemble ? Auquel cas, je pourrais accepter le poste en orthopédie.

Trop pénible ? Ils avaient pourtant surmonté les difficultés la dernière fois. Alors, quelque chose sonnait faux. Y avait-il autre chose qu'elle ne disait pas ?

— Ce serait une grosse perte pour le service de pédiatrie. Tu es géniale avec les enfants, et j'espérais que tu te sentais bien avec nous.

— Oui, je me plais ici. Simplement, j'ai des tas de choses à considérer. Et Claire…

La sonnerie de son téléphone l'interrompit. Elle se leva.

— Ne t'inquiète pas. Ce qui s'est passé la nuit dernière ne se produira plus. J'y ai mis bon ordre.

Là-dessus elle partit, son téléphone à l'oreille.

— Bonjour, ma chérie, l'entendit-il dire.

Ce furent les derniers mots qui lui parvinrent avant qu'elle ne soit hors de portée de voix, le laissant seul sur son banc.

Seul avec ses pensées. Seul avec les chaussures de Rachel. Seul avec son avenir.

Un avenir qui s'étendait devant lui comme un immense désert.

11.

Son vol de retour dans le Wisconsin s'avéra beaucoup plus pénible qu'elle ne l'avait cru.

Quand Claire l'avait appelée alors qu'elle mettait les choses au point avec Seb, Rachel avait vivement ressenti que sa place était aux côtés de sa fille. Le service de pédiatrie perdrait beaucoup avec son départ, avait déclaré Seb. Mais pas un instant il n'avait suggéré que *lui* y perdrait beaucoup. Elle avait reçu ce non-dit comme un coup de poing.

Le refus catégorique de Seb de devenir père avait enterré un peu plus l'espoir qu'elle avait nourri. Quant à ses appréhensions concernant les préservatifs, elles avaient été la goutte d'eau qui avait fait déborder le vase, et Rachel ne s'était plus senti le courage de travailler avec lui jour après jour. Pas après leur dernière nuit ensemble. Pas quand elle avait acquis la certitude qu'il ne partagerait jamais ses sentiments. Non pas qu'elle l'ait souhaité d'ailleurs. Elle lui avait dit la vérité : Claire était sa priorité.

Or, chaque fois qu'elle pensait à leurs étreintes dans la paillote sur la plage, ses jambes flageolaient. Et quand il la serrait contre lui, elle avait comme jamais auparavant dans sa vie la sensation d'avoir trouvé sa place.

Neves l'ayant sans la moindre difficulté autorisée à s'absenter, elle avait acheté un billet d'avion pour le Wisconsin et était partie quelques heures après son entrevue avec Seb, sans le revoir, de peur qu'il ne lise sur son visage les sentiments qu'elle lui portait.

La rapidité avec laquelle Claire l'avait adopté – au point

qu'elle rêvait manifestement de les voir ensemble – compliquait encore la situation.

Comme l'avion amorçait sa descente, elle regarda par le hublot. Taurati… et Seb étaient déjà très loin derrière elle. Maintenant, devant sa mère et Claire, elle allait devoir prétendre que tout allait bien, faire comme si la foudre ne lui était pas tombée sur la tête quand elle avait pris conscience, après sa nuit dans la paillote, qu'elle aimait Sébastien d'amour.

Depuis des années, elle avait renoncé aux hommes en se promettant de se rattraper lorsque Claire serait adulte et aurait quitté la maison.

Et il avait fallu que Sébastien débarque dans sa vie et lui fasse oublier cette règle de conduite !

Comment sortir de l'impasse ? Il suffirait qu'elle reste aux États-Unis. Mais Claire ne croirait jamais que son pays natal manquait à sa mère au point qu'elle abandonne son poste à Taurati. En outre, il n'était pas juste que Claire n'ait pas son mot à dire. Elle se plaisait énormément à Taurati, où elle avait enfin pu tourner la page du cancer et commencer à vivre. Tout comme elle-même d'ailleurs.

Dans ces conditions, serait-il judicieux de faire une croix sur sa nouvelle vie en Polynésie ? De revenir en arrière au détriment des progrès réalisés ?

Elle se sentait perdue. Elle s'était donc donné une semaine, peut-être deux, pour réfléchir. Pour se livrer à un peu d'introspection et essayer de comprendre ce qui s'était passé.

Les roues de l'avion touchèrent la piste, et les freins se mirent en action. La météo avait été bonne tout au long du voyage, loin des turbulences qu'elle avait connues dans l'hélicoptère vers Mauhali. Mais intérieurement, Rachel sentait souffler un petit cyclone de doutes et d'appréhension.

Profite du moment présent, Rachel ! C'est tout ce que tu as à faire dans l'immédiat.

Sébastien et Taurati pouvaient attendre quelques jours. Sinon éternellement.

L'avion s'immobilisa, et les portes s'ouvrirent. Rachel se

leva et commença à avancer dans l'allée. Elle n'avait pris que très peu de bagages. Si elle décidait de rester aux États-Unis, elle demanderait à une entreprise de déménagement de vider son appartement et de lui expédier ses affaires par bateau.

De cette façon, elle ne serait pas obligée de revoir Seb. Une chose était sûre cependant : elle ne l'oublierait jamais. Et son cœur mettrait longtemps, très longtemps, à cicatriser.

Dans le terminal, il ne lui fallut que quelques secondes pour repérer les êtres qui lui étaient chers. Claire se précipita vers elle et se jeta à son cou.

— Je suis contente que tu sois venue ! Mamie m'a dit que la tempête était terminée et que personne n'était mort sur l'autre île.

— C'est exact. Et Taurati a eu beaucoup de chance.

Certes, mais elle-même n'en était pas sortie indemne.

— Bienvenue à la maison, Rachel.

— Merci, maman.

Rachel souriait, mais d'un sourire qu'elle sentait faux. Parce qu'elle n'avait pas l'impression d'être à la maison. Plus maintenant. Y avait-il d'ailleurs un endroit sur terre où elle se serait sentie chez elle désormais ?

Oui, à Taurati. Mais supporterait-elle d'y retourner ?

— Comment va Sébastien ? demanda Claire. Je lui manque ?

La question fendit le cœur de Rachel. Elle s'était pourtant démenée pour que sa fille ne s'attache pas à Seb. Mais on ne choisissait pas qui on aimait…

— Il va bien. Il est fatigué, comme tout le monde après le cyclone et les opérations de sauvetage sur l'autre île.

Ah mince ! se rappela-t-elle brusquement. Elle avait laissé ses chaussures sur le banc à côté de Seb dans la cour. Si elle ne retournait pas à Taurati, il les jetterait probablement à la poubelle. Avec bien d'autres choses certainement !

Finalement, elle lui avait épargné la responsabilité de la rupture. La dernière fois, il s'était enfui. Cette fois, c'était elle. Et loin d'un sentiment de triomphe, elle éprouvait de la honte. Elle se sentait… lâche.

Elle aurait dû rester. Elle aurait dû avouer franchement à Seb qu'elle l'aimait et juger de sa réaction. Mais la fermeté avec laquelle il avait rejeté toute idée de paternité l'en avait dissuadée. La décision lui revenait bel et bien à lui.

Elle embrassa sa fille sur le crâne… pendant qu'elle pouvait encore se le permettre, songea-t-elle avec un pincement au cœur. Claire avait beaucoup grandi en un an. Et pas uniquement physiquement. Elle avait gagné en confiance en elle et en connaissances.

— On peut l'appeler ? Il a promis de m'aider en français et en tahitien.

— On va attendre un peu, d'accord ? Il a certainement besoin de souffler après la semaine de dingue que nous avons vécue.

Une semaine seulement ? Incroyable !

Une semaine pour tomber amoureuse. Un vrai titre de roman à l'eau de rose ! Mais dont le dénouement était rien moins qu'incertain.

— Devine ce que j'ai vu il y a deux jours, dit-elle à Claire pour faire diversion.

— Quoi ?

— Je me promenais sur la plage quand j'ai vu un drapeau planté là où la tortue a pondu ses œufs.

— Tu es sûre que c'était le même endroit ?

— Oui. Il faisait nuit, mais il y avait la lune et nous… euh… je sais que c'était là.

— Tu as de la chance ! Taurati me manque.

— Je sais, ma puce, dit Rachel, le cœur serré.

— Au fait, j'ai mis la tortue que Sébastien m'a donnée sur une étagère chez mamie. J'ai hâte de la rapporter dans ma chambre à Taurati.

— En attendant, profitons des moments que nous allons passer avec papy et mamie. OK ?

— OK.

Sur ces entrefaites, elles arrivèrent à la voiture de Marion. Rachel s'assit sur le siège passager et, la tête sur le dossier, écouta Claire lui raconter son emploi du temps depuis son arrivée chez ses grands-parents, en essayant de garder contenance devant sa mère et sa fille. Elle devait tenir le coup jusqu'au moment où, en l'absence de témoins, elle pourrait se laisser aller à pleurer.

Deux jours après sa conversation avec Rachel, Sébastien reçut la visite de Neves Bouchet.

— À quoi dois-je cette apparition ? demanda-t-il en s'asseyant sur le canapé de son bureau.

— Je voulais vous remercier Rachel et toi, de la part du personnel de l'Hospitalier, pour votre investissement ici et à Mauhali.

Le regard de Sébastien se dirigea par hasard vers la table basse. Les chaussures de Rachel y trônaient, bien en vue ! Il les avait sorties du sac et puis les avait totalement oubliées. Mais Neves trouverait suspect qu'il se lève pour les enlever.

— Je voulais remercier Rachel en personne, mais elle a déposé une autorisation d'absence pour aller passer un peu de temps avec sa mère et sa fille aux États-Unis. Je suppose qu'elle ramènera sa fille avec elle ?

Quoi ? Rachel était rentrée dans le Wisconsin ? Il avait été tellement soulagé de ne pas la croiser la veille qu'il ne lui avait pas effleuré l'esprit qu'elle n'était tout simplement pas à l'hôpital. Ou à Taurati. Il avait seulement supposé que c'était son jour de congé.

— Je ne sais pas. J'ignorais qu'elle était partie.

— Elle ne t'a pas prévenu ?

— Non, elle ne m'a pas prévenu, dut-il avouer. Quand est-elle venue te voir ?

— Avant-hier.

Le jour de leur dernière conversation. Ce ne pouvait être une coïncidence. Il repassa mentalement tout ce qu'il lui avait dit, à la recherche de ce qui aurait pu la blesser. Il avait cru qu'ils étaient au diapason.

— A-t-elle dit quand elle rentrerait ?

— Apparemment, elle a besoin d'au moins une semaine. Peut-être deux.

Ou peut-être ne reviendrait-elle jamais ?

Il se pétrifia. Des milliers d'émotions le traversèrent. S'il avait su, leur conversation se serait-elle terminée différemment ?

— Je n'étais pas au courant.

— Oui, tu l'as déjà dit. Y a-t-il quelque chose que moi je devrais savoir ? demanda Neves en le scrutant.

C'est alors que Neves aperçut les chaussures de Rachel sur la table basse. Il tourna la tête avec vivacité vers Sébastien.

— Je pense que tu as deviné, dit ce dernier. Simplement, je ne sais pas quoi faire.

— J'en conclus que c'est compliqué. Rien à voir avec Laurence et Britan, je suppose ?

— Non, rien à voir.

L'autre couple avait franchi dans l'ordre toutes les étapes normales d'une histoire d'amour. Un : se remarquer. Deux : se fréquenter. Trois : faire la demande en mariage et passer devant M. le maire.

— Bon ! J'enlève ma casquette de directeur pour mettre celle d'ami. Est-ce que tu l'aimes, Seb ?

— Oui.

La réponse était simple. Tellement simple qu'elle en parut ridicule dite à voix haute. Mais tellement difficile aussi.

Parce qu'il n'était pas sûr de pouvoir de nouveau vivre en famille. Parfois l'amour ne suffisait pas.

Il savait à présent que l'ex de Rachel avait pris ses jambes à son cou quand il avait été confronté à ses responsabilités de père. Aussi, avant de se lancer à la poursuite de Rachel, il devait lever tous ses doutes sur sa capacité à gérer ses propres peurs.

— Il faut que tu prennes une décision, alors. Et je te conseille de le faire rapidement, Seb. Si tu n'essayes même pas…

Il se leva et jeta un coup d'œil aux chaussures.

— … tu le regretteras plus que tu ne l'imagines.

Avec un sourire pour adoucir ses propos, il sortit.

« Prendre une décision rapidement »… Plus facile à dire qu'à faire.

Cela dit, Neves avait raison. S'il continuait à traverser la vie en touriste, il risquait de passer à côté de quelque chose de bien. De beau.

Comme fonder une famille ?

12.

Une semaine s'était écoulée et toujours aucun signe de Rachel. Neves non plus n'avait pas eu de nouvelles.

« Si tu n'essayes même pas, Seb, tu le regretteras plus que tu ne l'imagines. » Les mots du directeur de l'hôpital résonnaient dans la tête de Sébastien.

Le regretterait-il ? Oui, indiscutablement.

Il avait été absolument certain qu'il ne voudrait plus être père après la disparition de Bleu. Il s'était même accroché à cette certitude. Et puis étaient venues Rachel et sa fille qui avaient semé le doute dans son esprit.

Il aimait Rachel. Pour sa détermination inébranlable à protéger sa fille et elle-même. Pour son dévouement à ses malades aussi.

Mais accepterait-il d'obéir à son cœur et de bâtir sa vie avec une mère constamment inquiète pour la santé de sa fille ? Une récidive était certes peu probable après six années de rémission, mais toujours possible. Comme les cyclones à Taurati.

Malgré ses appréhensions, Rachel ne voudrait-elle pas d'autres enfants ? D'après le neurochirurgien avec qui il avait discuté lors de la maladie de Bleu, les cancers neurologiques étaient rarement génétiques. Mais « rarement » ne voulait pas dire « jamais ».

Était-il prêt à parier que le médecin qu'il avait tant dénigré à l'époque avait eu raison ?

Ou préférait-il continuer à laisser la vie filer et renoncer à Rachel, comme il s'y employait depuis une semaine ?

Jamais homme plus minable n'avait existé ! Et cela ne changerait pas de sitôt s'il ne suivait pas les conseils de Neves.

Il imaginait assez facilement ce qui avait traversé l'esprit de Rachel quand il lui avait annoncé qu'il ne voulait plus avoir d'enfants : si elle lui ouvrait la porte de son cœur, elle s'exposerait à revivre ce qu'elle avait subi avec son ex.

Sauf que lui, Sébastien, s'il prenait la décision d'entrer dans la vie de Rachel, il ne reviendrait pas dessus. D'où ses hésitations.

Franchis le pas, Sébastien. Et ensuite dis-le-lui.

Le croirait-elle ? Ne l'enverrait-elle pas au diable ?

« Si tu n'essayes pas… »

Une tempête frappa son cœur. Neves avait raison. Il détenait le pouvoir d'agir. Il suffisait qu'il soit prêt à oser.

Et que Rachel soit prête à l'écouter.

Il se saisit d'une des chaussures de Rachel, la manipula quelques instants avant de la reposer avec résolution. Oui, il était prêt.

La perspective était terrifiante mais pas plus que ne l'avait été la prise de conscience qu'il était amoureux d'elle. Et puis, comment oublier la beauté de leurs moments ensemble, aussi bien au travail que dans l'intimité ?

Il ne lui restait plus qu'à passer à l'action. Peu importe l'accueil que lui réserverait Rachel. L'essentiel était qu'il fasse la démarche. Qu'il soit honnête avec elle et avec lui-même. Qu'il lui demande si, comme lui, elle acceptait de tout risquer pour fonder une famille. Pour sa part, il n'avait jamais rien désiré avec autant de force.

Il appela Neves, qui décrocha à la première sonnerie, comme s'il avait attendu l'appel.

— Alors ? aboya-t-il. Ça y est, tu as décidé ?

— Comment l'as-tu deviné ? dit Seb en riant.

— Pour quelle autre raison m'aurais-tu téléphoné ? Alors, quel est ton plan ?

— Je n'en ai pas la moindre idée !

Et c'était vrai. En tout cas, fini de rester assis à son bureau à se morfondre !

— Mais j'ai besoin de m'absenter.

— Accordé.

— Tu ne veux pas savoir combien de jours ?

— Non. Tout ce qui m'intéresse est que tous les deux vous trouviez ce que vous cherchez. Dans notre intérêt à tous.

— Pourquoi je ne peux pas l'appeler ?

Claire insistait de plus en plus, et Rachel commençait à être à court d'arguments. Elle n'avait toujours pas eu la moindre nouvelle de Sébastien depuis qu'elle avait quitté Taurati.

Mais à quoi d'autre s'était-elle attendue ?

Il n'empêche. Cette indifférence manifeste la blessait.

Et elle-même, avait-elle tenté de retenir Roy ? Non. Elle lui avait seulement lancé un « bon débarras ! » muet, avant d'être submergée de colère et de désespoir.

Elle se mordilla la lèvre inférieure tant elle se sentait honteuse. Elle devait regarder la réalité en face : à l'instar de Roy, elle fuyait au lieu d'affronter avec courage une situation difficile.

Il était donc normal que Sébastien réagisse comme elle avait réagi avec Roy.

Sauf qu'elle ne voulait pas que Sébastien sorte de sa vie. Mais elle avait peur. Peur que leur couple échoue. Peur que Claire et elle-même en souffrent. Peur que Sébastien ne surmonte pas sa phobie de la paternité.

Elle avait donc quitté Taurati avant qu'il ne leur fasse du mal à Claire et à elle.

Et malheureusement avant que l'un et l'autre ne mettent au clair leurs sentiments. La nature de leur relation avait évolué si vite que Rachel avait été totalement déboussolée quand ils avaient discuté dans la cour. Et c'était elle qui, la première, avait décrété que leur nuit d'amour devait être sans lendemain.

Elle n'avait pensé qu'à Claire. Mais Claire aimait bien

Sébastien et, a priori, il ne romprait pas le lien qu'il avait tissé avec elle, quelle que soit l'issue de leur histoire personnelle.

Il avait proposé à sa fille de l'aider en français et en tahitien. Et, Rachel l'avait appris, c'était un homme de parole.

Le décès horrible de son fils l'avait traumatisé. Et comme elle, davantage même peut-être, il vivait dans la peur. Il était allé jusqu'à suggérer qu'il sentait la mort rôder quand il était avec une femme.

Et l'attitude de Roy n'influençait-elle pas la sienne à l'égard de Sébastien ? Bien sûr que si.

Elle regarda sa fille qui attendait avec impatience sa réponse et décida de risquer le tout pour le tout. Au nom de l'amour.

Et pour Claire.

— Il n'y a aucune raison, Vas-y, appelle-le.

La gorge nouée, elle observa sa fille taper le numéro de Seb.

Je t'en supplie, Seb, ne la fais pas souffrir. S'il te plaît !

— Sébastien ? C'est Claire ! Comment vas-tu ?

Le visage de sa fille rayonnait tandis qu'elle écoutait Sébastien.

— Taurati me manque terriblement. Tu sais, je progresse en français. Mais j'ai encore besoin d'aide en tahitien.

Ses yeux s'écarquillèrent.

— Tu es où ?

Rachel sentit son cœur se serrer. Avait-il lui aussi quitté Taurati ?

Claire écarta le téléphone de son oreille.

— Maman, il est ici ! Sébastien est ici !

— Quoi ? Où ça ?

Le cœur de Rachel battait la chamade.

— Dans le Wisconsin. Il veut te parler, répondit Claire en tendant l'appareil à sa mère.

Pleine d'espoir, Rachel prit le téléphone d'une main tremblante.

— Seb ?

— Salut !

À ce simple mot, elle se détendit.

— Salut. Tu es dans le Wisconsin apparemment ?

— Oui. J'allais t'appeler, mais Claire m'a devancé.

— Où dans le Wisconsin ?

— Vers chez toi. À Black River Falls.

Elle en resta pantoise. Elle avait pensé qu'il était à Madison ou Milwaukee. Mais s'il se trouvait à Black River Falls, ce n'était pas pour des raisons professionnelles, mais pour…

— Tu… tu es à l'hôtel ?

— Non, je n'ai pas encore pris de chambre. Mais ce n'est pas le sujet. Je veux te parler. Pouvons-nous nous voir ?

Consciente que Claire ne la quittait pas des yeux, elle essaya de rassembler ses idées. Elle ne voulait pas discuter avec Seb ici, chez sa mère, ne sachant pas si l'entrevue répondrait à ses vœux. Peut-être était-il venu lui annoncer qu'on se passerait désormais d'elle à l'Hospitalier ?

Absurde ! On l'en aurait avisée par téléphone et, de toute façon, on n'aurait pas chargé un chef de service de cette mission. Ce qui rendait de plus en plus probable l'autre raison de sa présence…

Ils convinrent de se retrouver à la bibliothèque une demi-heure plus tard.

En vérité, dix minutes lui suffisaient pour se rendre là-bas, mais elle avait besoin de davantage de temps pour reprendre ses esprits et réfléchir à ce qu'elle allait lui dire.

Dis-lui que tu l'aimes.

Après que sa mère eut raccroché, Claire ne la lâcha plus.

— Je veux venir ! Je veux venir ! S'il te plaît, maman. S'il te plaît !

Hors de question de donner de fausses joies à Claire tant qu'elle-même ne serait pas sûre qu'elle ne prenait pas ses désirs pour des réalités.

— Pas cette fois, ma chérie. Nous devons parler, Seb et moi. Mais s'il ne repart pas dès aujourd'hui, nous essayerons d'organiser quelque chose.

Claire écarquilla les yeux.

— Tu l'aimes ou quoi ?

Ayant pour règle de ne jamais mentir à sa fille dans la mesure du possible, elle hocha simplement la tête avant d'ajouter :

— Mais je ne suis pas sûre que ça puisse marcher entre nous. Nous devons en discuter. Alors, ne t'emballe pas.

Comme si elle n'avait pas entendu un mot de ce que sa mère venait de lui expliquer, Claire se jeta à son cou.

— Tu vas lui dire, hein ?

— Tout dépend de ce qu'il dira, lui, répondit Rachel en dénouant les bras de Claire de son cou et en l'embrassant sur la joue. Bien, maintenant il faut que je me prépare.

Elle s'arrêta sur ses pas et regarda Claire.

— Nous devons décider du meilleur parti à prendre pour nous et pour toi. Mais quoi qu'il arrive, je veux que tu saches que Sébastien est quelqu'un de bien.

— Je sais que Seb est quelqu'un de bien. Et promis, je ne vous en voudrai ni à l'un ni à l'autre si vous décidez de ne pas continuer ensemble.

— Merci, ma puce. Tu es un ange.

Rachel déposa un dernier baiser sur la joue de Claire avant de disparaître dans la salle de bains pour se coiffer.

Elle se présenta juste à l'heure au rendez-vous, emmitouflée dans sa doudoune. Elle le vit avant même d'arriver à la bibliothèque. Malgré le froid, il était resté dehors, dans une simple veste de survêtement.

— Tu aurais dû entrer, dit-elle en le rejoignant.

Il avait le nez rouge, les mains enfoncées dans les poches de son jean. Il s'était fait couper les cheveux.

— Allez ! Viens. Nous n'allons pas rester dans ce froid. Il y a un café un peu plus loin.

Elle ne savait toujours pas ce qu'il fabriquait ici. En tout cas, il semblait aussi peu dans son élément qu'elle-même à son arrivée à Taurati. Mais elle s'était vite adaptée, elle se plaisait beaucoup là-bas, et le climat et la mer lui manquaient.

Sébastien surtout lui manquait.

Dans le bistro quasiment désert, ils repérèrent une table dans le fond. Mais aux États-Unis, on commandait avant de s'asseoir.

— Tu veux manger ? demanda-t-elle. Ils ont des sandwichs.

— Non, merci. Juste un café.

La carte en offrait une variété impressionnante pour une si petite ville.

— Tu as une préférence ?

— J'ai pris goût à tes expressos. Avec du sucre.

— Va donc t'asseoir. J'apporte ça.

Pendant qu'elle attendait au bar, elle observa discrètement Sébastien assis à la table. Il soufflait dans ses mains d'une façon attendrissante. C'était vraiment un gars des îles !

Elle, en revanche, avait grandi dans une petite ville des États-Unis. Pourtant, ensemble, ils avaient créé quelque chose de magique, de totalement inédit pour elle.

Elle allait lui avouer. Impossible de le laisser repartir sans qu'il le sache. Mais d'abord, elle devait lui expliquer les raisons de sa fuite.

Elle apporta les cafés à la table.

— Voilà. Un expresso sucré pour monsieur.

Il la remercia et but une gorgée.

Quel bonheur de le regarder ! Quel bonheur de le voir ici, dans son monde à elle ! Mais elle devait savoir.

— Pourquoi es-tu venu ici, Seb ?

Il posa sa tasse et enleva sa veste.

— Ce n'est pas évident ?

— Si, peut-être. Je ne sais pas.

Il soupira.

— J'ai beau passer et repasser le film de notre dernière conversation, je ne comprends pas pourquoi tu as quitté Taurati aussi brusquement. Sans la moindre explication. J'ai fait quelque chose de mal ?

Elle ne savait comment le lui dire. Peut-être la solution était-elle de reprendre les choses en amont.

— Tu te rappelles quand je t'ai parlé du père de Claire ?

— Oui, répondit-il en fronçant les sourcils. Il est là ? C'est pour lui que tu es rentrée ?

— Ah non ! Pas du tout ! À mon avis, il ne reviendra jamais. Mais quand tu as déclaré que tu ne voulais plus être père…

Seb sembla blêmir sous ses yeux et il laissa passer quelques secondes avant de dire :

— Tu as eu peur que je fasse comme lui ? Que je t'abandonne ?

— Parce que tu ne le ferais pas ? demanda-t-elle sans oser y croire.

— Je t'ai dit la vérité. Pendant longtemps, je n'ai plus voulu avoir d'enfants, par crainte d'en perdre un autre. Et je savais que Claire avait eu un cancer. Une foule de souvenirs sont remontés. Et des peurs aussi. Et puis j'ai appris à la connaître. Et à te connaître.

— Et maintenant ?

— Au cours des deux derniers jours, j'ai fini par comprendre qu'on ne pouvait mettre la vie dans une jolie boîte et se contenter de la regarder.

Rachel sourit. Elle était arrivée à peu près à la même conclusion.

— Je couve Claire comme une mère poule à cause de sa maladie. Et à cause du comportement de son père. Je ne voulais pas qu'elle soit blessée. Et encore moins par un homme que j'aurais fréquenté. Je me suis dit que ma vie amoureuse pouvait attendre que Claire soit devenue adulte.

Le moment crucial était arrivé.

— Et puis tu es venu. Mais après notre première nuit ensemble, tu t'es enfui. Alors, la dernière fois, à la paillote, je suis partie avant que tu ne te réveilles parce que j'avais trop peur…

— … que je m'enfuie encore, acheva-t-il les paupières closes, la mâchoire serrée. Comme le père de Claire. Et que je la fasse souffrir. Et toi avec.

Rachel ne put rien faire d'autre que hocher la tête.

— Moi aussi j'avais peur, Rach. Peur de ne pas être capable de m'engager. Peur de ne plus avoir l'étoffe d'un père.

Il avait parlé au passé, nota Rachel. Cela voulait-il dire que…

— Et maintenant, tu n'as plus peur ?

— Je suis terrorisé. Tu n'imagines pas à quel point. Mais j'ai décidé que tu vaux la peine de courir le risque. Et si je dis que je vais rester, tu peux me croire.

Il lui prit la main.

— Je t'aime. Depuis notre première rencontre, je crois. Je ne voulais pas me l'avouer à moi-même. Mais toi ? Que ressens-tu pour moi ? Et Claire ? Accepterait-elle que j'entre dans votre vie ?

Rachel sentit son cœur exploser de joie.

— Tu veux dire que… ?

— Je veux que tu partages ma vie, Rachel. Si tu me fais confiance. Je te promets que je ne m'enfuirai pas, quoi qu'il arrive.

— Cette fois, c'est moi qui me suis enfuie, et je le regrette. Je te promets que c'est la dernière fois. Parce que moi aussi je t'aime.

— Dieu miséricordieux ! s'exclama-t-il en français tandis que ses doigts étreignaient ceux de Rachel. Et Claire ?

— Claire parle sans arrêt de toi. Elle croit en nous. Je me creusais les méninges pour savoir comment lui annoncer que nous ne retournerions pas à Taurati. Mais la question ne se pose plus.

— Vous allez donc revenir avec moi à Taurati ? J'aimerais rester ici, mais je ne suis pas sûr de survivre aux hivers.

— Effectivement ! dit-elle en pouffant.

— Mais je veux bien essayer si c'est ce que tu souhaites.

Seb glissa sa main sur la nuque de Rachel et, l'attirant vers lui par-dessus la table, il l'embrassa tendrement.

— Je t'aime, Rachel Palmer.

Comme d'habitude, en entendant son nom murmuré par cette voix rauque à l'accent français, elle frissonna.

— Moi aussi je t'aime.

Ils s'embrassèrent longuement et, lorsqu'ils se séparèrent, il lâcha :

— Au fait, j'ai apporté tes chaussures.

Un coq-à-l'âne si incongru qu'ils explosèrent tous les deux de rire.

— Je me fiche de mes chaussures ! Ce qui m'importe, c'est que tu te sois apporté toi.

— Pour de bon ?

— Oui, pour de bon.

Le baiser qu'ils échangèrent alors contenait la promesse d'un amour éternel et d'un bonheur indestructible.

Épilogue

Deux mois plus tard

Sébastien ne voulait rien précipiter à présent alors que Rachel, elle, se montrait désormais impatiente. Il arguait que les efforts qu'ils fournissaient aujourd'hui pour consolider leur relation rendraient l'avenir encore plus lumineux.

Ils s'étaient donné le temps d'analyser leur passé respectif. Ensemble. Pas à pas. En s'avouant mutuellement leurs angoisses.

Quand elle avait exprimé les siennes, il lui avait promis qu'il ne l'abandonnerait pas, et elle l'avait cru. Les craintes qu'elle nourrissait encore parfois, il les balayait par des baisers.

Lui, de son côté, avait avoué sa peur panique de perdre encore un enfant après le calvaire qu'il avait vécu à la mort de Bleu. Mais il avait assuré que, malgré cela, il était prêt à ouvrir la porte de son cœur et à aimer de nouveau.

Claire l'adorait déjà. Bien que Rachel et Sébastien ne lui aient encore rien annoncé officiellement, elle avait deviné. Elle faisait juste semblant de tout ignorer, ce dont sa mère lui savait gré.

On sonna chez Rachel. Elle alla ouvrir et découvrit non pas les amies de Claire qu'elle pensait trouver mais Seb, en short et tongs !

— Bonjour. Je ne t'attendais pas. À moins que quelque chose ne m'ait échappé ?

— Non, mais j'ai une surprise pour toi. Tu peux venir ?

— Claire est sortie. On a besoin d'elle ?

— Oui, répondit-il avec un petit sourire énigmatique,

mais pas dans l'immédiat. Je veux te montrer quelque chose d'abord. Il y en a pour deux heures tout au plus.

— Vu ta tenue, je suppose que je peux venir comme je suis ? demanda-t-elle en indiquant sa jupe vaporeuse et son T-shirt.

— Tu es parfaite. Nous allons marcher dans le sable. Alors mets des chaussures faciles à enlever.

Sans poser de questions, elle enfila les fameuses sandales qu'elle avait portées en allant à la paillote et attrapa son sac.

— J'enverrai un texto à Claire sur le chemin pour lui dire où je suis.

À la surprise de Rachel, ils se rendirent à l'Hospitalier et se garèrent sur le parking près de la plage. Une foule, armée d'appareils photo et de jumelles, se pressait sur le trottoir en planches.

— Qu'est-ce qui se passe ? demanda Rachel.

— Je préfère que tu le découvres toi-même, répondit-il en lui tenant la portière.

Seb semblait presque ivre. Ce qui ne lui ressemblait pas du tout.

Une fois Rachel dehors, il prit à l'arrière de la voiture sa propre paire de jumelles et un drap de bain. Le mystère s'épaississait.

Ils s'engagèrent à leur tour sur la promenade en planches où, bizarrement, des agents en uniforme canalisaient les badauds et les dirigeaient… vers le haut de la plage et non vers le bord de l'eau !

Lorsque Rachel et Sébastien arrivèrent au bout de la promenade, un des agents les laissa passer après avoir vérifié l'identité de Sébastien.

— Mais ne franchissez pas le ruban jaune et parlez à voix basse, les prévint-il.

Comme ils traversaient le barrage, Rachel vit des piquets reliés par un ruban jaune plantés à perte de vue sur la plage. Que diable se passait-il ?

Sébastien lui prit la main, et ils longèrent le ruban presque jusqu'à la paillote où ils avaient fait l'amour. Il y a des siècles, sembla-t-il à Rachel.

— Il est arrivé quelque chose ? s'inquiéta-t-elle.

— C'est en train d'arriver.

Il s'arrêta une seconde pour regarder dans ses jumelles, puis entraîna de nouveau Rachel.

— Nous y sommes presque.

Encore une trentaine de mètres et Sébastien s'arrêta encore. Cette fois, il étala le drap de bain sur le sable.

— Asseyons-nous ici. Tiens, prends les jumelles et regarde dans la direction de la paillote, à mi-chemin entre ici et là-bas.

Elle obéit mais ne vit que du sable. Beaucoup de sable.

— Je ne…

— Regarde bien.

Il s'assit tout contre elle tandis qu'elle s'efforçait de repérer ce qu'il fallait voir, à l'instar des autres spectateurs.

Quelque chose attira son attention dans son champ périphérique, près d'un des piquets fichés dans le sol. Elle déplaça les jumelles légèrement sur la droite. Quelque chose bougeait. Un mouvement familier…

Un minuscule bébé tortue ! Elle n'avait jamais rien vu d'aussi adorable. Elle l'observa descendre la plage en se dandinant. Il avançait vers son but avec une assurance qui défiait toute logique.

Était-ce si sûr ?

Seb et elle n'avaient-ils pas avancé l'un vers l'autre de la même manière ? Sans savoir pourquoi mais en ayant la certitude que c'était leur destin de se trouver, exactement comme les tortues cherchaient et trouvaient la mer.

Elle abaissa les jumelles et regarda Seb, frappée d'une pensée subite.

— Est-ce que c'est… ? Est-ce que c'est là… ?

— Que nous avons vu la tortue de mer pondre ses œufs ? Oui. C'est ce nid-là.

Les yeux de Rachel s'embuèrent de larmes. Qui aurait deviné qu'entre le moment où la maman tortue avait pondu ses œufs et le moment où ils avaient éclos sa relation avec Sébastien aurait connu autant de revirements ? Et elle l'aimait. Elle l'aimait tant !

Alors qu'il lui essuyait une larme de son pouce, elle sentit qu'il lui pressait quelque chose dans la main. Son cœur s'arrêta de battre. Ses yeux s'agrandirent de surprise.

— Je voulais attendre le bon moment, lui dit-il en souriant. Le moment parfait. Et c'est maintenant.

Elle posa les jumelles sur la serviette et découvrit dans sa paume un petit écrin. Elle avala sa salive et leva les yeux vers Seb.

Il lui prit le menton et lui embrassa tendrement les lèvres.

— Je n'avais pas le numéro de ton père pour lui demander ta main. Mais j'ai parlé à Claire. Nous avons abordé pas mal de sujets.

— Sa soudaine invitation chez une amie, c'était…

— Oui, c'était moi. Je ne savais pas exactement quand les œufs écloraient. Alors, quand je l'ai appris, j'ai dû agir vite.

— Et… et Claire, qu'a-t-elle dit ?

— Elle a dit oui. Aux deux propositions. À condition que toi aussi tu acceptes.

— Seb… tu es sûr ? Tu ne voulais rien précipiter pourtant.

— Je me suis aperçu il y a une quinzaine de jours que ce dénouement mûrit depuis longtemps. Peut-être même depuis notre première nuit ensemble. J'aurais difficilement pu aller plus lentement, non ? Je t'aime, Rach. Je ne cesserai jamais de t'aimer.

Muette de stupeur, elle ouvrit l'écrin. Au milieu de minuscules diamants brillait une magnifique pierre précieuse du même bleu que la mer. Sébastien l'avait certainement choisie pour cette raison.

Oui, c'était le moment parfait. Leur amour avait suivi la même évolution que celle des œufs de cette tortue qui, de petits embryons, s'étaient transformés en êtres entièrement formés, prêts à entamer leur vie, prêts à passer à l'étape suivante. Elle aussi était prête, grâce à l'amour de Seb.

— Alors, que dis-tu ? J'ai promis à Claire de lui envoyer un texto dès que je connaîtrai ta réponse.

Il sourit, découvrant cette canine mal alignée qui acheva d'attendrir Rachel. Elle se moquait qu'il n'ait pas une dentition parfaite. Elle se moquait qu'il ne soit pas parfait. Elle-même n'avait-elle pas ses petites imperfections ? Pourtant, Sébastien Deslaurier l'aimait. Et elle l'aimait.

— Je dis oui.

Les mots étaient à peine sortis de la bouche de Rachel que Sébastien la serrait contre lui et l'embrassait à l'étouffer. Quand il la libéra enfin, il murmura :

— Merci. Sinon, il m'aurait été plus difficile de tenir la promesse que j'ai faite à Claire.

Elle le regarda sans comprendre.

— Quelle promesse ?

Seb prit la bague dans l'écrin et la glissa à l'annulaire gauche de Rachel.

— Elle m'a demandé si je voulais être son père et l'adopter officiellement. J'ai accepté. Sous réserve de ton accord.

Rachel voulut parler, mais aucun son ne sortit de sa bouche. À la place, elle enlaça Sébastien et enfouit son visage dans son cou. Cette réponse suffit apparemment à ce dernier puisqu'il serra Rachel contre lui avec un :

— Merci.

Il venait de lui offrir le cadeau le plus précieux : l'amour d'un homme qui serait là pour elle. Et pour Claire. Sans faille. Quoi qu'il en coûte. Quoi qu'il arrive.

De son côté, son amour pour Seb, comme le café bien tassé dans la coupelle, ne libérait son vrai parfum que lorsqu'il était traversé par l'eau de la vie. C'était un amour puissant, profond et incroyablement riche.

Et éternel.

BLANCHE

HARLEQUIN

Retrouvez prochainement, dans votre collection

BLANCHE

L'héritière royale d'un docteur, de Traci Douglass - N°1661

Embauchée comme médecin sur un yacht, Cate ignore l'identité de son employeur. Jusqu'à ce face-à-face avec Davian, l'homme qui l'a abandonnée cinq ans plus tôt. Alors que le navire parcourt la Méditerranée, les révélations affluent. Si Davian est parti autrefois, c'est parce qu'il y a été contraint par ses obligations de prince ! Sidérée, Cate comprend que sa fille chérie, l'enfant de Davian, n'est autre que l'héritière de la Couronne…

Les jumeaux de Key West, de Deanne Anders

C'est avec bonheur qu'Alexandro rentre à Key West, l'île qu'il a brusquement quittée quelques mois plus tôt. Comme ici tout le monde ignore ses origines royales, il peut se consacrer à son métier de médecin, au sein de la base de sauvetage Heli-Care. Surtout, il a hâte de retrouver Summer. Acceptera-t-elle de donner une nouvelle chance à leur histoire ? Alors qu'il s'interroge, il découvre qu'elle attend des jumeaux de lui !

Une infirmière en Australie, d'Amy Andrews - N°1662

L'Australie : voilà le cadre idéal pour un nouveau départ, songe l'infirmière Chelsea alors qu'elle découvre son nouveau lieu de travail. Là, elle espère oublier Londres et ses douloureux souvenirs – sans homme. Pourtant, dès sa rencontre avec le charismatique Aaron, médecin volant au centre de secours aérien de l'Outback, elle se demande si elle n'a pas renoncé trop vite à la romance…

Le pompier de son cœur, de Karin Baine

Fonder une famille est un rêve auquel Lily a renoncé il y a bien longtemps, quand on lui a diagnostiqué une maladie cardiaque qui pourrait lui être fatale. Sa carrière de médecin remplit sa vie, et c'est très bien comme ça ! Pourquoi donc se sent-elle si émue en présence de Charlie Finnegan, le pompier avec lequel elle collabore en ce moment ? C'est bien simple, cet homme courageux et papa de deux petites filles lui fait soudain envisager la vie avec espoir…

eur mission : sauver des vies.
eur destin : trouver l'amour.

HARLEQUIN
www.harlequin.fr

BLANCHE

HARLEQUIN

La vétérinaire et le sauveteur, de Tina Beckett - N°1663

Alors que Jessie prend les rênes du cabinet vétérinaire de Santa Medina, elle est plus motivée que jamais. Pas question de faillir face à son premier patient, un courageux chiot blessé au cours d'une mission de sauvetage dans les montagnes de la Sierra Nevada. Surtout, elle se sent une responsabilité vis-à-vis de Cabe McBride, le maître de l'animal, qui risque sa vie pour sauver celle des autres ! Entre eux s'installe aussitôt une complicité mêlée de respect… et d'attirance ?

Dans le château d'un médecin, d'Annie Claydon

Une rencontre dans un train qui file vers les Cornouailles… Entre Grace et Penn, l'attirance est immédiate, l'entente parfaite. Tous deux médecins, ils pourraient bien être faits l'un pour l'autre. Du moins Grace le croit-elle avant de découvrir l'identité de Penn : son séduisant compagnon de voyage est un lord, vingt-deuxième du nom ! Un châtelain qui n'appartient pas au même monde qu'elle…

Un secret à te confier, de Stella Bagwell - N°1664

Luke est décontenancé. Paige Winters – l'infirmière qui travaille sous ses ordres depuis trois ans – est absente ce matin. Comment aurait-il pu deviner que sa démission était plus qu'un coup de sang ? Pourtant, tout est sa faute, il le sait : ne s'est-il pas montré trop autoritaire envers elle ? Une erreur qu'il risque de payer très cher. Car, visiblement, Paige n'a pas compris à quel point elle lui plaisait…

Une alliance à son doigt, d'Amalie Berlin

Chaque seconde qui passe est un supplice pour Quinton. Anaïs viendra-t-elle le rejoindre au pied de l'autel pour devenir sa femme ? Ou l'abandonnera-t-elle, comme elle l'a déjà fait un an plus tôt, en raison de leurs différences sociales ? Autour de lui, les invités s'impatientent, et Quinton hésite. Doit-il attendre, au risque de se ridiculiser, ou renoncer à la seule femme qu'il ait jamais aimée ?

Leur mission : sauver des vies.
Leur destin : trouver l'amour.

HARLEQUIN
www.harlequin.fr

BLANCHE

Une famille pour Catrina, de Fiona McArthur - N°1665

Catrina s'était juré de ne jamais plus tomber amoureuse. Pourtant, il y a eu le sourire de Finn Foley, leurs balades au bord de la mer… et les rires échangés en présence de l'adorable Piper, la fille du médecin. Que décider aujourd'hui ? Catrina doit-elle renoncer au seul homme qui la fait vibrer, ou bien se battre pour fonder avec lui et son enfant la famille dont elle a toujours rêvé ?

Sous les ordres du chirurgien, de Robin Gianna

Vous aimez les retards, vous adorerez les heures supplémentaires. Cette voix glaciale, Annabelle la reconnaît aussitôt. C'est celle du Dr Ferrera, le tyran qui a tenté de briser sa carrière d'anesthésiste cinq ans plus tôt. Un homme qui semble déterminé à ruiner sa vie jusque dans cette mission humanitaire au Pérou, qui vient de les réunir bien malgré eux…

HARLEQUIN

Leur mission : sauver des vies.
Leur destin : trouver l'amour.

HARLEQUIN
www.harlequin.fr